1919—1949：现实主义文学的思潮与实践

黄也平 ◎ 著

长春出版社

全国百佳图书出版单位

图书在版编目（CIP）数据

1919-1949：现实主义文学的思潮与实践 / 黄也平
著. -- 长春：长春出版社，2025. 1. -- ISBN 978-7
-5445-7550-8

Ⅰ. I209.6

中国国家版本馆CIP数据核字第2024BF5126号

1919-1949：现实主义文学的思潮与实践

著　　者　黄也平

责任编辑　贺　宁

封面设计　宁荣刚

出版发行　长春出版社

总 编 室　0431-88563443

市场营销　0431-88561180

网络营销　0431-88587345

地　　址　吉林省长春市南关区长春大街309号

邮　　编　130041

网　　址　www.cccbs.net

制　　版　长春出版社美术设计制作中心

印　　刷　长春天行健印刷有限公司

开　　本　880mm×1230mm　1/32

字　　数　175千字

印　　张　8.375

版　　次　2025年1月第1版

印　　次　2025年1月第1次印刷

定　　价　49.80元

目　录

导　言

在 20 世纪中国文学的发展史上，一个最为重要的现象就是现实主义思潮的兴起。不夸张地说，现实主义思潮的出现不仅改变了中国文学发展由古典传统所铸就的历史方向，而且还为中国文学带来了丰硕的具有"新质"意义的现代历史果实。如果我们回望 20 世纪现实主义思潮的发展历程，就会发现，20 世纪的上半程，是现实主义思潮迅速涌起并引领文学主流的时期。在这一时期里，不单单是中国文学的文学形式开始发生了巨大的变化，文学对于现实生活的态度或者说文学与现实的关系，同时也发生了很大的转变。倘若一定要为这一转变做一下历史命名的话，那么用"现实主义文学的兴起"来定位恐怕是再合适不过的了。作为具有现代意义的文学历史过程，现代文学和现代文学时期的现实主义文学思潮和实践，是对 20 世纪的我国社会最为重要的文化现象之一。

关于现实主义文学问题，我们的文艺理论实际上是存在着一定误解的。按照我们的文艺学的理解，现实主义似乎是一种与浪漫主义相对应的文学观和创作方法。而且，是一种在古典文学时期就已经存在的文学观与创作方法。在我们的文艺理论看来，只要文学作品涉及了现实生活，或者作者在其中表达了关注现实的思想感情，这就是现实主义了。我们许多人并没有仔细地思考一下，现实主义的文学实践，在以韵文（诗歌）为主要文学体裁形式的古代文学那里，是否有可能真正得到落实？如果进一步深究，在诗歌中真的会有现实主义？诗歌或抒情散文中的情感真实、感觉真实，是否可能就是现实主义的生活真实？我们以为，它们可能是作者的真情实感，但在本质上并不属于现实主义。

我们知道，由于诗歌在古代文学中极为特殊的地位，也由于诗歌本身形式上的独特原因，所以整个中国古典文学和近代文学的历史发展，主要集中在了对理想和情感的表达上。在这一相对漫长的文学历史过程中（对于文学而言，实际上已经可以称得上是绝对漫长了），虽然小说这种文学形式也由唐代传奇演变成了最终的古典"章回体"，但是它却始终没能在古代社会里（亦包括近代）取得其所应有的文学历史地位。由于小说在中国古典时代始终没能摆脱"稗官野史"的历史处境，而诗歌却能够在整个的古代社会特殊"走红"，这就必然性地决定了文学在中国古代历史中的非现实的基本走向。因为用韵文来进行文学的现实描述，本身就具有文体上的局限。所以，从以诗为主要文学样式的时代总体特征来看，中国古典文学和近代文学的主导性潮流还是浪漫主义。

用诗歌来反映社会生活现实，的确有一个体裁和形式上的

"不适应"问题。也就是说，与叙事文学样式相比，诗歌反映现实的实际能力是有限度的。如果把话说得绝对一些，就是以诗歌为文学传统的中国古典文学，虽然也强调"诗言志"（《毛诗序》）"文以载道"（宋人周敦颐），虽然杜甫、白居易、李绅等诗人也相当程度地关注了社会现实生活，虽然有相当多诗人的现实情感都在他们的作品中得到了表现，但是，这种"诗歌中的现实主义"对现实生活的"介入能力"还是很弱的。至少，不那么强。所以，就文学与生活的关系来讲，无论诗歌作者的主观意愿如何，也无论诗歌的努力程度怎样，其在现实上的反映和表现，总是"隔靴搔痒"。它更多的是属于浪漫主义（可能是积极的浪漫，也可能是消极的浪漫），而唯独不是现实主义的。在中国的古典文学时代里，尽管社会也会产生关注现实的需要，但在实践中，这却是根本不可能的。这其中，既有诗歌、散文是主导性文学样式的历史原因，也有古典小说只是非现实的"传奇叙事"的缘故。诗歌与散文主导文学主潮，肯定不会给文学带来现实主义。同样，只会"传奇叙事"的小说，也不会去面对社会生活的现实。

19世纪后半期，中国社会是在接连不断的耻辱中度过的。鸦片战争、中俄战争、中法战争、中日战争，一次接一次的失败，一次接一次被迫签订不平等条约。通过1840年的鸦片战争，西方的列强打开了中国社会封闭已久的大门。1894年的中日甲午战争，彻底粉碎了国人曾经还残留的一点点天朝大国的旧梦。中华民族在这一次又一次的打击和外侮下，开始重新思考民族的出路。同时，中国人也就此开始了漫长的历史转型和找寻新的发展道路的过程。1898 年发生的"百日维新"变法运动，可以说就是这种梦碎后的警醒。大约也就是从这个时候，中华民族（特别是中国知识分子）终于开始了对现实的正视。作为社会文化启蒙运动的一部分，作为当时社会有效教化工具的文学，也进行了一场历史上从未有过的，属于自己的"革命"。这场起于晚清的"革命"，在肇始之初虽然有过多种多样的表现，但从总的趋势来看，对现实主义路径的探寻和实践，却几乎是贯穿于始终的。

在辛亥革命前后的晚清时期和"五四"前期，现实主义思潮的最初"苗头"，主要是来自黄遵宪、梁启超等人所倡导的各种文学革命。作为当时社会"革命"的一部分，这场"文学革命"把关注现实的现实主义思潮推动了起来。正是这些与文学相关的"革命"倡导，给晚清后期的文学带来了文言白话，带来了谴责小说，也带来了对社会现实的普遍关注。这其实也是现实主义文学在中国历史中的波澜初起。到了五四时期，伴随着"新文化运动"的展开，在胡适、陈独秀、李大钊、鲁迅等先驱者的推动下，以启蒙和批判封建文化为目标的"新文学"开始成行上路。而这一"新文学"，其实就是现实主义文学在中国现代文学历史中的真正启程。从某种意义上讲，五四新文学是中国文学从远离社会的古典传统向现代的一次真正的华丽"转身"。作为这次"转身"的主要收获，概括起来有三点：第一，现代白话文正式走上历史舞台。这对于现实主义文学而言，相当重要。因为现实主义就要按照生活本来的样子去表现和描写生活。对于现实主义文学来讲，首先就必须解决文学语言的生活化问题。

如果没有语言的现实主义化，文学（主要是指小说）的现实主义就只能是一句空话。第二，现实主义的文学观念开始形成。现实主义文学的发展，有赖于社会现实主义思想观念的形成。如果作者没有关注现实，从现实出发去叙述和描写故事的意识，如果读者没有从现实角度去欣赏与品评现实主义作品的意愿和需要，现实主义都是不可能存在和发展的。第三，以现代白话为主要表述语言的现实主义小说实践。应当说，在五四文学以前，晚清的思想家们也都倡导过多种多样的文学"革命"。尽管他们的倡导对当时的人们也有思想上的影响，但是，这种影响所转化成的只有文言白话小说。虽然谴责小说与黑幕小说等也有现实主义的部分审美价值，不过其形式上和本质上，仍旧是属于旧小说范畴。它们与现代小说，仍然距离不小。如果不是有鲁迅先生的《狂人日记》发表，以及接踵而至的五四作家群体的共同努力，现实主义文学要想在五四期间在实践上获得结果，可能还是会任重道远。正因为有了五四作家群对现代白话小说的探索，人们才会在五四新文学那里，看到现实主义文学实践的浪潮。

在"新文化运动"的"启蒙"活动中，"文学革命"的首要任务就是要使文学从过去远离社会现实的"传奇叙事"传统中走出来。通过现实主义的实践路径，使文学能够去直面中国社会落后贫病的现实。在五四新文学的现实主义浪潮后，紧接下来的就是以左翼文学为主体形成的现实主义思潮和实践过程。伴随着中国社会各类矛盾的交替，20世纪30年代和40年代的现代文学也表现出了以理想主义为特征的"两结合"趋向。作为现实主义文学的一种历史表现，这种总体上的现实主义与浪漫主义的"两结合"形式的现实主义文学发展，曾经对新中国成立后的当代小说产生了巨大影响。实质上，这种影响一直延续到了20世纪80年代的文学新时期。而在这其中，值得我们仔细回味和深入思考的东西，其实有许多。

从今天的角度来看，在充斥着小鲜肉、酷男、花美男、美女、超女、小清新……的社会视野中，极其贴近生活的现实主义文学也许并不招人喜欢，可能也难以吸引多少关注。所以我们今天的文艺作品中才多了那么多的虚幻的完美形象，而在这些可以在战火纷飞中"跑酷"的人物面前，在这些无论何时都可以纤尘不染的超人面前，现实主义的写实似乎成了不受待见的东西。因此，人们在当下的文艺批评中，越来越难以见到关于现实主义的提法。但人们不应当忘记的是，现实主义从其登上文学舞台开始，它就给叙事文学的发展带来了不可抗拒的力量。实际上到了今天，情况依旧如是。无论现在有多少玄幻、穿越类的小说，无论现在有多少情节和细节夸张到使人瞠目的神剧，也无论人们对现实主义这个概念有了多远的距离和多少的陌生，但现实主义仍旧是叙事文学中的主潮现象。不管什么样的文学叙事，其骨架还要由现实主义去支撑。而对于我们来说，梳理昨天的现实主义，可以更清楚地去理解今天现实主义文学的思潮演变和创作实践。

第一章
晚清"革命"播撒下现实主义的"种子"

从 19 世纪中后期开始，中国社会的历史在接连不断的耻辱中形成。这包括了接连不断的帝国主义入侵和接连不断的对外战争失败。两次鸦片战争、中法战争、中日战争，一次接一次失败，一次接一次被迫签订不平等条约。通过 1840 年的鸦片战争，西方列强打开了中国社会封闭已久的大门。1894 年的中日甲午战争，彻底粉碎了国人曾经的天朝大国的旧梦。中华民族在一次又一次的打击和侮辱下，开始重新思考民族的出路。同时，中国人也就此开始了漫长的历史转型及找寻新的发展道路的历程。

国人对于社会发展道路的探寻始终与艰难和危机相伴。在这条许多人走过的道路上，我们看到了 1861 年提倡"师夷长技以制夷"的洋务派的改良运动；看到了紧随其后张之洞的"中学为体，西学为用"的洋务实践；看到了 1896 年"维新派"人士黄遵宪、汪康年、梁启超创办的《时务报》；看到了 1898 年发生的"百日维新"；看到了 1900 年前后发生的扶清灭洋的义和团；看到了被八国联军焚毁的圆明园……人们之所以能够看到这一切，就是因为在梦碎之后有了"历史警醒"。也正是在这个过程中，中华民族（特别是中国的知识分子）开始了对当时国家现实的"历史正视"。同时，开始了对改变中国历史命运的各种探索。

回顾 19 世纪到 20 世纪中的近代与现代历史，人们会明显地看到：无论是 19 世纪末的清政府，还是辛亥革命后不断争夺的各方势力。各种利益相交织，各类矛盾相冲突，但其中都包含着对中国社会发展道路的不断摸索。在此过程中，人们已经看到，原有的一些选择，似乎都未能真正解决中国的实际问题。譬如，初期我们以为清政府一次次败于西方列强，是由于枪炮不如人。落后，好像就是一个技术问题。于是，我们有了洋务运动。但在洋务运动的半个世纪里，铁甲舰战力居优的北洋水师在甲午海战中却一败涂地。那么是不是制度问题呢?也好像是。于是有了推翻帝制的辛亥革命。武昌城内枪响，各地纷纷响应。但在揭竿而起的热潮退后，留在退潮后"沙滩"上的，似乎还是原来那些东西。各省的谘议局改称为议会，而各省都督则改称为省长。原有的社会问题，却没有真正得到解决。于是，人们又想到了文化思想方面，想到了中国人的思想文化上的"落后"。这样，一次以思想文化的解放为基本社会目标的中国文化启蒙运动就自然生成了。

作为一场面对所有国人精神解放的文化改革运动，其中除了有对民主和科学的追求外，文化改造也是其中的重要议题。而作为文化改造的重要实践部分，文学革命就登堂入室了。于是在这个时间里，作为社会文化启蒙运动的一部分，作为当时社会有效教化工具的文学，进行了一场中国文学历史上从未有过的属于自己的"革命"。

从文学现实主义思潮的角度来看，这本是一次"隔靴搔痒"式的"革命"，既说不上"深入"，更谈不到"彻底"。但就历史意义而言，其社会影响力还是相当巨大的。因为它在中国封建社会历史上，让我们第一次开始正视与"外夷"的现实关系，也让我们第一次开始正视"天朝"衰落的现实。这种社会思潮逐渐地关注现实并开始现实主义化，对文学现实主义态度和现实主义"历史选择"的形成，有相当直接的价值。

第一节　梁启超的文学"革命"主张

在中国的历史进程中，每一次的改朝换代，几乎都会"成就"一个"革命"时期。因为对于"旧朝"而言，这是一个"百废"过程；而对于"新朝"，则是一个"百兴"的时期。在清朝末年的最后一些时间里，清王朝在西方列强的不断打击下，是衰态尽显。而晚清社会，则由此开始了一个动荡不宁的"革命"时期。在当时的社会政治乃至文化生活中（在当时人们的"历史现实"里，社会的政治生活与文化生活往往是分不开的。这与中国历史上儒家思想的"家国情怀"，与文学中的"诗言志""文以载道"，都是紧密联系的），"革命"一词，到处"被"使用着。而"革命"，也因此有了多种多样的表现。如：经学革命、史学革命、政治革命、种族革命、家庭革命、伦理革命、社会革命、音乐界革命、文字革命……在如此的"革命"时代里，有人倡导出文学的"革命"来，恐怕也是极为自然的事情。

我们都知道，最早在文学领域提倡"革命"的，是戊戌变法中与康有为齐名的启蒙思想家梁启超。在梁启超的文学革命思想中，最先提出的是"诗界革命"。1899年，他在《夏威夷游记》一文里指出："诗之境界，被千余年来鹦鹉名士占尽矣。虽有佳章佳句，一读之，似在某集中曾相见者，是最可恨也。故今日不作诗则已，若作诗，必为诗界之哥伦布、玛赛郎而后可……"由此，梁启超提出了"诗界革命"的文学主张。他说："……非有诗界革命，则诗运殆将绝矣。……今日者革命之机渐熟，而哥伦布、玛赛郎之出世必不远矣。"[1] 关于"诗界革命"的具体内容，梁启超认为："第一要新意境，第二要新语句，而又须以古人之风格入之[2]"。在倡导"诗界革命"的同时，梁启超还主张要进行"文界革命"。与他的"诗界革命"的"旧瓶装新酒"式的口号主张相比，梁启超的"文界革命"包含了多一些的新质性内容。在"文界革命"中，梁启超力主文学应当借鉴日本和西方的思想内容和语言形式。在游记《汗漫录》中，梁启超对日本政治评论家德富苏峰甚是推崇。他认为德富苏峰"其文雄放隽快，善以欧西文思入日本文，实为文界别开一生面者，余甚爱之。中国若有文界革命，当亦不可不起点于是也"。梁启超的"文界革命"

---

①② 梁启超.饮冰室合集：专集（第5册）[M].上海：中华书局，1989.

之说，实际上与其"诗界革命"论相似。他的论说，主要是针对近代清末散文的"桐城"规则而发的。其主要思想，则是欲借欧西的近代自由思想和雄辩文体，打破"桐城古文"的言必圣贤的经学传统与"代圣人立言"的写作拘泥。梁氏在"文界革命"口号提出之后，还十分努力地在文字写作中加以推进。借助于日本和西方的思想与语言，梁启超形成了自己的"新文体"文章。

作为相互联系，在主张完诗歌、散文的文体与文体内容的"革命"之后，梁启超又提出了"小说界革命"的主张。"小说界革命"的认识，是 1902 年梁启超与同仁在日本创办《新小说》时形成的。他在创刊号上发表的《论小说与群治之关系》一文，正式提出了"小说界革命"的"革命主张"。文章指出：

> "欲新一国之民，不可不先新一国之小说。故欲新道德，必新小说；欲新宗教，必新小说；欲新政治，必新小说；欲新风俗，必新小说；欲新学艺，必新小说；乃至欲新人心，必新小说；欲新人格，必新小说。何以故？小说有不可思议之力支配人道故。"

梁启超所主张的"小说界革命"，在中国文学的历史上是极具重要意义的。我们之所以这样说，是因为在中国文学的长期历史过程中，非叙事形式的文学形式——诗歌和散文（文章）一直是文学的"正统"和"大道"。而叙事文学形式（小说和戏剧），则一直被视为"稗官野史"的"小道"。由于长期鄙视"野史""小道"的原因，中国的非纪实的浪漫主义文学的历史传统，极为悠久。它几乎占据了我们的文学历史的绝大多数时间和空间。相反，叙事文学则一直难以取得文学主导地位。这种情况到了清末，虽然小说（特别是报刊连载形式）已经开始对社会产生了较大影响，但是社会的知识阶层（文人）仍甚少介入其间。这对于文学发展来说，是极为不利的。尤其在当时社会发展的条件之下，社会的信息传播和文化意识形态手段极为有限，小说的载道功能始终未能真正得到发挥。这对当时的社会来说，是一大损失。所以，梁启超大倡"小说界革命"，可谓意义非凡。从梁启超的"小说界革命"倡导开始，其"革命"主张就得到了夏曾佑①、狄楚卿②、王无生③、陶佑曾④、金松岑⑤等多人的赞同。他们分别撰文，从不同角度进一步阐发了小说对社会启蒙的作用，并认同和强调了小说革命的重要。

　　梁启超所主张的文学"革命"尽管也叫革命，但其本质却属于改良。作为改良，当然就很有"换汤不换药"的历史嫌疑。但无论怎样，梁启超所提出的"小说界革命"对中国长期不变的旧的文化传统而言，确是一次意义极大的"观念变革"。在"小说界革命"中，梁氏的主张当然并没有直接谈及我们今天所谓的现实主义问题。但他认识到了小说与社会"群治"间的关系，认

---

①夏曾佑（别士）.小说原理 [J].绣像小说，1903，(3).

②狄子平（楚卿）.论文学上小说之位置 [J].新小说，1903，(7).

③王无生.论小说与改良社会之关系 [J].月月小说，1907，(9).

④陶佑曾.论小说之势力及其影响 [J].游戏世界，1907，(10).

⑤金松岑.论写情小说于新社会之关系 [J].新小说，1905，(5).

识到了社会革新与小说革新之间的联系，对比此前国人的那种不能自省的盲目的（甚至是没有一点现实来由的）大国子民的浪漫主义心态，却无疑现实得多。所以，梁氏尽管极力倡导的是文学"革命"，然而究其实质，他事实上是要社会和人们正视现实。正视现实，从现实出发，以现实为价值标准（包括美学标准），这正是现实主义思潮的社会起点。对于文学现实主义而言，亦是如此。

第二节　戏剧改良与戏剧革命

在中国古典历史和近代历史过程中，戏剧在社会的文学生活中一直发挥着重大作用。特别是对于社会的普通民众来讲，传统戏剧形式是其历史文化习得和伦理习俗传承的重要途径。正是那些走镇串村的地方戏曲剧团，给当时的平民百姓送去了表演化的历史故事和形象的文化知识。同时，丰富了他们本来贫乏的文学生活。由于戏剧对民众有着直接和间接的文化滋养和渗透，所以戏剧也是影响社会的教育工具和主要教化方法。因此，在 19 世纪末和 20 世纪初的文学"革命"年代里，社会发生了对戏剧"革命"的要求，也是一种历史必然。

对中国传统戏剧的革新要求，最早是由梁启超提出来的。1902 年，梁启超发表了《释革》①一文。他在文中，把"曲界革命"与其他"革命"并列在了一起。虽然在文章中梁氏没有对其中

---

①梁启超.文集：第五册 [M].上海：中华书局，1989.

的"曲界革命"做进一步的说明，但是他主张戏剧革命的意图
却是清清楚楚的。1902 年，梁氏在《新民丛报》上又先后发表
了《劫灰梦》《新罗马》和《侠情记》三部传奇。他在《新罗马》
中，借用剧中人物但丁，说出了他对新式戏剧的期望。但丁在
剧中说："念及立国根本在振民精神，因此著了小说传奇。佐
以许多诗词歌曲，庶几市街传诵，妇孺知闻，将来民气渐伸，
或者国耻可雪。"在这里，梁启超并未有直接谈及戏剧自身的
"革命"问题，他更为重视的显然还是小说。不过从上述的文
字里也可以看出，梁氏对戏剧的社会传播功能和教化功能有
着较为清醒的认识。他知道在当时识字人口稀缺的社会情况
下，小说要想起到社会作用，就需要戏剧来助力。

　　比梁氏的呼吁力行稍晚，蔡元培也力倡戏剧革命。1903 年，
蔡元培在其主编的《俄事警闻》上发表了题为"告优"的社论。
在其中，蔡元培先生"号召戏曲艺人关心国事，投身戏剧改良。"[①]
在蔡元培之后，1904 年，陈去病、汪笑侬创办了我国第一个戏
剧刊物《二十世纪大舞台》。关于《二十世纪大舞台》，柳亚子在
发刊词中写道："今以《霓裳羽衣》之曲，演玉树铜驼之史，凡
扬州十日之屠，嘉定万家之惨，以及房酋丑类之惝淫，烈士遗
民之忠荩，皆绘声写影，倾筐倒箧而出；华夷之辨既明，报复
之谋斯起，其影响捷矣。"对于柳亚子的这段话，张方先生在评
价它的意义时说："这篇文章发表于 1904 年，当属柳亚子早年

---

① 蔡元培.告优[N].俄事警闻，1904-1-17.

的试笔之作。因而其间的革命文学观还笼罩在浓烈的种族革命情绪之中，以至于模糊了革命的实质。这是革命党人尤其是文学家们表达革命思想时的过激之处，今天看来固不足取，但其中蕴含的革命内容是不容忽视的。"[①] 我们理解张方先生评价的动机，却不赞同他的评价本身。因为，历史的真实情况就是这样。不可否认当时的文学"革命"，的确是中国社会的重要的文化现象。但这个文化思潮的涌起，实际上一直是在中国社会极不稳定的背景下扩散的。从第一次鸦片战争以后，清朝的国势逐步衰退。清政府治理国家能力上的腐败和无能，必然性地反映到社会底层的动荡不安上。当时频频发生来自底层的反清运动，更进一步动摇了社会的稳定。以太平天国起义、上海小刀会起义、两广天地会起义、捻军起义等为代表的农民起义，在整个的 19 世纪中期一直彼伏此起。到了 19 世纪末的中日甲午战争后，伴随清王朝在对外战争上的接连失败和不平等条约的签订，民众对清王朝的不满已经达到了顶点。在这样的背景下，民众、知识分子和社会工商各界赞同社会的变革，赞同文学的变革，实为众望所归。

作为一种社会潮流现象，虽然当时的社会改良主义者与革命党人的最终目的并不相同，但其在通过文学变革来改变社会的基本想法上，则没有什么区别。所以柳亚子利用戏剧倡吼"反清革命"，把戏剧视为一种"反清革命"工具，是当时知识分子

---

①黄曼君.中国 20 世纪文学理论批评史：上册 [M].北京：中国文联出版社，2002：121-122.

进行"戏剧革命"的必然性历史动机之一。不过，即使当时革命党人打算利用戏剧革命为"反清"服务，但其戏剧革命自身的"革命意义"仍旧是存在的。况且，在近代知识分子的"反清"革命中，救国救民才是根本性的目的。而对戏剧表现内容和形式进行"革命"的本身，也是一次对国人的，一种文化和精神上的拯救。

1905 年，"五四运动"的先驱人物陈独秀在《开办安徽俗话报缘故》中，对戏剧社会作用做了更为准确的论述。他说："戏馆子是众人的大学堂，戏子是众人大教师。"就当时中国社会的普通民众的文化能力而言，绝大多数是不识字的农民和城市贫民。在当时的条件下，要想对农民和城市贫民进行"革命"教育，戏剧显然是影响最为广泛的文学工具。认识到戏剧的有效工具作用，在戏剧的创作和演出中有意识地加强现代的"革命"成分，这是当时许多主张改良的知识分子和主张革命的知识分子的共同看法和行动。

晚清时期戏剧改良和革命的主张，要求将中国戏剧从传统剧目的束缚中解放出来，引入新剧目和新戏（话剧），使戏剧开始面向社会现实生活。在此运动中，春柳社、南开新剧团等文化团体的戏剧活动，在当时社会中产生了广泛的影响。这种"写实剧"或"新剧"的引入，对 20 世纪中国文学的现实主义思潮的形成与推动做出了不小的历史贡献。

第三节 "文学界革命"的土壤里
生长出的早期白话文运动

对于 19 世纪末和 20 世纪初的中国社会来说，无论是改良派的社会革新，还是革命派的反清革命，作为一种社会运动和思潮，除了对大众百姓思想层面的启蒙外，都需要拥有一种直接的可以被社会感受的变革形式或手段。在当时的社会条件下，什么会是这个除旧布新的"突破口"呢？它就是对文字的变革。简单地说，就是白话文运动。

由于古代文字识读的艰难，也由于先秦早期文献的书写规则对后世的重大影响，两千多年中，我们的先人们一直使用着文言符号，极为精练和曲折地表达着各种意义。这种对古代文字使用的习惯规则和经典文献的"历史证明"，必然会产生社会书面语言与普通生活口语间的巨大差别。在我国的古典时代，由于农业生产方式和生活方式的原因，文言文的词汇和语言规则对交流的影响还不算大（因为书面语言的交流活动，主要是在社会上层的贵族知识分子中间进行的。社会的绝大部分下层民众和社会的民间生活状态，对其并无直接的需要）。但是近代以来，西方列强与中国多次出现历史的冲撞。其所挟带而来的工业文明和西方文化，对中国社会的影响日益增大。因此，我们的社会生活方式和生产方式均开始出现变化。无论是鸦片战争后沿海向西方列强的"开埠"，还是洋务运动中的工业产业的出现，中国社会中均出现了大量的新事物和新现象。对于它们，继续用古代汉语的文言文形式和它的写作规范来表现，不仅相当困难，而且难及根本。在社会有了较大变化的状态下，文言文、文言写作与社会生活间的"表达距离"和"交流距离"，也因此被拉大。从社会发展需要的角度看，如果这个问题不解决，文化的社会普及与西学东渐等现代工业文明的传播都将面临困难。这对于近代中国社会的改良或革新，显然都是极为不利的。于是，近代早期的白话文运动，就在社会的实际需要下展开了。

在中国近代，最早具有语言（包括文字）变革意识的，是"诗界革命"的先驱者黄遵宪。早在 1868 年，当时刚 20 岁的黄遵宪，即提出了"我手写我口"的新派诗主张。在强调文字要与生活相一致的同时，黄遵宪还强调了诗歌在内容上要写"古人未有之物，未辟之境"。黄遵宪在自己的诗歌写作中，也很自觉地进行了诗歌语言变革的探索和实践。例如，他的《海行杂感》十四首中的《星星世界遍诸天》，就写得十分口语化。"星星世界遍诸天，不计三千与大千。倘亦乘槎中有客，回头望我地球圆。"[①] 到了 1895 年，黄遵宪在《日本国志·学术志》中，就提出了将中国的书面文字与生活语言相统一的主张。黄遵宪认为："语言与文字离，则通文者少；语言与文字合，则通文者多"。他认为："变一文体为适用于今，通行于俗者"，"欲合天下之工商贾妇女幼稚皆能通文字之用。"[②] 黄遵宪的目的很清楚，就是想通过对文

---

① 黄遵宪．人境庐诗草笺注：上 [M]．上海：上海古籍出版社，1981：344.

② 黄遵宪．外史氏曰 [M] // 陈铮．黄遵宪全集．日本国志：33 卷．学术志二·文字．上海：中华书局，2005：1419.

言书写方式的革命，来改变中国自古以来的文化为少数人所掌握的现实。他想通过对文言规则的变革，推动识字和文化教育的普及。

在黄遵宪后，1898 年，裘廷梁发表了著名的白话文运动"宣言"——《论白话为维新之本》。裘廷梁在他的文章中说："愚天下之具，莫如文言；智天下之具，莫如白话。……吾今为一言以蔽之曰：文言兴而后实学废，白话行而后实学兴，实学不兴，是谓无民。"① 自从裘廷梁喊出了"崇白话废文言"的口号之后，其主张就得到了很多人的支持。例如，陈荣衮在 1899 年发表了《论报章宜改用浅说》，就大力倡导文言改革。他在文章中说："中国四万万人之中，试问能文言者几何？大抵能文言者不过五万人中得百人耳，以百分之一人，遂举四万九千九百九之人置于不议不论，而惟日演其文言以为美观，一国中若农、若工、若商、若妇人、若孺子，徒任其废聪塞明，哑口瞪目，遂养成不病不痒之世界，彼为文言者曾亦静思之否耶？"② 从此处引申出去，陈氏主张报纸要"浅说"。"作报论者，亦惟以浅说为输文明可矣"。陈荣衮从反对文言的立场出发，最终喊出了"文言之祸亡中国"的激愤声音。

对于 20 世纪的中国社会的进步发展而言，晚清时期出现的

---

① 裘廷梁 . 论白话为维新之本 [M]// 沈云龙 . 清议报（卷 26），台北：文海出版社，1987：62-63.

② 陈荣衮 . 陈子褒先生教育遗议 [M]. 桂林：广西师范大学出版社，2012：33.

白话文运动不仅是一个中国社会必然性的选择，同时，也是中国社会现代化一种必要的"文化准备"。它的实际意义，怎样估计都不会过分。就是这场人文知识分子主导的白话文运动，在当时就获得了社会的普遍响应。使得清朝末期的中国社会，能够形成一个文化上的由文言向"白话"历史转型的普遍、广泛的潮流。这一点，我们从那时白话书刊和白话报纸不断涌现的现象中，即可以看到。虽然直到20世纪30年代前后，白话文的"口语化"问题才最终得到了解决；虽然在白话文运动倡导的早期，白话文还是"文言＋口语"的"新文体"；虽然白话文在"五四"前后仍"像小脚放大的'语录体'"①，但正是白话文运动的推进，才使中华民族在20世纪时寻找到了认识世界与世界交流的有效语言武器（工具）。

正如上面所讲到的，19世纪末和20世纪初期的白话文运动，对于当时的中国社会革新的确起到了重要的作用。不过当时，初期的白话文还很难摆脱掉文言文的本质束缚。那种文言白话相杂的"新文体"，虽然较之文言已经有了很大的进步，但是在文化交流上依然障碍多多。所以，白话文运动虽然发生于清末，但是真正地更为切近口语的白话文，却是在五四新文化时期。对于社会的实践性及影响性而言，五四时期的新文化论战中的关于白话文的争论及其当时的写作实践，对社会所触动的层面和影响的深度显然要更大。

---

① 周有光.白话文运动八十年[J].语文与信息，1999，(9).

正是 19 世纪末和 20 世纪初由改良主义者们所倡导的白话文运动，为后来的五四新文化运动中的白话文运动的进一步发展，提供了基本的历史前提和条件。这二者间的关系，可以说是历史承继性的。没有前者，就不会有后者。也正是由于清末的这一场白话文运动，带来了文学写作的变革。其书面语言上的白话化，使得文学更为接近社会生活。这种对社会生活的接近，明显地增强了作品的现实感。不考虑题材方面的因素，仅在语言上的这种变化，就让当时的文学拥有了更多的现实主义的理由。

第二章
小说主导下的文学"新"历史开始形成

人们知道，诗歌在古代文学中，有着极为特殊的地位。也由于诗歌本身形式上的独特原因，所以整个中国古典文学和近代文学的历史发展中都有大量使用诗词这一写作形式对社会、群体和个人理想及情感进行表达的作品。在这一相对漫长的文学历史过程中（对于文学而言，已经可以称得上是绝对漫长了），虽然小说这种叙事的文学形式已经由唐代传奇变成了最终的古典"章回体"，但它却始终没能在古代社会里（亦包括近代文学史中）取得其所应有的文学历史地位。由于小说在中国古典时代始终没能摆脱"稗官野史"的历史处境，而诗歌却又能够在整个的古代文学过程里特殊"走红"，这就必然性地决定了：中国文学在古代历史走向的非现实性和情感化的基本特点，这主要是指韵文。用韵文来进行文学的现实描述（无论是诗歌、骈文），本身就具有文体上的必然局限。人们知道，诗歌语言虽然具有凝练、抒情、节奏感强烈、押韵和方便记忆、传播的特点，但其在进行事物描述、故事叙述、对事物的评价思考和分析方面，则天然处于劣势。所以凡是以诗为主要样式的文学时代，其社会文学的总体特征都必然是浪漫主义化的。也正是因为这点，整个中国的古典文学和近代文学时期，社会文学的主导性潮流只能是浪漫主义的。到了20世纪的五四文学运动中，人们出于对现实主义文学的重视，曾到以诗歌为主体的中国古代文学中去努力"发掘"所谓的现实主义作品。再后来，在具体的古典文学研究中，我们也倾向于把杜甫、白居易、李绅等人的诗歌归入了现实主义流派。甚至，我们在整个的中国古代文学史中，也把现实主义作为一条"必然的"历史线索加入了进去。① 但是，尽管在中国古典诗词中也不乏有一些关注现实的作品，但是就文学的总体特征而论，它们还是远离现实主义的。

所以说，用诗歌来表现社会的现实生活，的确有一个体裁和形式上的"不适应"问题。也就是，与叙事文学样式相比，诗歌能够反映现实的实际能力是极为有限的。如果把话说得绝对一些就是：以诗歌为文学传统的中国古典文学，虽然也有强调"诗言志"（《毛诗序》）"文以载道"（宋人周敦颐），虽然像杜甫等诗人也相当地关注社会现实生活，虽然有相当多诗人的现实情感也都在作品中得到了表现，不过，这种"诗歌中的现实主义"对社会现实生活的"介入能力"还是很微弱的。而它与社会生活现实的关系，总体上相距很远。就文学与生活的关系来

---

①在中国古代文学研究中加入现实主义的评价体系是新中国成立后古典文学研究中的一个普遍现象。几乎在任何一个版本的《中国文学史》中，都把现实主义作为一种与浪漫主义相对应的文学流派现象。

讲，无论诗歌作者的主观意愿如何，也无论诗歌的努力程度怎样，其在反映和表现现实上，总是"离心很远"的。

与传统上对诗歌和散文的重视不同，小说虽然在中国古典时代的社会民间始终拥有大量接受者（读者与听众），[①] 但是却始终不能为古代农业时代的各朝代贵族统治阶级所接受。与西方社会相比较，中国文学在起源时期，也有过许多神奇的叙事文学（神话故事）。由于前人对这一部分神话故事的记述上有些"重视不够"，从而使神话没能成为中国古典文学的直接源头。从叙事文学本身的历史命运来看，这不免有些令人遗憾。然而更令人遗憾的是，在后来的发展中，叙事文字样式也仍然一直未能取得文学主导地位。鲁迅先生曾经说过："在中国，小说是向来不算文学的。"[②] 而小说，"向来是看作邪宗的"[③]。他在《我怎么做起小说来》中也说过："在这里还应该补叙一点的，是当我留心文学的时候，情形和现在很不同：在中国，小说不算文学，做小说决不能称为文学家，所以并没有人想在这条道路上出世。我也并没有要将小说抬进'文苑'里的意思，不过想利用他的力

---

① 宋元时期民间普遍存在说书的曲艺形式。而民间的说书形式（包括南方的评弹、北方的大鼓）就是口语化的民间小说。明清以来的演义小说的流行，不仅离不开印刷传播的影响，坊间的口语播讲也是极其重要的推手。

② 鲁迅.草鞋脚 小引 [M]// 鲁迅.且介亭杂文.沈阳：万卷出版公司，2014：8.

③ 徐懋庸.打杂集序 [M]// 徐懋庸.徐懋庸选集：第1卷.成都：四川人民出版社，1983：143.

量，来改良社会。"

中国社会轻叙事文学而重诗歌、散文，可能与孔子早期对叙事文学的斥拒有关。这一点，与柏拉图在《理想国》中对诗人的斥拒方式正好相反。但是，其理由却又惊人的一致。孔子在《论语·述而》篇中，曾反对不着边际的东西。"子不语怪、力、乱、神"的记述，说明孔子不主张谈及那些不实际的东西。不谈"怪"，那么传奇一类的故事就不该有。不谈"神"，神鬼一类的传说就不能被重视。在《论语》中，孔子所推崇的主要是"诗"和"书"。尽管《诗经》和《尚书》不能简单与诗歌、散文相对应，但从孔子对这二者的重视中，我们还是可以看到某些端倪的。由于孔子的重视，儒家后来把《诗》列入了《十三经》。这种极高规格的推崇，对后世国人重诗歌文章而轻叙事文学，当然起了重要的作用。

中国文学历来不重叙事文学，而独崇诗歌和散文，客观上延缓了叙事文学形式在古典时代的发展。其中，对小说的发展影响尤大。同样，由于观念上崇尚诗歌与散文，也使得社会对待诗歌与散文的理论兴趣远远盛于叙事文学的理论发展。中国古典诗歌与散文的相关研究及理论的建设成绩丰厚。一部中国文学批评史的所说所列，基本上都是在讨论诗歌、散文问题。而所谓叙事文学，其中则很少涉及。与诗歌、散文的理论批评兴盛相比而言，叙事文学理论，尤其是小说理论的发展实际是相当幼稚萧条的。直到清末，小说评论还只是一些"评点式"的东西。概括而说，大多是感慨而已。既无系统条理，又无理论支撑。金圣叹、李贽等人，莫不如此。对于诗人，最高的荣誉可以奉上"诗圣"；对于散文，常常被冠以"大家"的称谓。但是小说家，则无论是当时的现实命运，还是后来的历史命运，均可谓一言难尽。如班固在《汉书·艺文志》中说："小说家者流，盖出于稗官，街谈巷语、道听途说者之所造成也。孔子曰'虽小道，必有可观者焉。致远恐泥，是以君子弗为也。'然亦弗灭也。"在班固的《诸子略》中，共列数了十家。而小说家则列于最末。班固对前九家不仅多着笔墨，而且说"可观者九家而已"①。在其看来，小说家显然在"可观者"之外。明人胡应麟在《少室山房笔丛》中，将小说定为了六种，即：志怪、传奇、杂录、丛谈、辨订、箴规。胡应麟的分法可以看出，中国古人对小说的认识与今天是有很大出入的。据李建国先生征引后认为："大凡不是很庄重的经史子书……以'短书'面貌出现者，汉人统统目为小说。"②但是，李建国在《唐前志怪小说史》里认为，我们不能苛求于古人。"因为小说自身亦同其他文学样式一样，表现为一个由低级到高级、由幼稚到成熟、由不完善到完善的历史过程。"③

对于我们今天来说，人们在古典时期为什么视小说为不重要。其问题在于：在近代以前，人们重视诗与散文，但是独独轻视叙事文学。在如此的社会条件下，小说与戏剧的历史命运也只能如此了。

---

① 班固．汉书·艺文志 [M]．北京：商务印书馆，1955.

②③ 李建国．唐前志怪小说史 [M]．天津：南开大学出版社，1984：2.

第一节　对小说的理论认识进一步深入

在 1907 年之前，梁启超等人的小说改造运动，大体上还是在社会改良范围内进行的。他们所说的"革命"，其实把它理解成改良恐怕更为贴切。不能否认，改良主义者的文学革命主张，对文学（尤其是小说和戏剧）面对现实和揭露批判专制社会的种种罪恶，是有极大意义的。他们对小说的文学地位进行了重新确定，对小说社会工具价值高调评价，对小说艺术特征进行的某些探索。通过小说对那时的社会重新理解和认识，使小说更有意义。但是不容忽视的问题是：改良主义者们的认识局限和历史的客观条件，决定了他们很难平心静气地客观地去思考文学问题。所以，他们对文学（尤其是小说）的认识和理解，还显得简单和肤浅。例如，他们对文学社会功能的理解不仅有些简单，而且还主观地夸大了。与他们相比，后来的黄摩西等人就有更为深入的认识。

1905 年 8 月 20 日，孙中山组织领导的"中国同盟会"在日本东京成立。这是中国近代史上最为重大的一个事件。以同盟会的成立为标志，中国的旧民主主义革命进入到一个新历史时期。伴随着清政府打出"君主立宪""变更政体"的旗帜，改良派与革命派围绕着要不要推翻清政府，要不要建立共和，要不要进行社会革命等重要问题，进行了差不多两年的争论。当然，争论的最终结果是改良派（以梁启超为代表）败下了阵来。[①] 改

---

① 这场辩论主要是在日本进行的。

良派与革命派的这一场论战尽管时间不是很长，但是这场争论恰好为人们进一步地思考文学问题，提供了一个"历史背景"。

在这样的一个"历史背景"前，1907年，《小说林》创刊了。一些具有民主主义思想的革命者，在《小说林》上发表了他们的一些文学评论文章。正是在这些文章中，他们对晚清最后时间里的文学问题（特别是小说问题），进行了较深入的探讨。南社的中坚人物黄摩西，在创刊号上发表了署名摩西的《〈小说林〉发刊词》。他在发刊词中说：

> "昔之视小说也太轻，而今之视小说又太重也。昔之于小说也，博弈视之，俳优视之，甚且鸩毒视之，妖孽视之，言不齿于缙绅，名不列于四部；私衷酷好，而阅必背人，下笔误征，则群加嗤鄙；……今也反是，出一小说，必自尸国民进化之功，评一小说，必大倡谣俗改良之旨；吠声四应，学步载涂，以音乐舞踏，抒感甄挑卓之隐衷，以磁电声光，饰牛鬼蛇神之假面；虽稗贩短章，苇茢恶札，靡不上之佳谥……"①

在黄摩西的文章中，他主要表述了两个观点。其一是，他认为：中国历史上或极端贬斥小说，甚至将小说妖魔化；或视小说为"小道"，君子不屑于为……他以为，这都是很不对的。

---

① 黄人. 小说林 发刊词 [M] // 郭绍虞. 中国历代文论选. 上海：古籍出版社，1980：246-247.

其二是，他认为：晚清以来的"小说界革命"，将小说提高到不适当的程度，也同样不可取。从黄摩西对于晚清梁启超等人主导的"小说界革命"，对于他们把小说的社会作用过分夸张的做法，是相当反感的。其对于当时的那种"上纲上线"的贴标签式的小说批评，也是十分反对的。在黄氏看来，哪有一部小说，就是"国民进化之功"，就是"谣俗改良之旨"。他甚至把对这种批评的响应，斥为"吠声四应"。

除了黄摩西，徐念慈也在《小说林》的第九、十两期上，发表了署名觉我的《余之小说观》一文。他在《余之小说观》的第一节中曾说，"昔冬烘头脑，恒以鸩毒霉菌视小说，而不许读书子弟，一尝其鼎，是不免失之过严。今近译籍稗贩，所谓风俗改良，国民进化，咸惟小说是赖，又不免誉之失当。余为平心论之，则小说固不足生社会，而惟有社会始成小说者也。"[①]徐念慈在他的文章中，除了与黄摩西一样对梁启超等人夸张小说的社会作用采取批评立场，除了反对"小说界革命"的倡导者们把小说与社会的关系，仅仅定位在社会改良工具外，他还在文章中讨论了小说（文学）与社会生活的另外一种关系。徐念慈所认识到的小说（文学）与生活的另一种关系就是：文学离不开生活。"惟有社会始成小说者也"的看法，与毛泽东在《讲话》中所称的社会生活是文艺的"唯一源泉"的观点，实为暗合。

---

① 徐念慈.余之小说观[M] // 陈平原，夏晓虹.二十世纪中国小说理论资料：第一卷.北京：北京大学出版社，1997：322-338.

　　与梁启超、黄遵宪等人的"诗界革命""文界革命"和"小说界革命"的夸大的文学工具论认识相比较，黄摩西和徐念慈的文学理解，显然是更为深入了一步。从对小说的认识来看，他们的观点不仅更为客观，更为平心静气，也更为有价值。

　　与梁氏等人相对比，我们就会发现：黄摩西、徐念慈不仅不像梁启超们那样，简单地把文学当成社会改造工具，而且把文学的价值限定在社会改良工具的范围内，相反，他们二人还试图更多地从艺术性的角度去理解小说。归纳起来，他们在这方面一共有三点贡献：

　　第一，认为"美"是小说的主要价值之一。

　　徐念慈在《〈小说林〉缘起》中说："伟哉！近年译籍东流，学术西化，其最歆动吾新旧社会，而无有文野智愚，咸欢迎者，非近年所行之新小说哉？……抑小说之道，今昔不同，前足以害人，后之实无愧益世耶？岂人心之嗜好，因时因地而迁耶？……余不敏，尝以臆见论断之，则所谓小说者，殆合理想美学、感情美学而居其最上乘者乎？"关于这一点，黄摩西与徐念慈所持看法类似。黄摩西在《小说林》的发刊词中论道："小说文学之倾于美的方面之一种也。"①

　　客观而论，徐念慈和黄摩西对小说价值在于美的看法，可能有些简单。但是，他们从德国古典美学那里借用来的东西，对于中国的近代文学（特别是小说）来讲，却是很重要的。

---

　　①徐念慈.余之小说观[M]//陈平原，夏晓虹.二十世纪中国小说理论资料：第一卷.北京：北京大学出版社，1997：322-338.

第二，关于小说人物塑造的辩证认识。

在《小说林》出版之前，中国的小说问题研究和讨论多半是感觉式的，或者是感性化的。在对小说人物的解释上，基本上都属于感觉式的评论。如李贽评论《水浒》人物李逵报母仇杀四虎一节，就用"不特勇猛过人，亦是纯孝格天地，至诚感鬼神，志壹神凝，有进无退故耳。若作勇猛论者，犹非李大哥知已也"①来定调。这样的评论文字，当然缺少对小说人物的真正理解和把握。

与中国以往的小说人物理解不同，黄摩西、徐念慈等人的小说人物认识已经开始进入了辩证层次。黄摩西在《小说小话》一文中曾讲过："小说之描写人物，当如镜中取影，妍媸好丑，令观者自知，最忌掺入作者论断，或如戏剧中的一脚色出场，横加一段定场白，预言某某若何之善，某某若何之劣，而其人之实事，未必尽肖其言。即先后绝不矛盾，已觉叠床架屋，毫无余味。故小说虽小道，亦不容着一我之见……并不下一前提语，而其人之性质、身份，若优若劣，虽妇孺亦能辨之，真如对镜者之无遁形也。夫镜，无我者也。"②在此一段文字中，黄摩西指出了当时中国小说人物塑造中的一个重要问题：即把人物性格或形象简单化和脸谱化。他认为，此种写法（如同《水浒传》中，所有人物必须有绰号来"定位"）将人物过分简单化了。他借用

①施耐庵，罗贯中.李卓吾先生批评忠义水浒传 [M].明刻本.容于堂刊.上海：上海人民出版社，1975.

②黄人.小说小话 [J].小说林，1907：(3).

王国维的"无我之境"的说法，认为在塑造人物时，作者不应当把自己的人物判断和评价写进去。对人物的理解，要交给读者。

不止于此。黄摩西还反对把人物类型化。他说："古来无真正完全之人格，小说虽属理想，亦自有分际，若过求完善，便属拙笔。"[①]此一看法在当时的类型人物认识方面，可谓是"先进"了太多。关于反对将人物类型化的问题，徐念慈在《余之小说观》中，也说过相似的话。他说："小说之所以耐人寻索，而助人兴味者，端在其事之变幻，其情之离奇，其人之复杂。"[②]较之黄摩西，徐念慈的辩证理解可能更为彻底。

第三，提倡小说在形式上要通俗化。

小说形式通俗化问题的提出并非《小说林》之后的事。在1906年的《小说闲评》中，钟骏文就已经对此问题有所注意了。他甚至以为，小说的语言越土越好。但是与钟骏文的小说语言通俗化的要求相比较，黄摩西则认识到小说语言全国统一的问题。[③]并认为小说语言的通俗化，不能方言各行其是。他主张要用"京语"来规范小说的通俗化。他说："小说固有文俗二种，然所谓

————————

①黄人 . 小说小话 [J]. 小说林，1907：(3).

②徐念慈 . 余之小说观 [M] // 陈平原，夏晓虹 . 二十世纪中国小说理论资料：第一卷 . 北京：北京大学出版社，1997：332-338.

③钟骏文在《小说闲评》中评价《天足引》时曾说："语极粗浅，然开通风气，裨益社会，允推此种。"

阿英 . 晚清文学丛钞：小说戏曲研究卷 [M]. 上海：中华书局，1960：483.

俗者，另为一种言语，未免尽是方言。"① 从中国后来的语言选择和发展走向看，黄摩西的见地确有前瞻性。

从对小说的认识和理解上，黄摩西与徐念慈是"五四运动"前夜的清醒者。他们对小说的认识，标志了近代对小说和文学理解的进一步深入。他们的努力，对当时小说和现实主义文学思潮的发展起了积极的推进作用。他们的认识和理解，本身就是晚清现实主义文学思潮的一部分。

第二节 小说开始成为主导性的 和最为重要的文学样式

清代是整个中国古典社会历史中，叙事文学（主要是小说）发展最为迅速的时期。也是中国古典小说取得成绩最多的一个时期。当然，我们在这里所使用的"小说"，是一个今天意义上的文学文体概念。这主要是包括古典文学的那些志怪、传奇、话本和后来的章回小说。那些被古人们所认为的散文之外的各种杂录、丛谈一类的东西，则不在我们的讨论之内。与诗歌、散文的成就相比较来说，清代的小说成就其实是很高的。这一方面是因为，诗文到了清代仍是被尊崇的文学体裁，当时的文人们依然以诗文为功名出路，但是其诗文成就相比唐、宋几代，却很难相提并论。另一方面，从小说角度看，中国古代的四大

①黄人.小说小话[M]// 陈平原,夏晓虹.二十世纪中国小说理论资料:第一卷.北京:北京大学出版社，1997:258-267.

名著，有三本不是出在清代，但是清代仅有《红楼梦》一本，分量就已经可以与其匹敌了。[①] 更何况还有《聊斋志异》《儒林外史》等小说的存在，这分量就异常重了。在当时像曹雪芹《红楼梦》这样的小说，其抄本也能"撰"到许多眼泪和银子，但若由此说中国小说就此改变了自己的历史命运，那还是一种奢望。

从 19 世纪末期的"文学革命"倡导开始，到 20 世纪初期，小说在中国社会的实际文学生活中，已经开始从社会"边缘"逐步走向了社会的"中心"。在我们文学发展的两千多年的历史中，小说第一次取代诗歌、散文，事实上获得文学中心地位，也是第一次替代诗歌、散文，事实上成了"第一文学形式"。无论是对小说，还是对中国文学，这个"第一"都是非常重要的。这是中国文学历史上，叙事文学的主要形式——小说，开始走向文学舞台前台必经的过程。尽管这些半文半白的作品还不能说是现代小说，但是它们的文学主流地位的获得，为后来现代小说的发展开启了历史闸门。

我们说：小说在晚清的最后几年时间里，虽并未完全获得当时传统文学的正式承认（白话文是经过了一番"斗争"之后，才最终得到社会承认的），但其事实上的发展和在社会文学生活中的地位的的确确得到了加强。纵观清末的社会文学生活，诗

---

① 本来是文无第一的。从这个角度讲，这本来是不能简单比较的。不过从"文学是人学"角度来看，较之《三国演义》《水浒传》和《西游记》，《红楼梦》的审美阅读价值显然要更高。

歌的地位的确在下降，而小说则变得强势了起来。

小说在晚清的迅速发展，主要有两个表现：

第一，小说的写作与出版数量迅速增加。

据阿英《晚清小说史》称，到辛亥革命为止，晚清时期的成册的创作小说至少在一千种以上。《小说林》第九期上的《丁未年小说界发行书目调查表》证实，1907年全年所出版的小说（创作小说与翻译小说）共计142种。其中，商务印书馆46种，小说林社40种，新世界小说社17种，广智书局6种，点石斋2种，作新社2种，鸿文书局、申江小说社、中外日报馆、有正书局、时报馆、开明书店、一新书局、时中书局、文振学社等，各出版了1种。鲁迅先生在《中国小说史略》第二十八章中，曾用一句"光绪庚子（1900）后，谴责小说之出特盛"，来形容20世纪最初几年时间的谴责小说的写作情况。其实不光是谴责小说，鲁迅先生这句话，完全可以用来描述当时的各类小说的情况。

第二，翻译小说数量大增。

在改良主义变法运动的推动下，西学东渐，是当时维新知识分子们的一种"历史性的努力"。由于梁启超等维新变法主脑人物对小说的推崇，翻译介绍外国小说就成了一项重要的"引入西学的手段"。梁启超在1902年创办《清议报》时，曾特别撰写了《译印政治小说序》。在"序"中，梁氏提倡向西方学习政治小说，"今特采外国名儒所撰述，而有关切于今日中国时局者，次第译之，附于报末"。他认为，政治小说可以使"爱国之士，或庶览焉"①。梁氏的这种大力推进，对当时的翻译小说起到了直接的推动作用。据阿英在《晚清戏曲小说目》的调查统计显示，从1875年起到1911年止，翻译小说共出版600余种。多数是在维新之后，尤其是在改良派的文学"革命"过程中实现的。

晚清时期小说如此繁荣并取得文学的社会主导地位的原因，阿英在《晚清小说史》中曾做过概括。他认为主要有三点：

> "第一，当然是由于印刷事业的发达，没有此前那样刻书的困难；由于新闻事业的发达，在应用上需要多量产生。第二，是当时智识阶级受了西洋文化影响，从社会意义上，认识了小说的重要性。第三，就是清室屡挫于外敌，政治又极窳败，大家知道不足与有为，遂写作小说，以事抨击，并提倡维新与革命。"②

我们对于阿英的分析，大体上是赞同的。不过归纳起来，他的看法实际上只说了两点：一个是印刷技术的发展；另一个是知识分子对小说工具作用的认识和利用。

结合当时历史的具体情况，同时也参考阿英的分析，我们认为，小说繁荣于晚清时期的历史原因主要有如下几点：

首先，改良变法运动是小说在晚清繁荣的一个历史性契机。

---

① 梁启超.译印政治小说序[M]//陈平原，夏晓虹.二十世纪中国小说理论资料：第一卷.北京：北京大学出版社，1997：37-38.

② 阿英.晚清小说史[M].北京：人民文学出版社，1980：1.

对于当时的改良主义者们来说，他们苦于没有一个有效的社会组织工具。在当时的社会发展水平下，他们找到的是小说。他们对小说充当"改良"（革命）工具的期待，对推动小说（特别是政治小说）的发展起了重要作用。倘若没有这样一个"千载难逢"的历史机遇，小说的成长可能要艰难许多。

其次，城市的市民阶层文化的形成。

中国古典时代城市市民阶层的形成，为说唱形式的文学和艺术发展提供了历史条件。近代洋务运动背景下的城市市民阶层的形成，逐步产生了一个能够阅读和欣赏文学作品的群体。这个群体的总体阅读品味可能并不算高，但是他们对小说的喜欢，则客观上推动了小说的写作和出版。

最后，也是最为关键的一点：工业化印刷技术的应用。

晚清时期小说之所以能够在短时间内，迅速取代诗歌、散文而成为文学的"中心"；之所以能够迅速取得显赫的文学地位，之所以能够迅速地繁荣起来，根本性的原因就是：西方工业印刷技术的引入，报刊和书籍得到了快速发展。晚清报纸出版发行的方便，报纸出版业的繁荣和稿酬制度的建立，客观上给连载形式小说的发展，提供了历史性的机遇。而报纸连载小说，恰好是当时小说获得社会成功的一个重要标志物。在此时期，甚至出现了专门刊载小说的文学期刊。其中比较著名的就有《新小说》（1902）、《绣像小说》（1903）、《新新小说》（1904）、《月月小说》（1906）、《小说林》（1907）。当时许多的创作小说和翻译小说，都是通过这些小说刊物连载发表后，才结集出版单行本的。

第三章
文学走进现实：现实主义浪潮初起

由于帝国主义的入侵，国内农民起义及国内各地的反帝斗争频起，也由于维新变法和反清革命等运动的影响，所以到了晚清时期，由中国古代农业社会所编织出的"天朝遗梦"已经破碎。特别是在西方列强的近代工业生产方式和体制力量的直接打击下，中国基于古代农业生产方式所形成的封建社会制度和体系，引起了中国知识分子和社会民众的普遍质疑。在这样一种社会现实面前，过去历史中所形成的，对封建王朝统治的社会认知与满足感，那种不打算改变现状的普遍的社会安逸感，以及来自农民视野的农业浪漫主义情绪，已经荡然无存。代之而起的则是：关注现实。从现实出发去考虑社会的出路与发展，成了当时社会的一股潮流。

在社会现实主义思潮的影响与拖带下，1900 年以后的中国文学，也不自觉地表现出了现实主义的"转向"。

第一节 泥沙俱下中的现实主义选择

从中国文学本身的历史状态讲，由于它的主要接受者是农民（这里包括文字文本的读者和口头文学的听者）；由于中国的城市市民的主要文化结构也是农业文化的；也由于人们对文学生活的需要是多方面的，所以，20世纪初期的中国文学实际上是多种情况并存的。我们所说的多种情况并存，主要是指在晚清时期（包括在1900年前后），文学作品多表现出了旧古典文学传统与改良主义的旧瓶新酒形式并存的局面。在这个时间段里，这种并存局面是泥沙俱下形式的。

这种泥沙俱下的局面，主要有如下的表现形式：

第一，在民间文学生活中，清代以前的古典文学作品和清代以来的文学作品仍居主导地位。

在晚清时期的民众文学生活中，中国传统古典文学作品所占有的比重还是相当大的。特别是在民间的文学生活中，在方言条件下的"口头文学"活动中，传统的"评话""评书"还是居于主导地位的。在清代以前，《三国演义》《水浒传》《西游记》《金瓶梅》被并列为"四大奇书"。贵族、市民和一般农民均欢迎喜爱。用鲁迅先生的评价称：此四书"居说部上首"①。其中，相对于文人听众和读者群体，《三国演义》较受欢迎。这大约与《三国演义》讲的是"平天下"的故事，与其演绎的是一段人们感觉

---

① 鲁迅.中国小说史略[M].北京：民主与建设出版社，2016：214-224.

上"真实"的历史有关。而一般的社会民众，则更为喜欢《水浒传》。这恐怕与《水浒传》中的"不平则鸣"的"民间正义"，与其中理想的"民间英雄"人物塑造有关。到了清乾隆年间，《红楼梦》走红。《红楼梦》在当时取代了《三国演义》的社会文学生活地位，并特别受到了文人的推崇。道光中期，文康的五十三回《儿女英雄传评话》的传播，则又为当时的文人所喜爱。到了光绪五年（1879），石玉昆的《三侠五义》（原《忠烈侠义传》）又在民间风行。这种情况，在整个晚清时期民间文学生活中一直延续着。

第二，在诗歌的写作中，"变革"的端倪虽已出现，但旧体诗词依然是主流。

晚清时期，尽管已经有了黄遵宪在19世纪中后期"我手写我口"的"诗界革命"的倡导与实践，但在文学的现实生活领域，旧体诗词"一统天下"的局面却并无改观。尽管比较此前，该阶段的诗歌也开始有了某种变化（如黄遵宪的口语化的诗歌，已经与旧体诗歌的用典和故作高深有了许多改变；如梁启超的《二十世纪太平洋歌》《志未酬》《雷庵行》等作品，已经有了从旧体诗歌向自由体诗歌形式变化的征兆。同时，南社派诗人们的进步诗歌的写作，也对诗坛产生了一定影响），但律诗和填词仍是最为基本的诗词写作样式。因为在这一时期，宗法宋人的"同光体"诗人仍占据诗坛的主导地位。尽管同光体一派的理论主张并不相同，有闽派、赣派、浙派之分，其写作的情况也较驳杂，但其总体上仍居当时主流。从中国古典诗词的传统角度看，同光体派的努力，是在保持和延续传统。当时，他们提出的"好用道藏佛典"和"恶熟恶俗"反白话，无疑是具有历史反动意义的。与诗歌的情况差不多，晚清时期的词坛现状基本如是。无论是冯煦、陈锐、志锐、成盛昱，还是王以敏、叶衍兰等人，他们所作词篇与同光体派相近，似乎距离现实也更远一些。词人中，也许王鹏运是一个不同。在他的一部分词中，还是能够关注到当时中国社会生活变化的，也能够将自己的某些切肤之感，通过部分作品来加以传达。

在晚清时期，从社会的文学生活整体来看，用"泥沙俱下""鱼龙混杂"来形容是很贴切的。晚清时期的中国社会文学生活，就像是对旧文学生活方式的一种"历史拖带"。特别是在民间的文学生活层面，旧文学的影响与痕迹可谓是遍地皆是。如果仅从此论，我们很难说当时的社会文学生活向现实主义的历史转化能够发生多少。因为晚清时期的社会衰败是有目共睹的，所以民众思想在不同的角度都有所变化。这种变化的主要标志虽然是在知识分子阶层和统治阶级内部，但是社会对此也是深有感受的。1898 年肇始于山东，尔后又泛潮于整个北方地区的义和团爱国运动，事实上就是中国社会民间对此问题的一种历史反应和表达。由于帝国主义列强的入侵和文化渗透，文化和政治经济冲突对民众的实际影响是很明显的。这样的历史条件，对中国社会文学生活向现实做出选择，是一种巨大的动力。从这个意义上讲，在晚清时期的文学作品中，关注现实生活的现实意识的确得到了强化。

第二节　向现实题材转向渐成文学时尚

在以诗歌散文为主要形式的文学传统里，写风花雪月之景，抒个人感受之情，早已成了历代文人的主要写作题材。每朝每代虽都有文人关注现实，但是这种关注又往往与他们的个体际遇和感受联系在一起。在中国古典文学历史中，叙事文学（特别是小说）之所以一直难有文学社会地位（其实是文学的"江湖地位"），实际上是与我们的古代文学传统的"诗化"的抒情特点分不开的。所以我们说，中国古代文学中小说形式的欠发达，实际上迟滞并阻碍了文学现实主义发展的可能。

进入晚清后社会情况的剧变，这给文学生态带来了巨大改变。在西方文化思潮（其中亦包括西方的文学思潮）的影响下，叙事文学的社会地位得到了改良文人和革命派文人的期许和推崇。一批对社会具有责任感和使命感的文化人开始介入文学写作活动。他们的参与对文学题材向现实转变产生了巨大影响。

第一，批判现实的官场谴责小说。

在晚清时期，文学作品中小说获得了空前的繁荣。康有为曾在 1900 年《闻菽园居士欲为政变说部诗以速之》的诗中，提及当时小说的繁盛情景。诗中道："我游上海考书肆，群书何者销流多？经史不如八股盛，八股无如小说何。郑声不倦雅乐睡，人情所好圣不呵。"[①] 吴沃尧在《月月小说·序》中说："吾感乎

---

①康有为 . 闻菽园居士欲为政变说部诗以速之 [M] // 郭绍虞，罗根泽 . 中国近代文论选 . 北京：人民文学出版社，1959：148.

饮冰子《小说与群治之关系》之说出，提倡改良小说，不数年而吾国之新著新译之小说，几于汗万牛充万栋，犹复日出不已而未有穷期也。"[1] 在小说创作的繁荣之中，对官场现实持批判态度的黑幕小说的成就，似乎更为引人瞩目。晚清时期小说的兴盛和成就，首先就表现在官场谴责题材小说上。

晚清时期，由于清王朝的腐败无能，造成社会的极度不安定。这种社会的动荡变故，给社会发展的启蒙思想和启蒙文化提供了发展空间。此时，批判官场现实的小说题材才有成为现实的可能。该时期的批判和揭露官场黑暗腐败题材的小说与其他批判现实的小说相比，并不太多。由于晚清时期的小说主潮就带有批判现实主义倾向，所以此时期的小说多少都带有某种政治批判意识。宽泛地说，当时的许多小说作品都与批判社会政治有关。如果做一个概念上的互换，那么该时期的官场谴责小说，与鲁迅所称的谴责小说有许多相近。或者说是包含其中的。

如我们前面所说，晚清的官场谴责题材小说虽然相比较其他小说数量不是很多，但是作品的分量却是最重的，其社会影响也是最大的。当时重要的官场谴责题材小说的作家主要有李宝嘉、吴沃尧、欧阳巨源（蘧园）、王浚卿（八宝王郎）等。作品则主要有李宝嘉的《官场现形记》《活地狱》《中国现在记》，吴沃尧的《最近社会龌龊史》[2]（长篇20回）、《立宪万岁》（短篇）

---

①吴沃尧.月月小说序[M]//陈平原，夏晓虹.二十世纪中国小说理论资料：第一卷.北京：北京大学出版社，1997：186-188.

②原载于1909年的《中外日报》。1910年时务报馆出版单行本，每回有插图，书名改为《绘图最近社会龌龊史》。

《快升官》（短篇），欧阳氏的《负曝闲谈》[①]（长篇30回），王浚卿的《冷眼观》[②]（长篇30回），等等。其中，李宝嘉的《官场现形记》和《活地狱》是最具代表性的作品。

由于社会历史的具体原因，当时人们对小说《官场现形记》显示出极浓的兴趣。这就有些像当代新时期改革文学，在70年代和80年代里的"洛阳纸贵"一样。据孙玉声回忆，"《官场现形记》说部，刊诸报端，购阅者踵相接，是为小说报界极盛时代。"[③]鲁迅先生也特别谈到《官场现形记》"特缘时势要求，得此为快，故《官场现形记》乃享大名"[④]。从孙玉声和鲁迅二位先生的记述之中，我们可以想见当时《官场现形记》出版后强烈的社会反响。李宝嘉的《活地狱》当时的成就虽不及《官场现形记》，但影响也是颇大的。而《官场现形记》和《活地狱》之所以会在当时获得如此反响，除了李宝嘉对中国小说叙述艺术的掌握外，题材的选择是一个最为重要的原因。

在这里，我们不准备详细地分析官场谴责题材作家和作品。我们想说的是：描写和揭露清朝官场黑暗腐败生活，可以成为小说题材，这在中国封建社会历史上还是第一次。这种政治类

---

①原载于《绣像小说》，第6至41期（1903—1904）。1933年，北京徐一士将全书分段标点，逐回评考，重载上海《时事新报》。1934年，上海四社出版部印行单行本。

②王浚卿.冷眼观[M].长春：时代文艺出版社，2001.

③孙玉声.退醒庐笔记[M].太原：山西古籍出版社，1995：3-15.

④鲁迅.中国小说史略[M].北京：人民文学出版社，1973：254.

题材能够在晚清时期成为文学和社会中的"显学"现象，是有着特殊历史原因的。

首先，晚清最后的衰败，给此题材小说的出现提供了历史机遇。虽然在《三国演义》《水浒传》中，也都部分地描写了三国时期和宋代的官场，但是，均未对当时的"朝廷"进行全面的"批判"。毛泽东在谈到《水浒传》时，曾用"反贪官，不反皇帝"来概括，就是指小说中的水浒英雄造反不彻底。这种不彻底性，也恰好说明，作者在创作期间对"朝廷"和"清官"抱有幻想，对整个封建制度抱有幻想。其实不仅如此，《三国演义》《水浒传》在后来的数百年间得以在社会上传播，也与其对官僚和官场的指涉多有保留有关。因为在封建社会里，对社会的批判，尤其是对官僚和官场的批判实际是不被允许的。在晚清时期，要不是因为清王朝在帝国主义列强的不断打击下，已是衰弱不堪和统治难继，像此一类专门揭示官场黑暗、谴责官场腐败、讽刺官场百丑的小说和社会言论，是不可能流行于市井之间的。

其次，人们对朝廷的对外软弱和对内腐败，不仅丧失了信心，而且已经到了难以忍受的程度。在晚清的官场谴责小说里，没有了过去演义小说中常见的"清官"人物，也没有了那种"忠臣"角色。小说提供给读者的，可谓是一片黑暗、腐败和无能。当时的普通社会读者能够接受此种题材小说（既无风花雪月，又无演义传奇），一方面与当时的维新变法的社会氛围有关，同时，还与百姓对官场和朝廷的幻觉丧失有直接关系。这就像李宝嘉在《活地狱》的"楔子"里所说的："我不敢说天下没有好官，我敢断定天下没有好衙门。""上有天堂，下有地狱。阴曹的地狱，虽没看见；若论阳世的地狱，只怕没有一处没有呢！所以我说他的利害，竟比水火刀兵，还要加上几倍！正是这个缘故。因此我要做这一部书，把这里头的现象，一一都替他描写出来。虽说普天之下，二十多省，各处风俗未必相同，但是论到衙门里要钱，与那讹诈百姓的手段，虽然大同小异，却好比一块印板印成，断乎不会十二分走样的。"如果换成平民百姓的语言，那就是：官场就是害人场，就是活地狱！对官场如此的肯定，对官场如此的批判，我们从李宝嘉的《官场现形记》和《活地狱》两部小说的社会反响中，就可以看到晚清的官场谴责小说对封建体制和制度的批判力度。正因如此，晚清的官场谴责小说里的这种批判和讽责，恐怕不是用"入木三分"就可以简单形容的。

第二，批判现实的改良革命小说。

和任何"革命时期"的文学一样，晚清时期文学作为"五四运动"前的文化准备阶段，它的作品也是（或者主要是）"革命色彩"浓重的。打一个并不贴切的比方，在当时的历史条件下，"革命"（改良也是"革命"）实际上成了一种"社会时髦"和"社会时尚"。所以，在晚清时期的"畅销文学"里（主要是小说和散文），许多题材会与革命有关。也就是说，无论是改良派还是革命派，都在把文学（主要是小说和散文）视为宣示改革和传播思想的工具。除了极少数文化既得利益集团，当时的多数文化人都意识到中国社会改革的必要性。多数文化人也都不同程度地参与进了这一历史进程。这样的历史选择，决定了在晚清的十余年间，改良或革命是文学的一个主要题材选项。

1902 年，梁启超在《新小说》的第一、二、三、七号上发表了小说《新中国未来记》。该部小说只有五回，最后并未完成。这部小说的发表，被视为中国新小说的开山之作。据美国汉学家韩南的《中国近代小说的兴起》[①]介绍，英国人付亚兰1895年在中国曾组织了一次小说竞赛。小说竞赛的名称为"求著时新小说"，启示刊登在《申报》《万国公报》和《中国纪事》上。此次竞赛共有162位作者参加，作品162件。由于各种原因，此次竞赛的稿子最终没能发表。据猜测，这162部参赛小说很可能已经失佚。有关研究者从付亚兰组织此次小说竞赛的初衷判断和猜测，这次参赛的作品中很可能会有新小说作品，也许还为数不少。如果从今天的小说观念出发，梁启超的《新中国未来记》也许无法算得上一部"真正意义"上的小说。这是因为在小说中，作者虽然结构了故事，塑造了人物（黄克强、李去病），满足了小说结构的一般条件，同时，该小说又是一部集讲演、论辩和游记于一处的"四不像"。用梁氏自己的话说就是："似说部非说部，似稗史非稗史，似论著非论著，不知成何种文体……"[②]梁启超的这部"四不像"，看起来是有一些非小说的因素存在。但是若从国人长期将小说视为"说部"的这种泛小说意识来说，特别从小说的"历史创新"意义上说，《新中国未来记》不仅仅有首创之"历史功绩"，而且还有重要的"小说文体革新"意义。不过从"新小说"的"新"的角度来看，《新中国未来记》最为重

---

① 韩南.中国近代小说的兴起 [M].上海：上海教育出版社，2004.

② 欧阳健.晚清小说简史 [M].太原：山西人民出版社，2005：20.

要的是对题材的选择。我们所以这样说，主要是由于在《新中国未来记》之前，晚清以官场和朝廷为代表的主流舆论对改革维新的认识都是否定的。在文学中，新政变法和改良图强也被保守派视为了逆贼动乱。1899 年，古润野道人就曾作《捉拿康梁二逆演义》说部。原序称：

> "自古金壬邪佞，挟阴险诡谲之计，以济其贪婪诬罔之私，辩言乱政，蠹国害民，上与下交受其祸。至今读史及之，犹令人眦裂发指，废书三叹焉。而当其时，里党相揄扬，僚友争推荐，君若相亦深信不疑，鲜有能发其奸者，何也？采虚声而不察实行故耳。世有君子而不敢自信君子之人，断无小人而自居于小人之人，且微特不肯自己小人己也，阳与君子附，阴与君子仇，甚至援君子于小人，而以小人冒君子，植党羽，结奥援，互相标榜，为之游扬延名誉，致令正人志士误入牢笼中而不悟。迨变乱成章，排击善类，天下骚然不靖，然后知其前之误也，不已晚乎？"[①]

从其对变法的仇恨与否定上可见当时社会上层舆论的主导企图。在这样的背景下，《新中国未来记》能够第一次把变法革命视为历史积极事件，在晚清文学中实属意义重大。欧阳健在《晚清小说简史》中称《新中国未来记》"揭开了晚清新小说的序幕，

---

①古润野道人.绣像捉拿康梁二逆演义 [M].北京：北京大学图书馆，1899.

于晦盲否塞达于极点的中国文坛,无异于振聋发聩的春雷"①。其评价,可谓是准确的。

自梁启超主持的《新小说》创刊和他的《新中国未来记》发表之后,改良与革命才开始成了当时文学(特别是小说)的一个重要题材。其中有李宝嘉的《文明小史》②、刘鹗的《老残游记》、旅生的《痴人说梦记》③、吴沃尧的《新石头记》④。1906年之后的"立宪小说"(指清朝政府从1901年起便出现了"立宪"之说,想以"立宪"的举措来消解当时的社会矛盾)。1906年,光绪皇帝宣布准备"立宪"。针对清王朝的"仿行宪政",许多小说作者在此时期创作了批判朝廷"立宪"闹剧的小说。其中,有吴沃尧的《庆祝立宪》⑤《预备立宪》⑥ 和《立宪万岁》⑦、戊公的《立宪镜》⑧(戊公,杭州人)、乌程蛰园的《邹谈一噱》⑨、萧然郁生(郁子青)的《乌托邦游记》⑩(小说共 4 回,未完)、

①欧阳健.晚清小说简史 [M].太原:山西人民出版社,2005:25.

②李宝嘉.文明小史 [M].绣像小说.北京:商务印书馆,1960.

③旅生的《痴人说梦记》共 30 回,连载于 1904 年 2 月至 1905 年 3 月的《绣像小说》,半月刊的第 19 期至 54 期.

④吴沃尧.新石头记 [J].南方报,1905.

⑤吴沃尧.庆祝立宪 [J].月月小说,1906,(1).

⑥吴沃尧.预备立宪 [J].月月小说,1906,(2).

⑦吴沃尧.立宪万岁 [J].月月小说,1907,(5).

⑧戊公.立宪镜 [J].新小说,1906.

⑨乌程蛰园.邹谈一噱 [M].上海:上海启文社,1906.

⑩郁子青.乌托邦游记 [J].月月小说,1906,(1/2).

燕市狗屠的《中国进化小史》[①]（共 2 回，未完）、大陆的《新封神传》[②]（共 15 回）、萧然郁生的《新镜花缘》[③]（共 12 回）、想非子的《天国维新》[④]（共 1 回）……都是或主张改良或主张革命的小说作品。

此类改良与革命题材的小说和散文等文学作品的流行（尽管当时的一部分作品是在国外发表的），对于批判封建专制制度，传播革命思想，推动历史进步，均起到了极其重要的作用。

第三，借用外国历史故事，表达社会改革理想的改革题材小说。

在晚清时期的小说和其他文学创作中，向西方资本主义国家学习，成了当时的一个重要的文化主题。无论是早期的改良派，后期的改良派，还是种族革命派，都十分重视向西方学习。在"西学东渐"的过程中，翻译西方小说的则蔚然成风。梁启超在《印译政治小说序》（1898 年 12 月）中说："在昔欧洲各国变革之始，其魁儒硕学，仁人志士，往往以其身之所经历，及胸中所怀政治之议论，一寄之于小说。……今特采外国名儒所撰述，而有关切于今日中国时局者，次第译之，附于报末，爱国之士，或庶览焉。"[⑤] 由于受西方翻译小说的影响，同时也因国人以各

---

① 燕市狗屠.中国进化小史 [J].月月小说，1906，(1).

② 大陆.新封神传 [J].月月小说，1906，(1/2/3/4/7/10)

③ 萧然郁生.新镜花缘 [J].月月小说，1907，(9-23).

④ 想非子.天国维新 [J].月月小说，1908，(22).

⑤ 梁启超.印译政治小说序 [M]// 陈平原，夏晓虹.二十世纪中国小说理论资料：第一卷.北京：北京大学出版社，1997：37-38.

种形式增加同西方的交流，中国的知识分子有相当一部分，对西方社会的历史文化有了一定的了解。

应该说，西方小说的翻译，对于开阔晚清国人的历史视野，激发国人改革图新的意识，是起了很大作用的。不过西方社会的情况与中国并不相同，他们与我们所面对的社会问题和制度样式也彼此相异。他们小说所描写的西方资本主义国家的故事，与晚清社会变革的思想需求之间，是存在着很大差距的。引进翻译国外小说作品，起不到直接帮助我们推动变革的作用。于是，在晚清时期的文学作品中间，就出现了一种专门以国外历史故事为表面写作题材，内里却主要是传达中国改革思想的小说作品。这种借外国故事阐述中国社会改革思想的小说，我们可以把它称为以外国故事为形式的晚清改革题材小说。

用外国的历史故事或事件来宣传改革思想，实际上早在戊戌变法时就出现了。当时康有为曾向皇帝进呈了《日本明治变政考》和《俄罗斯大彼得变政记》①，借用日本和俄罗斯的变革历史来劝说光绪帝改政。借用外国故事来说中国自己的改革变法，晚清时期的这种"借用"形式的题材小说，其实是一种"创造"。据相关研究，以外国历史故事为形式的题材，实写中国社会故事的小说，主要出现在 1901 年前后。1901 年 6 月首刊的《杭州白话报》是其主要阵地。当时主要有独头山人（孙翼中）的《波兰国的故事》、宣樊子（林獬）的《菲律宾民党起义记》《美利

---

①康有为.日本变政考（外二种）[M].北京：中国人民大学出版社，2011.

坚自立记》《俄土战记》等。这些小说作者的主要动机，当然是要借外国人的故事，说中国人自己的事儿。但是在这几部小说中，对中国社会改革的直接期望并不明显。其当时的主要作用是，借外国的历史故事，来做中国人的"历史镜子"。而真正使用外国故事来说中国改革理想的"改革小说"，"正式"出现是在 1902 年至 1903 年间。由于梁启超创办了《新小说》，并大力倡导"小说界革命"，所以 1902 年以后，出现了一批以外国故事为形式的晚清改革题材小说。此一题材形式的小说主要有雨尘子的《洪水祸》[①]（共 5 回）、岭南羽衣女士的《东欧女豪杰》[②]、玉瑟斋主人的《回天绮谈》[③]（共 14 回）。在《东欧女豪杰》中，作者称赞苏菲亚后更抒发了对国人的感慨："可恨我国二百兆同胞姊妹，无一人有此学识，有此心事，有此魄力；又不但女子为然，那号称男子的，也是卑湿重迟、文弱不振，甘做外国人的奴隶，忍受异族的凭凌，视国耻如鸿毛，弃人权若敝屣，屈首民贼，摇尾势家，重受压抑而不辞，不知自由为何物。倘使若辈得闻俄国女子任侠之风，能不愧死么？"类似的感慨，玉瑟斋主人在《回天绮谈》中也有表达。玉瑟斋主人在《回天绮谈》的最后说道："天下事不怕难做，不怕失败，最怕是不肯去做；若肯去做，炼石可以补天，衔石也可以填海，志气一立，天下哪里有不成的事呢？就令目下失败，然有了因，自然有果，十年二十年之后，

---

① 雨尘子.洪水祸[J].新小说，1902，(1).

② 岭南羽衣.东欧女豪杰[J].新小说，1902，(1).

③ 玉瑟斋主人.回天绮谈[J].新小说，1903，(4/5/6).

总有成功之一日的。看官读了这一篇，不要崇拜他们，歆羡他们，你想学他，就有第二个宾勃鲁侯、第二个鲁伯益出来。孟夫子有云：'人皆可以为尧舜。'至于去做与不去做，岂不又在自己么？"这实际上是借他国之故事，诉中国之弊端；借外国人之历史，演绎国人之戏剧。

晚清"新小说"的出现，无论是从思想上，还是从题材上，都是一个直面中国社会现实的过程。这就是 20 世纪中国文学中现实主义的第一次浪潮。

从"第一个"现实主义浪潮的主要趋向上看，批判现实大约是此一时期文学（主要是小说）的主要特点。在这一时期里，从主要文学作品的题材选择上看国家政治、民族政治是其中最为重要的选项。当然，该时期的文学总的说来还是"泥沙俱下""鱼龙混杂"的。我们不能排除，其中的一部分文学是古典文学旧传统意义上的东西，甚至还可能是很历史反动的东西。总的来说，在文学审美价值和文学历史价值的要求下，当时社会认可度和价值度均较高的作品，往往都具有晚清历史和社会政治的"改革"意义。所以，我们也可以笼而统之地将它们称为"政治小说"或"政治文学"。也可以说，对社会政治进行批判的批判现实主义，是晚清小说的一个重要特点。

另外，从文学的表现手法上看，该时期的"革命文学"（改良文学）已经开始有面向现实的现实主义态度，但其在文学作品的写作上，晚清文学则仍然没有可能完全脱离理想和幻想。也就是说，在晚清文学的具体实践中，他们当时的现实主义实践，只是拥有了一个"现实态度"而已。在具体的作品中，其所表现出的现实，往往与真实的社会生活现实间有着不小的距离。由于对现实的批判，对未来现实的理想化憧憬，晚清小说在审美上的非现实成分是相当多的。无论是当时批判现实的"政治小说"，还是其中的被幻想出的英雄人物，晚清文学的现实主义努力仍很具有批判性，但其与19世纪欧洲批判现实主义文学的那种"冷静""客观"的"现实主义"相比较，还是有着不小区别的。

特别值得说明的是：尽管晚清时期的白话文运动已经有了一些成效，在一些文学作品的书面语言使用方面已经有了不小的进步，但在笼而统之的意义上，此时期的文学作品总体上仍是处在向白话文字的过渡中。当时的文学作品语言（包括小说），与生活语言的差距还是相当大的。由于白话文初步发展的原因，在客观上使文学在对现实生活的描写和表现上，受到了必然性的历史限制。

总之，中国文学在晚清时期的确开始了自己的现实主义进程，晚清文学开始走向了现实主义。但不能否认的是：限于文学的历史发展条件，该时期的文学现实主义发育还很不完全。并且此时的现实主义还戴着旧小说那些从形式到内容的各式木枷。刚刚开始出现的现实主义还与各种各样的主义掺杂在一起，这只是一个萌芽期的现实主义初潮。在这一时期里，现实主义不仅是一种"主义"上的工具需要，是一种被历史寻找的"可能"，是一种新的文学和文化尝试，也是一种向域外不断学习的过程。在这一时期里，现实主义作为社会思潮和思想，虽然多了许多的历史激动，多了许多的辩论和争吵，多了许多的半生不熟的文言白话文作品，但是它们还是缺少真正意义上的现实主义实践。这主要是因为，长期形成的古典传统的文学形式和文化内容，对它仍有着必然的历史束缚。

第四章
"前五四"文化启蒙与现实主义思潮

　　1911 年的辛亥革命，在 20 世纪初期的中国历史上，是一个最重大的社会事件。由于辛亥革命，清王朝 260 多年的统治被推翻。中国社会也由封建社会，经过短暂"共和"时期的过渡，转而进入了所谓的"北洋"时期。辛亥革命虽然是一次重大的历史性变革，但是由于此次革命在政治总目标上的种族革命色彩，因此清王朝的垮台便成了当时运动的"终极目的"。作为一次由中国资产阶级领导的革命运动，在此次运动中，除了解决"种族革命"的问题外，其他的"反帝"和"反封建"的问题，均未能获得相应的解决。在孙中山软弱地交出领导权后，中国社会就进入了混乱、黑暗的北洋军阀统治时期。在这个时期，除了天空上的共和旗帜和没有了登基坐殿的皇帝外，其他的一切，仍是换汤不换药。无论是社会的基本生产关系，自下而上的社会基本结构，社会的人伦文化，还是帝国主义国家对中国社会的经济入侵和殖民干涉，都没有任何改变。如果说有什么新的变化，那就是军阀们的割据和统治，与晚清时期的皇权统治相比，变得更为混乱无序和更为黑暗残酷罢了。

人们知道，"五四运动"之所以会发生，既与巴黎和会上中国政府的软弱和日本帝国主义的无耻有关，也与帝国主义列强们瓜分战后利益的无耻行径有关。当然，还与辛亥革命只是达成了"种族革命"的目标有关。由于"种族革命"目标的局限性，中国封建社会制度性和文化性的深层问题均未能得到触及和解决，这不仅使此次革命除"种族意义"外，难以取得社会各阶层的进一步支持，而且使革命本身的现实意义严重衰减，使大多数社会集团（特别是辛亥革命中的主力军——民族资产阶级和社会底层的民众）并没有享受或感受到"革命"所带来的实际利益。既然辛亥革命是"有限"的，那么它就必然会留下种种亟待解决的问题。而这种"有限"革命所不能解决的问题，最终还需要另一次革命来到。

在为又一次"革命"所做的准备中，文学问题，特别是现实主义文学问题，又突出重要了起来。

第一节　逃避：市民文学的灰色现实主义

虽然中国的资产阶级革命者，为其推倒清王朝的革命预设了许多目标，但是辛亥革命最终只能通过"种族革命"，达成结束"帝制"的基本目的。早期改良主义者们的一些救国理想，在辛亥革命之后，似乎又都变成了一抹淡淡的雾霭。中国社会被辛亥革命所搅起的激动，很快就又平复了下来。就像一个池塘里的水，表层刚刚泛起一点涟漪，马上就又什么都没有了。晚清文学中的某些令人兴奋的情景（如文言白话的谴责小说），此时基本见不到了。况且，晚清文学"革命"中的许多实践，都是在异域他国进行的。在中国本土的文学生活中，它们只是在知识阶层中有思想的那部分人那里得到了某些理解。而对于普通社会成员的文学生活，它们的实际影响则很小。胡适在《我的歧路》中，曾谈及了"五四"之前中国社会文化情况。他说："1917年7月我回国时，船到横滨，便听见张勋复辟的消息；到了上海，看了出版界的孤陋，教育界的沉寂，我才知道张勋复辟乃是极自然的现象，我方才打定二十年不谈政治的决心，要想在思想文艺上替中国政治建筑一个革新的基础。"[①] 人们知道，胡适的这一番表白，是对他后来人生选择的一种解释。但其中对中国辛亥革命后的社会文化现状的描述，却是很到位的。

我们在这里之所以要对辛亥革命的"种族革命"问题进行讨论，主要是因为：辛亥革命结束了清王朝帝制，给中国历史带来了巨大的变化。它主要的集中表现，就是在"皇帝没有了"这个中国几千年封建历史上的象征结束了。对于已经习惯封建帝制的中国人来讲，皇帝被推翻所造成的历史震撼，显然是无与伦比的。仅从这一点上说，辛亥革命的历史功绩是极其巨大的。但我们也不得不看到，由于中国历史文化和帝国主义干涉等多方面的原因，辛亥革命最终完成的是一个形式上结束封建帝制的目标。毛泽东在《青年运动的方向》一文里曾说过，辛亥革命

---

①胡适.我的歧路[M]// 胡适.胡适思想录:4.北京:中国城市出版社，2013：42.

"只把一个皇帝赶跑，中国仍旧在帝国主义和封建主义的压迫之下，反帝反封建的革命任务并没有完成"。

在"五四运动"之前和北伐前的十余年时间里，中国社会基本上是处在军阀武装割据状态之下（虽然这种军阀割据的情况一直延续到抗战前后，但"北洋"这一时间段的割据情况最为严重）。军阀们用步枪发言，用大炮投票，俨然是一个又一个没有穿龙袍的土皇帝、小皇帝。他们的你来我往，形成了北洋时期中国社会的普遍无序和混乱。如果从中国社会制度文化和社会基本生活方式的角度来看，大家不难发现，在辛亥革命之后，中国百姓的基本生活状态和方式，与晚清及辛亥革命之前的那种生活方式和状态相比较，并无什么明显区别。当时的民生状况没有得到什么改善，更为重要的是：对于社会和普通百姓来说，封建帝制的结束，显然就是"辛亥革命"的结束。而"革命"结束了，那也就没有什么需要期待的了。由于北洋军阀们的割据征伐，使当时的社会民生更为痛苦。

在一个无序和混乱的社会状态下，文学也表现了与之相应的三种症候：第一个方面，辛亥革命前，晚清时期将文学拉入现实主义的文学革命的历史动力，依然在直接或潜在地发挥着作用。它仍想主导并影响文学的发展，甚至想继续深入"革命"，以解决晚清"文学革命"极不彻底的"历史后遗症"。第二个方面，晚清时期改良和革命的社会浪漫主义和理想主义，仍飘浮在社会文学生活的某些角落里。社会的文化人和文学界，有相当一部分一直还处在"革命"胜利的梦想中。对于他们来说，"革命"已经成功，似乎别无他求了。第三个方面，曾经主导了中国两千余年的古典文学传统，在此时似乎又开始活泛了起来。以往明、清社会普遍存在于城市生活中的那种闲适化的市民趣味和文学要求，又企图开始去"主导"和引领市民阶层的灰色化的文学生活。而对社会现实的无奈，又在客观上加剧了民众消极社会心态的形成。这种消极社会心态的形成，对于辛亥革命后的中国文学而言，就是在一部分社会成员那里形成了一个对现实的逃避思潮。反映在当时的文学写作上，就是以才子佳人故事、黑幕侦探故事、武侠故事为主导的市民文学的滥觞。

我们知道，在 20 世纪早期中国民众受教育程度普遍很低。在普通老百姓中，识字率和半文盲率也相应很低。在广大的农民阶层，农民的文学生活主要是以口头文学的方式进行传播。对他们而言，戏剧（曲）和说书是最主要的文学生活形式。他们的文学生活，分散而呈现出自在自为的特点。所以尽管他们在社会人口比例上占有绝对多数，但因为其分散和自为的特点，他们对社会总的文学生活方式的影响并不大。相反，当时的城市市民虽然是社会中的一个绝对少数，但他们对社会主流文学生活的参与度却是相当高的。他们对社会文学生活的依赖程度，也远高于农民。从这个意义上讲，文学也更为关注城市市民的生活状态和需要。在辛亥革命后，各类报刊的出版传播之所以盛况空前，主要与市民群体的普遍参与和渴望是分不开的。

辛亥革命后的 1914 年，一个名为《繁华杂志》的刊物问世了。这个刊物的创刊号上有一个题词称：

　　莽莽神州世变多，繁华如梦感春婆。笑驱三寸毛锥子，忽惹千秋文字魔。容我著书消岁月，管他飞檄动兵戈。醉心权当中山酒，一册编成一月过。不志兴亡志滑稽，仰天狂笑碧空低。阽危时局何堪忆？游戏文章尽有题。莫说寓言居八九，十千世界本空空。君房言语妙天下，我恨搜求妙语难。破格敢邀天下赏，复甄留与世间看。文林诗海消闲料，说部歌坛醒睡丸。谁道书成了无益，茶余酒后尽人欢。①

《繁华杂志》的这一篇题词，不仅仅是一个杂志的宣言，它实际上说出的是当时许多人对世事的看法。在一个社会黑暗的年代里，逃避现实和寻求自保，虽然消极，却肯定是会被相当多的草根民众认同的。因为无组织的普通百姓，并无能力抗拒世事命运。据李葭荣的《我佛山人传》称，吴沃尧到了1908年写《恨海》时，已经是"救世之情竭，尔后厌世之念生"②。从批判现实的谴责小说写作开始，到《恨海》的变化，吴沃尧的思想走向，就是当时一部分人的精神写照。

如同《繁华杂志》一般，《礼拜六》在其《出版赘言》中也说：

或又曰："礼拜六下午之乐事多矣，人岂不欲往戏园顾

---

①《繁华杂志》1914年9月创刊于上海，月刊。海上漱石生任杂志主编，由上海锦章图书馆出版、发行。《繁华杂志》属于综合性文艺期刊。但其又刊登与戏曲有关的文字居多（如剧本和京剧评论文章等）。

②李葭荣．我佛山人传[M]//魏绍昌．吴趼人研究资料．上海：上海古籍出版社，1980：13.

曲，往酒楼觅醉，往平康买笑，而宁寂寞寡欢，踽踽然来
购读汝之小说耶？"余曰："不然！买笑耗金钱，觅醉碍卫生，
顾曲苦喧嚣，不若读小说之省俭而安乐也。……晴曦照窗，
花香入坐，一编在手，万虑都忘，劳瘁一周，安闲此日，
不亦快哉！故有人不爱买笑、不爱觅醉、不爱顾曲，而未有
不爱读小说者。况小说之轻便有趣如《礼拜六》者乎？"

　　客观说，市民文学（主要是市民小说和市民戏剧）对文学
现实主义的逃避，并非始于辛亥革命之后。而是在辛亥革命前
的二三年间就已经开始了。最初是吴沃尧的《恨海》在 1908 年
的刊行，然后便是 1909 年包天笑编辑的《小说时报》的创刊。
1910 年，由王蕴章编辑的《小说月报》又创刊了。我们在这里，
只是简单描述了辛亥革命前的灰色市民小说报刊的情况。其实，
若将当时发表此种精神灰度甚高的市民文学的小报完全纳入视
野，数量应当是相当大的。孟兆臣在《中国近代小报史》中曾
说："据阿英的统计，1897—1911 年，已知的小报共 32 种。……
当然这 32 种仅是已知的，由于小报处于自生自灭的状态，一
向无人留意记录整理，因而小报的实际数量肯定要比这个数字
大得多。"[1] 不过，这种情况在辛亥革命之后，又有了明显的发展
趋势。

　　1914 年 6 月 6 日，王纯根、孙剑秋编辑的《礼拜六》周刊
创刊。这是民国初年，最具影响的鸳鸯蝴蝶派的文学阵地。此

①孟兆臣.中国近代小报史 [M].北京：社会科学文献出版社，2005：20.

刊一直出版到 1916 年 4 月，共发行 100 期。在《礼拜六》发行的这一年，该类市民灰色化的休闲文学类报刊竟刊行了 10 余种之多。除《礼拜六》外，还有《小说丛报》《五铜圆》《好白相》《白相朋友》《七天》《繁华杂志》《香艳杂志》《情杂志》《上海滩》《女子世界》《销魂语》《中华小说界》《民权素》《眉语》《黄花旬报》等多种。此后几年，这种情况仍然在延续。大约到了 20 年代的后期和抗战前后，此种逃避现实的市民文学才告一段落。

综观当时的报刊，深度灰色化的市民文学是一个总体发展趋向。正是由于这一类报刊的存在，导致了当时鸳鸯蝴蝶派文学、黑幕文学和武侠文学的兴盛。今天，我们虽然能够理解当时市民文学的这种逃避现实的行为，但是从中国的历史发展和进步意义上看，这种不敢和不能正视现实，一味将自己的文学生活休闲化的行为，的确是对民族和国家极不负责任的。现在的研究者，多对此一时期的深度灰色化的市民文学给予低值评价，原因大抵如此。赵遐秋、曾庆瑞认为：此一时期的鸳鸯蝴蝶派文学、黑幕文学和侦探、武侠文学，是"小说创作中的逆流"①。杨义对此执相同看法。杨义认为：此一时期的市民文学"是民初小说界泛滥成灾的一股浊流"②。不管是当时的鸳鸯蝴蝶派文学也好，还是黑幕文学、武侠文学也好，也包括当时的那些

---

①赵遐秋，曾庆瑞.中国现代小说史：上 [M].北京：中国人民大学出版社，1984：39.

②夏志清.中国现代小说史 [M].北京：人民文学出版社，2005：53.

闲适主题的散文，对于一个迫切需要变革的中国社会和民众来说，都是一种"精神鸦片"。它们的发展，事实上迟滞了晚清以来朝气勃勃渴望面对现实的"文学革命"思潮。

从文学现实主义思潮的角度来看，清末民初时期的市民文学的社会主流，无疑是具有反现实特征的。这种不问现实，不关心现实的文学态度，对于当时的志士仁人推动中国改革的艰苦努力，是一种极大的阻力。包天笑在谈到他的《碧血幕》写作时，曾对自己的旧伦理的言情小说进行辩解。他说："大约我所持的宗旨，是提倡新政制，保守旧道德。"①包天笑的辩解中，人们从其间似可以嗅出许多自嘲的意味。这说明，包天笑本人，对于其身陷于男欢女恋的故事之中，也并非完全没有遗憾。他也明白，这种鸳鸯蝴蝶小说的社会价值不高，道德趣味也极有限度。同时，这种远离现实的市民文学，与他本人初期的文学理想和抱负，也是有距离的。包天笑初涉小说时，也曾满怀热情地译述过《身毒叛乱记》。他在序文中借印度的民族灾难事件，来警醒国人，指出："瓜分惨祸，悬在眉睫，大好亚陆，将为奴界。"②其实不仅是包天笑，就连出身寒微的周瘦鹃原来也曾在启蒙运动中做过译介欧美文学的工作。他与人合译的三卷《欧美名家短篇小说丛刊》，受到了当时在鲁迅主持下的通俗教育研究会小说股的褒奖。鲁迅也曾称赞这个选本"其中意、西、瑞典、

---

① 包天笑．钏影楼回忆录 [M]．香港：香港大华出版社，1971：391.

② 包天笑．身毒叛乱记序 [M]// 阿英．晚清文学丛钞：卷三．上海：中华书局，1980：293.

荷兰、塞尔维亚,在中国皆属创见,所选亦多佳作。……足为近来译事之光。"[①] 但是周瘦鹃与包天笑一样,最终还是落入了市民文学的趣味之中。写尽了伤感一类情调的小说,并成了鸳鸯蝴蝶派文学的主力和代表性作家。

在 20 世纪的前半叶,中国社会处在一个非常的历史转折时期。在这个时期里,中华民族一直在努力地找寻着自己的生存和发展的"生路"。由于长期封建统治所导致的思想认识的僵化,由于长期农业文化传统的铸造,国人的思想意识相当封闭落后。由于帝国主义势力以各种方式的侵略,国家和民族又同时面临着"亡国亡种"的危险。在这样一个历史阶段里,"启蒙"和"救亡"就成了 20 世纪前半期中国社会两个最基本的政治、文化主题和国家道义。在国家民族如此危难之际,市民文学却以一种不面对现实的深灰色方式去逃避,用各种或旧式或新式的卿卿我我、小肚鸡肠式的故事;用发掘社会秘史、艳史、风流史、趣史一类"黑幕"故事;用情节离奇曲折的武侠故事;用各种远离社会生活的闲适主题小品,来满足和麻醉自己,无视社会的动荡而关门自清,显然是极不健康的。而在当时的历史条件下,对现实的远离在事实上也是一种不可能。你关上家门虽然可以不问世事,但你却又不得不时时打开它,因为,你不能在社会中与世隔绝地生存。所以,无论是对民族国家,还是对个人而言,与社会隔绝的孤独的文学生活方式和文学生活

---

① 鲁迅,周作人.欧美名家短篇小说丛刊评语 [M] // 鲁迅佚集.成都:四川人民出版社,1979:115.

主题都是不可取的。虽然它们是存在的，但是这种存在是不合理的。当然，我们并不否认市民文学在 20 世纪前半期中，对文学发展的某些推动。例如，鸳鸯蝴蝶小说中的新才子佳人主题；黑幕小说对某些社会阴暗的揭露。但在总体上，它们对社会的远离，对现实的无视，对现实主义的不屑，的确是文学发展中的支流旁系。

深灰色的市民文学（主要是市民小说），在"五四"前后成为中国社会的主要文学潮流是有它的历史原因的。

其一，辛亥革命后不平稳和动荡的社会时局，对市民阶级的生活影响较大。黑暗、腐败的政治和危机四伏的生活，造成了市民群体对社会主流生活的逃避。前面我们所做的分析，其实就是在说明这一点。当然，逃避是懦弱的表现，但它在有的时候，也是一种"懦弱的反抗"。

其二，辛亥革命目标的有限性，使"五四"前后时期的中国市民阶级有一种"任务结束""大功告成"的感觉。由于帝制被推翻，清王朝统治结束，市民阶级则失去了进一步的革命目标和动力。这也是导致这个群体消极的客观原因之一。

其三，这种深灰色的市民文学的滥觞成潮流，也与市民这个阶层本身不高的文学审美趣味和生活理想有关。倘若缺乏引导和提升，这个阶层的审美口味和生活理想很可能会很低。在通常情况下，此类文学作品适应了这个群体的文化要求。

其四，这也与当时现实主义文学本身的发展有关。由于中国古典文学传统（特别是诗歌散文传统）的原因，国人其实在文学中还不能真正理解和适应现实主义。他们对现实主义美学的认同、理解和适应，还需要一个过程。而这个过程还需要现实主义提供令人信服的文学成果。其五，从文学历史的角度来看，尽管这种一直延续到抗战前期的灰色的市民文学流脉，不能用健康和积极来定性，但它也是文学发展中的一个必然的历史现象。换而言之，它既是一个文学的"自发"现象，也是一个社会对文学的选择结果。它的出现是有社会要求和历史必然性的。同时，它的存在在当时还是起到了一定的文学社会作用。

第二节　重回现实的文学目光

尽管在清末和民初的市民文学中，普遍存在着对现实和现实主义逃避的灰色化现象，但现实主义作为当时的一种文化精神和社会进步要求，还是顽强地得到了表现。从"前五四时期"开始，相当一部分文学和相当一部分文学作者，特别是那些有理想抱负的作家们，就承继了清末"文学革命"的批判现实主义精神，推动了现实主义的巨澜。伴随着新文化运动的推进，最终现实主义文学思潮则成长壮大，成了 20 世纪前半叶中国文学的主导和主要的文学现象。

辛亥革命前后，中国文学之所以会放弃晚清以来的批判现实主义意识，转而滑向现实主义的反面，除前一节所述的种种理由外，还有一点就是：中国传统文化的历史惯性和制约。起于维新变法运动的社会启蒙思潮已经潮退而去，渐行渐远了。启蒙思潮的潮退，使得刚刚开始面对现实的中国文学，又一次走回到逃避现实和逃避现实主义的旧路上。这也许说明，没有启蒙运动和启蒙思潮，中国文学很难走向现实主义。如果能，这条路也要很长，也会很曲折。在市民借助鸳鸯蝴蝶文学的灰色麻醉和逃避中，恐怕也只有启蒙运动和启蒙思潮能够使他们清醒，使他们振奋。关于启蒙与现实主义关系问题，杨义从一个侧面进行了分析。他认为：市民文学在"五四"前的蜕化，是由于市民文学的作者们不能面对或不敢面对现实造成的。"他们虽能在一些枝节问题上倾愁泄愤，以泪洗脸，却始终看不到历史之使命和社会之通途，提不出任何像样的问题与社会争辩，唯有徒唤奈何，随风入俗。他们大多是一群被逆转的时局和腐败的社会始而摒弃、终而同化的丧魂落魄者。慵困委顿者和吟风啸月者。他们游戏人生，也游戏艺术，……他们不知革命，不知启蒙，所知的只是他们所谓的'皆大快活'，包括作家牟利的'快活'和看官消遣的'快活'。这种小说观导致小说销路大开，也导致小说声名扫地。晚清各派小说在本期都趋向末流，'政治小说'成了过眼云烟，谴责小说蜕变为黑幕小说，写情小说泛滥为鸳鸯蝴蝶派小说。"①

在近年讨论 20 世纪中国文学的发展问题时，多数情况下，人们没有注意到文化启蒙运动与中国现实主义文学之间所存在的某种"必然性"的关系。这是我们长期的唯物论教育的结果。我们在研究文学问题时，常常把现实主义当成是一个必然的文学现象来加以讨论。这就像我们的古典文学史研究一样，我们

①杨义．中国现代小说史：1 [M]．北京：人民文学出版社，1995：17.

似乎更愿意相信：现实主义是一个文学中的基本历史线索和主潮。但是从未有人设问一下：一个主要由诗歌和散文构成的文学历史中，文学现实主义究竟依赖于什么而存在？如果最主要的叙事文学样式——小说和戏剧尚处于不成熟的历史时期；如果作为叙事文学主角的小说和戏剧还在受到所谓文学传统的基本排斥，文学的现实主义又怎么能够存在呢？从现实主义文学的角度来看，我们说：中国古典文学的传统主要是浪漫主义。在中国文学习惯了浪漫主义化的文学传统之后，实际上，它自己也很难主动去适应以小说和戏剧组织起来的文学现实主义。同样，如果没有一个巨大的历史推力的话，它也很难去适应现实主义的文学规则。因为现实主义，并不是文学历史中必然的构建，不是文学与生俱来的东西。只有在一个具体的历史机遇和机缘巧合中，它才有可能生成。

从文学自身的历史角度讲，文学现实主义思潮的出现，一定是与叙事文学的发展相关联，而且，主要是与小说的发展相关联。对于中国文学中的现实主义思潮而言，其兴起、发展肯定与近代小说及随后到来的新白话小说相关联。不过我们也必须看到，仅仅有小说形式发展的本身，或者文学形式自身的历史发展，还都不足以推起文学现实主义的主潮。中国古典小说与戏剧的发展，包括清末民初市民小说对深灰色主题的选择，就是一个历史证明。所以，若想在 20 世纪的中国推动现实主义发展，若想让 20 世纪的中国社会接受文学现实主义，若想让中国的市民读者认识并理解现实主义化的文学，若想要中国文学走出古典浪漫主义的历史传统，社会就必须有一次剧烈的文化思想革命。新文化启蒙运动在此时发生，可以说是恰逢其时的。

从中国历史的发展角度看，我们可以说，新文化启蒙运动是清末维新启蒙运动的一种历史化的接续。如果我们从近代以来的文化启蒙先驱者们各自的理想和目标来看，"五四运动"与晚清时期的启蒙运动又有着很大的不同。前面我们曾经说过：晚清的启蒙主义者的社会目标虽然也有救国救民和反帝反封建的内容，但更为直接的目标只是推翻帝制而已（其中，相当一部分改良主义者的目标，只是君主立宪罢了）。他们的启蒙思想是相当浅近的，也是目光短浅的。所以辛亥革命过后，他们就重新躲进了市民文学的灰色情调里，逃离了革命。而新文化启蒙运动，不仅是重新肩起反帝反封建的迫切的历史任务，更重要的是：它才是中国近代以来历史上第一次真正现代意义上的思想解放运动。

我们知道，新文化运动肇始于陈独秀 1915 年 9 月在上海创办的《新青年》杂志（《新青年》杂志第一期曾名《青年杂志》，从第二期开始改刊名为《新青年》）。从《新青年》杂志问世开始，新文化运动就拉开了它的帷幕。陈独秀早年留学日本时，就参加了推翻满清帝制的启蒙斗争。其回国后，对辛亥革命后中国社会的沉闷依旧感触极深。他看到：五色旗替换龙旗后北洋军阀的腐败统治，同清朝帝制时期并无什么实质意义上的改变。所以他要创办《新青年》杂志，大倡民主和科学精神。力求通过文化启蒙，唤醒国人沉睡慵懒的精神。对于 20 世纪的中国来说，陈独秀和他所主办的《新青年》杂志的历史意义是如何评价都不过分的。正是由于《新青年》的存在，团结和组织了一大批有志改造中国社会的青年。李大钊、钱玄同、刘半农、沈尹默、胡适、吴虞、陶孟和、鲁迅、周作人等一大批启蒙思想家，都加入到了《新青年》的作者队伍中。

与康梁时期的"托古改制"的改良主义启蒙不同，以《新青年》为代表的新启蒙运动的目标则是"打倒孔家店"。这就像陈独秀在《本志罪案之答辩书》中所说："破坏孔教，破坏礼法，破坏国粹，破坏贞节，破坏旧伦理（忠孝节），破坏旧艺术（中国戏），破坏旧宗教（鬼神），破坏旧文学，破坏旧政治（特权人物）。"[①]

新文化运动的主要倡导者之所以要彻底"砸烂孔家店"，是因为他们认识到：仅仅通过制度和文化的改良是无法达成民族振兴，国家强盛这一目的的。因为辛亥革命已经证实，康梁改良主义的"小打小闹"，根本动摇不了中国封建传统文化的根基。只要这个根基不被连根拔起，国家和民族就没有复兴的希望。所以新文化运动先行者们的目的就是要砸碎一切束缚中国社会发展的旧传统、旧文化和旧习俗，通过一场"文化革命"，来唤醒国人，唤醒民族，为国家和民族的发展寻求到一条历史新路。

对于 20 世纪的中国文学而言，新文化运动的重要意义就在于：它通过现代意义上的文化启蒙运动，使中国社会又一次回到了现实中，从而开始了一个新的、正视现实的历史过程。正

---

①陈独秀.本志罪案之答辩书 [J]. 新青年，1919，6(1).

是这一次文化上面对现实的运动，给文学带来了一次现实主义思潮的真正潮起。在前面我们曾经讨论过：现实主义并不是人类文学史与生俱来的必然的东西。文学现实主义之所以会生成和存在，其先决条件是一个社会对世界认识的现实主义化。从这个意义上说，文学现实主义不可能发生在古代社会，它只能是近代工业生产方式给人类带来的社会"附属品"。从这里，我们就可以比较容易地理解中国古典文学中的浪漫主义，就可以比较容易地理解为什么叙事文学没能成为中国古代农业时代社会的主要文学形式。也正是从此处出发，我们认为新文化启蒙运动对20世纪中国现实主义文学的发展至关重要。

第三节　胡适与《文学改良刍议》

谈到新文化运动与文学现实主义思潮问题，就不能不与胡适和他的《文学改良刍议》联系在一起。1917年1月，陈独秀为了鼓吹文学革命论，在《新青年》上发表了胡适的《文学改良刍议》[①]一文。胡适由于留美时间较长，对中西文化差异和中国文化的落后现象有着相当深刻的认识。在资本主义社会文化的熏陶及影响下，胡适对文学给美国社会所带来的影响有较为深刻的理解。所以他同清末时期的梁启超等一样，也充分认识到文学在中国社会改革中的工具价值。于是，胡适针对中国封

---

①胡适 . 文学改良刍议 [J]. 新青年，1917，2(5).

建社会旧文学的弊病，提出了著名的新文学改良必须做的"八件事"。

胡适在文章中说，"吾国近世文学之大病，在于言之无物。……吾所谓'物'，约有二事。（一）情感……情感者，文学之灵魂。文学而无情感，如人之无魂，木偶而已。行尸走肉而已。（二）思想……吾所谓'思想'，盖兼见地、识力、理想三者而言之。思想不必皆赖文学而传，而文学以有思想而益贵。思想亦以有文学的价值而益贵也。"据此，他提出了非常具体的文学改良"步骤"——

一曰，须言之有物。

二曰，不摹仿古人。

三曰，须讲求文法。

四曰，不作无病之呻吟。

五曰，务去滥调套语。

六曰，不用典。

七曰，不讲对仗。

八曰，不避俗字俗语。

胡适的"八事"文学改良，虽然看上去十分简单，有的地方还有重复之嫌（如第一条和第四条，第二条和第六条，其意义就极为接近），但其文化内涵却颇为具体丰富，而且针对性很强。这种针对性主要表现在三个方面：

其一，要求文学充实健康，具有理想价值。这主要是针对晚清民初的鸳鸯蝴蝶派小说、黑幕小说、武侠小说等深灰色市民休闲文学，针对它们在内容上空洞无聊和理想价值意义的丧失。胡适所说的"须言之有物""不作无病之呻吟"，其意图主要侧重此一方面。

其二，要求文学不要尊法古代，而要关注于当代。这主要是针对中国古典文学的学古拟古的传统，针对以古胜今的传统文学观念。胡适针对此种言必信古的观念，特别指出："文学者，随时代而变迁者也。一时代有一时代之文学。周秦有周秦之文学，汉魏有汉魏之文学，唐宋元明有唐宋元明之文学。此非吾一人之私言，乃文明进化之公理也。……吾辈以历史进化之眼光观之，决不可谓古人之文学皆胜于今人也。……此可见文学因时进化，不能自止。……今日之中国，当造今日之文学。不必摹仿唐宋，亦不必摹仿周秦也。"他所称的"不摹仿古人"，其主要想法就在这里。

其三，要求新文学，在形式上彻底摆脱旧文学样式的束缚。胡适所强调的"八件事"中，有五件是与此相联系的。胡适对新文学形式改革的要求，我们可以分成三个层面来解析。第一，他强调：新文学应当合乎现代文法要求。这是胡适在"八件事"中，唯一谈及最少的部分。此一问题，胡适一共只讲了四句话"今之作文作诗者，每不讲求文法之结构。其例至繁，不便举之，尤以作骈文律诗者为尤甚。夫不讲文法，是谓'不通'。此理至明，无待详论。"胡适在这里所说的"文法"，显然是指现代文法（现代意义上的文章结构形式），而不是那种古旧的韵骈形式的文体规则。很明显，胡适所说的"不讲文法"，并不是说旧文学没有文法。而是说，这种文法已经陈旧不堪了，应该抛弃了。第二，他强调：新文学要在形式上彻底摆脱旧文学，要将旧文学那些毫无意义和无聊透顶的东西抛弃掉。那种写诗只会几个陈词套语，写文章只会用典和掉书袋，不对仗工整就不会说话……凡此种种旧文学的臭毛病，都应当毫不客气地扔掉。第三，他强调：新文学应当面向大众，使用民间俗语。胡适认为，只有使用了民间俗语俗字，新文学才能鲜活起来，成为"活文学"。为此，他不仅通过欧美文学的实例来证明使用社会民间语言的重要性，而且，还把这其中的道理分析得明明白白。用他的话说就是："与其用三千年前之死字（如'于铄国会，遵晦时休'之类），不如用二十世纪之活字。"

从"八件事"的主张看，胡适并未直接涉及文学现实主义问题。他所强调的是一些新文学必须解决的关键性问题。但是透过胡适的"八项主张"，我们可以清晰地感受到：他事实上是在主张和要求文学面向社会生活，面向社会现实。他所强调的"八件事"，不仅是文学现实主义形成的历史基础，也是文学走向现实主义的必经"桥梁"。如果这些旧文学的积弊得不到解决，中国文学就无法进入现代。如若不能进入现代，自然也就谈不上现实主义文学写作，也就谈不上社会对现实主义文学的理解和接受了。

1918 年 4 月 15 日，胡适在《新青年》第 4 卷第 4 号上又发表了一篇长文《建设的文学革命论》。在文章中，他将《文学改良刍议》中所提出的"八事"，改为了"八不主义"。胡适的"八不主义"，与他的"八事"在内容上是完全一致的——

一、不做"言之无物"的文字。

二、不做"无病呻吟"的文字。

三、不用典。

四、不用套语滥调。

五、不重对偶：文须废骈，诗须废律。

六、不做不合文法的文字。

七、不摹仿古人。

八、不避俗语俗字。

有所不同的是，"八不主义"把问题归纳得更为准确，更为明了。

第四节　陈独秀的《文学革命论》

在新文化运动中，从与文学现实主义问题的联系上看，与胡适《文学改良刍议》可以相提并论的重要文章，是陈独秀的《文学革命论》。陈独秀是新文化运动的发起者和主将之一，也是新文化运动的极力主张者和推进者。他创办《新青年》和发表胡适的《文学改良刍议》，目的皆在于批判旧文化和推进新文化建设。陈独秀的《文学革命论》是1917年2月1日，在《新青年》第2卷第6号上发表的。发表的时间，比之胡适的《文学改良刍议》正好晚了一期。如同编辑刊登胡适的《文学改良刍议》一样，陈独秀撰写此文的目的，就是要重新张扬起文学革命的大旗。

比之胡适的《文学改良刍议》，陈独秀的《文学革命论》没有像胡适那样关注文学形式和内容本身的改革问题。正如杨义所评论的那样："胡适偏重文体改良，只作了文学革命的偏锋文章。"[1] 陈独秀在文章中，更为集中地从文学与社会联系的角度，讨论和批判了中国传统文化，批判了旧文学的"历史腐败"本质。同时，陈独秀也提出了对三种新文学的历史期待。他对文学革命的倡导虽不像胡适那样的具体，但是从文学革命的角度看，其主张有着更为激烈、直接和锋芒咄咄的特点。对于警醒文学，唤起民众，陈独秀《文学革命论》的文化启蒙价值显然更高。

在《文学革命论》一文里陈独秀阐述了两个方面的问题：

首先，他对中国社会的旧文化进行了现实的分析批判。这个分析批判，陈独秀是在两个相关问题的层面上展开的。

第一，他对革命做了历史性的肯定。他说：

"今日庄严灿烂之欧洲，何自而来乎？曰，革命之赐也。欧语所谓革命者，为革故更新之义，与中土所谓朝代鼎革，绝不相类。故自文艺复兴以来，政治界有革命，宗教界亦有革命，伦理道德亦有革命，文学艺术亦莫不有革命，莫不因革命而新兴而进化。近代欧洲文明史，宜可谓之革命史。故曰，今日庄严灿烂之欧洲，乃革命之赐也。"

---

①杨义.中国现代小说史：1 [M].北京：人民文学出版社，1995：71.

从这段文字中，人们可以看出，陈独秀对革命和革命运动的向往。

第二，他对中国的传统文化和国人的国民性进行了深刻批判。他指出：革命在中国之所以往往不能成功和变样变味的主要原因，就在于国人昏庸不明。"吾苟偷庸懦之国民，畏革命如蛇蝎，故政治界虽经三次革命，而黑暗未尝稍减。其原因之小部分，则为三次革命，皆虎头蛇尾，未能充分以鲜血洗净旧污。其大部分，则为盘踞吾人精神界根深底固之伦理、道德、文学、艺术诸端，莫不黑幕层张，垢污深积，并以此虎头蛇尾之革命而未有焉。"在对中国传统文化的批判中，陈独秀率先提出了对孔教的清算问题。他看到了中国革命的不彻底性，主要是由于国人思想的昏愦。而造成国人思想保守昏愦的主要原因，就是孔教在主导和作怪。于是，他把批判儒家文化传统，打倒孔家店作为当务之急。为此他说："孔教问题，方喧呶于国中。此伦理道德革命之先声也。"

其次，他对中国的旧文学进行了批判性的清算，并由此而呼唤新文学的诞生。这个问题，也是在两个相关联的层面上展开的。

第一，他对三种中国旧文学传统进行了批判和清算。

在肯定了革命的社会价值和意义之后，陈独秀在文章中又谈了文学的社会价值和意义问题。他首先对文学的社会革命价值进行了肯定。他说："今欲革新政治，势不得不革新盘踞于运用此政治者精神界之文学，使吾人不张目以观世界社会文学之趋势及时代之精神，日夜埋头故纸堆中，所目注心营者，不越帝王权贵鬼怪神仙与夫个人之穷通利达，以此而求革新文学革新政治，是缚手足而敌孟贲也。"接下来，他又说："欧洲文化，受赐于政治科学者固多，受赐于文学者亦不少。"陈独秀对文学社会革命价值和意义的确认，是当时新文化运动先驱者们对文化启蒙工具的一种理性选择。这种选择的正确性，后来的新文学历史中给予了证实。

接下来陈独秀对中国旧文学的三种传统进行了不留情面的批判（这一点，恰好是清末改良主义者梁启超等人所做不到的）。他在文章中直接指出："际兹文学革新之时代，凡属贵族文学古典文学山林文学，均在排斥之列。"作者为此三种文学列下了三大罪状："以何理由而排斥此三种文学耶。曰，贵族文学，藻饰依他，失独立自尊之气象也。古典文学，铺张堆砌，失抒情写实之旨也。山林文学，深晦艰涩，自以为名山著述，于其群之大多数无所裨益也。"实际上，陈独秀所列的三大罪名，概括起来就是两点：一是，旧文学远离现实社会生活，对人们认识社会生活，对人们起来参加革命没有任何帮助。用他的话说就是：旧文学"其形体则陈陈相因，有肉无骨，有形无神，乃装饰品而非实用品。"二是，旧文学已经成了社会革命和进步的绊脚石。"此种文学，盖与吾阿谀夸张虚伪迂阔之国民性，互为因果。"

第二，他有针对性地提出了建设三种新文学。

陈独秀在文章的第三节里说：

"文学革命之气运，酝酿已非一日。其首举义旗之急先锋，则为吾友胡适。余甘冒全国学究之敌，高张'文学革

命军’大旗，以为吾友之声援。旗上大书特书吾革命军三
大主义。曰推倒雕琢的阿谀的贵族文学，建设平易的抒情
的国民文学。曰推倒陈腐的铺张的古典文学，建设新鲜的
立诚的写实文学。曰推倒迂晦的艰涩的山林文学，建设明
了的通俗的社会文学。"

　　他提出的"文学革命军"的"三大主义"建设，虽然与胡适
的"八事"相比似乎不够具体，显得有些"空泛"。但是，陈独
秀的"三大主义"建设，却为 20 世纪中国文学的现实主义道路，
奠下了实实在在的基础。因为在他的"三大主义"里，极力强调
文学的"写实""通俗"和"平易"。而这几点，也恰好是现代意
义上的文学现实主义的主要表现特征。

第五节　新文化启蒙的两次争论与现实主义

　　关于文学革命的问题，自从胡适的《文学改良刍议》发表后，
就得到了社会的广泛支持。可以说，当时的社会舆论是普遍支
持文学革命的（虽然在那个时候，人们对革命的理解彼此会有
许多差异。人们所期待的革命，彼此间可能是完全不同的）。当
时的社会之所以会普遍支持文学革命，支持新文化运动，有两
个历史原因是无法回避的：其一，人们对清末民初的社会政治
和社会文化现状普遍的不满。从历史角度看，辛亥革命的不彻
底，固然与革命党种族革命的斗争目标有限性相关，同时也与
国人的文化惰性有关。关于这一点，陈独秀在他的文章中已经

多次进行了批判。不过，人们不愿意投入革命，或者消极地对待革命，不等于说国人就不想革命彻底和革命成功。辛亥革命后市民文学对深灰色主题的创作选择，就是对这种不满的一种"社会宣泄方式"。只不过这是种消极的方式而已。但是，所有的逃避都只能获得暂时解脱，并不能真正解决问题。所以，一旦有了改造社会的可能性，人们还是会普遍欢迎的。换言之，国人虽然受传统文化的影响，自己个人的革命意愿可能不够强烈。在一个像民初那样，国事多不如意，家事亦难如意的状态下，他人若揭竿革命，普通百姓们还是愿意坐享其成的。其二，晚清的近代启蒙运动已经为改革打下了思想文化基础，民众有了相当的心理准备和承受能力。从清末到辛亥革命，晚清民初中国社会不间断的动荡和思想文化的活跃，使人们（特别是知识阶层）对社会改革和各种"革命"有了充分的体会。这样的社会条件，客观导致了人们能够普遍接受或者容忍社会的不断动荡和不断"革命"。这种对革命文化的默认或认可，为新文化的启蒙努力，提供了一个较为有利的社会的思想文化环境。

当然，必须承认：当时由于大大小小的军阀们的割据统治，由于帝国主义势力的极力渗透，中国社会在辛亥革命后呈现出一种类似春秋战国时期的状态。这样的军阀割据和各种势力间统治上的矛盾，给各种思想的发展提供了一定的社会空间。尽管当时社会的思想文化环境条件是相对比较宽松的，但这也只意味着，人们能够较为宽容地对待各种"革命"思想，这并不意味着社会民众就会很积极地去支持"革命"。也不意味着有哪一种"革命"，能够特殊地为民众所接受。所以从历史的角度来看，当时存在各种观点，存在各种论争是极其正常的现象。

一、白话与古文地位问题的"五四"论争

我们知道，关于文字要口语化的白话文问题，早在黄遵宪那里就已经被提倡了。在近代小说创作中，白话文已经开始有了一定的实践表现。到了晚清维新变法时期，改良主义者梁启超等也大力推崇过白话文。不过对于中国社会文化传统和中国的文学实践而言，白话文问题却始终没能得到真正解决。在新文化启蒙运动中，白话文又一次作为一个必须解决的"问题"被重新提上了"历史议程"。

在五四时期，率先提出白话文问题的是胡适。胡适在其《文学改良刍议》中，就多处谈及了白话文问题。他不仅对旧文学的聱牙戟口极度反感，而且也对白话文情有独钟。特别是在"不避俗字俗语"中，胡适明确地为白话文确定了地位。他在文章中说道："吾每谓今日之文学，其足与世界'第一流'文学比较而无愧色者，独有白话小说一项。""然以今世历史进化的眼光观之，则白话文学之为中国文学之正宗，又为将来文学必用之利器。"由此可见胡适对白话文的重视和推扬。他在后来的《建设的文学革命论》一文里，则又进一步对此问题进行了阐释。在胡适文章之后，《新青年》又发表了多篇主张文学革命的文章。其中的许多人，也直接把批判矛头指向了旧文学的古文形式。

1917年2月25日，钱玄同给陈独秀写了一封以文学革命为主题的信。此文后以《寄陈独秀》的文题，刊载于1917年3月1日《新青年》第3卷第1号。钱玄同在信中说："语录以白话说理，词曲以白话为美文，此为文章之进化，实今后言文一致的起点。此等白话文章，其价值远在所谓'桐城派之文''江西派之诗'之上，此蒙所深信不疑者也。"钱玄同没有把白话问题局限在文化人的小圈子里，而是将其引入到了广阔的社会范围。他提出：文章应当"老老实实讲话，务期老妪能解"。使文学能够为绝大多数人所理解和掌握，使文学对每一个人都构不成障碍，这是钱玄同推崇白话的社会目标。

在钱文之后，刘半农也于《新青年》发表了《我之文学改良观》①一文。与胡适、陈独秀和钱玄同等人不同，刘半农在鼓吹白话的同时，又提出"文言白话可暂处于对待的地位"的策略。他说："胡陈二君之重视'白话为文学之正宗'，钱君之称'白话为文章之进化'。不佞固深信不疑，未尝稍怀异议。"但是他又主张：

"今既认定白话为文学之正宗与文章之进化，则将来之期望，非做到'言文合一'，或'废文言而用白话'之地位不止。此种地位，既非一蹴可几，则吾辈目下应为之事，惟有列文言与白话于对待之地，而同时于两方面力求进行之策。进行之策如何？曰，于文言一方面，则力求其浅显使与白话相近(如'此是何物'与'这是什么'相近，此王亮畴先生语)。于白话一方面，除竭力发达其固有之优点外，更当使其吸收文言所具之优点，至文言之优点尽为白话所具，则文言必归于淘汰，

---

① 刘半农.我之文学改良观[J].新青年，1917，3(3).

而文学之名词，遂为白话所独据，固不仅正宗而已也。"

应该说，刘半农的这番话，描述出了白话文与文言"历史进退"之间的关系。事实上，白话最后取代文言的过程，也是这样发生的。从历史的实践上看，刘半农的观点是正确的。但是在一个鼓吹"革命"的激情时代里，他的这种理性化观点还是有些显得"沉"了一点。

在《新青年》对文学革命和白话文的倡导之后，关于白话与文言问题的争论局面并未形成。人们听到的只是"白话革命"主张者的声音，反对者的声音则基本听不到。是没有人反对白话文吗？显然不是。但是在一个习惯了"革命"的时期里，许多人恐怕不愿意参与争论，不愿意表达思想。然而当一场争论连对手都没有，争论本身的意义和价值也明显被降低了。为了深化讨论，深化社会对此问题的理解认识（恐怕还有"引蛇出洞"的含义），五四的先驱者钱玄同与刘半农特意设计并演出了一场双簧。

1918 年 3 月 5 日，钱玄同化名王敬轩和刘半农同时在《新青年》第 4 卷第 3 号上各发表了一篇文章。王敬轩给《新青年》杂志写的是一篇标题为《文学革命之反响》的文章。他在文章中模仿文化保守主义者的口气，从反对新文化运动的角度，对文学革命进行了批评。由于文章要模拟复古主义者的文笔，所以作者在文章形式上只使用了句读，而没有使用标点符号。除了使用文言形式外，王敬轩在文章中虚拟了文化保守主义者们（或可称"封建遗老遗少"）的文化立场，也就从这个保护国粹反对新文化的立场出发，对《新青年》和新文化运动进行了驳议。新文化运动问题是王敬轩文章的重点。所以钱玄同模拟国粹派的口气，说了若干攻击新学的言论。其中，尤其以"归国以后。见士气嚣张，人心浮动，道德败坏，一落千丈，青年学子，动辄诋毁先圣，蔑弃儒书，倡家庭革命之邪说。驯至父子伦亡，夫妇道苦。……以贤母良妻为不足学，以自由恋爱为正理，以再嫁失节为当然。甚至剪发髻，曳革履，高视阔步，恬不知耻，鄙人观此，乃知提倡新学，流弊甚多，遂噤不敢声。"一段文字，说得激烈和锋芒毕露。关于白话问题，王敬轩文说："惟贵报又大倡文学革命之论。……四卷一号更以白话行文，且用种种奇形怪状之钩挑以代圈点。"在后面，文章又对《新青年》的白话诗进行了评论。称其为"尤堪发噱。……若以旧日之诗体达之，或尚可成句。"

作为双簧的另一部分，刘半农以"复王敬轩书"为题发表了一篇应对文章。在文章中，刘半农主要针对王敬轩文中所涉及的八个问题，进行了驳议和批判。其中除了第七部分是讨论翻译问题的外，其他七个问题均与王敬轩对新文化启蒙运动的"攻击"有关。从今天的角度，我们当然不能对这种"引蛇出洞"的"设套"的方式给予太高的评价。这使人感觉有些许的不舒服。但考虑到当时社会文化革命的需要，考虑到社会需要通过讨论来加深对新文化运动的认识和理解，那这种利用虚拟身份自己挑起讨论的形式，还是相当具有社会积极意义的。钱刘二人在这场双簧中，把国粹派虚拟了进来。将其观点做成争论的靶子，从而把国粹派的观点放到争论的火上去烤。这场双簧演出的结果，是把林纾激将了出来。而林纾的出现，在一定程度上深化了社会对白话文问题的认识，也推动了白话文运动的发展。对于新文化运动来说，这是一个很难得的历史"事件"或"插曲"。不过，对于后来的人们而言，此类做法却有些阴谋论的色彩。李汝伦在他的《似淡却浓〈学衡〉云烟》一文中，对于这场"双簧事件"，给出了较低评价。文章称"新文化派津津乐道如何'骂倒王敬轩'，现代文学史家们当作有趣的轶事或花絮描述一番，我却为之一羞。'骂倒王敬轩'原来倒下的是个稻草人。"①虽然笔者也不十分赞同此种"引蛇出洞"的做法，因为其斗争手段不够磊落。但笔者也不敢简单赞同李汝伦的见解。从做人的基本道德操守上看，这场双簧戏难以让人称道。而且新文化运动对中国传统文化的一概否认和批判的绝对做法，从民族文化的承继上看，也很值得商榷和反思。但我们无论如何也不能非历史地孤立地去看待某一个事件。新文化启蒙运动尽管有许多的历史遗憾甚至错误，但是其历史贡献仍是主要的和不可动摇的。

钱玄同与刘半农这场"双簧戏"的上演，虽然为当时的新文化启蒙运动添进了一点"调料"，不过并未改变启蒙运动一面倒的局面。尽管"王敬轩"和刘半农"争论"的文章都把林纾当成了反面和正面的靶子，但林纾本人还是相当"低调"的。他仅仅在1919年《新申报》上发表两篇文言小说，以作为"隔空久

---

① 李汝伦. 似淡却浓《学衡》云烟 [J]. 书屋. 2004，(11).

远"的回应（因为"双簧戏"上演于 1918 年 3 月，而林纾的两篇小说发表于 1919 年 2 月和 3 月）。这两篇小说就是《荆生》和《妖梦》，分别发表于 1919 年 2 月 17 日与 18 日、3 月 18 日与 22 日的《新申报》。这两篇小说虽明显是应战之作，但它毕竟只是小说。"新青年"们所企盼的新与旧的论争，到底也没有真正"打"起来。不过，林纾后来在写给蔡元培的公开信里，表示了自己的对新文化启蒙运动的反对。[①] 对林纾的这封公开信，蔡元培于 3 月 21 日做了回答。看起来，《新青年》的"双簧戏"虽然没有在当时就引发争论，但是林纾后来的小说和信的发表说明，反对意见不仅是确实存在的，而且它还以"其他"的方式进行着。

起于 1917 年的这场关于白话与文言孰轻孰重问题的讨论，在"前五四"时期并形成真正意义上的交锋。虽然林纾写了两篇小说和一封信，但总体上反对声音是非常微弱的。作为对一个问题的讨论和论争，白话问题被继续关注，则是在"五四"之后。其争论，也主要是在新文化派与"学衡派""甲寅派"之间展开的。

1922 年 1 月，同仁杂志《学衡》在南京东南大学出版。围绕着这本杂志，形成了一个由梅光迪、吴宓、胡先骕、刘伯明、柳诒徵、吴芳吉等学人组织在一起的学术圈子。在这一时期参与这个小小的学术圈子活动的学人，在相关问题的争论中被称为"学衡派"。《学衡》杂志从 1922 年 1 月开始刊出，至 1926 年

---

① 林纾 . 致蔡鹤卿书 [J]. 公言报，1919.

12月，共以月刊形式刊出60期。1927年停刊了一年以后，复刊为双月刊。出刊10期以后，1930年又再度停刊。此后，又不定期的出了7期。1933年最终停刊。

《学衡》的主要人物梅光迪，曾经留学美国。在美国时，他就反对胡适所倡导的白话文，曾与胡适就此问题展开过争论。回国后，他又与吴宓等人一道创办《学衡》，反对新文化运动。在《学衡》所发表的四类文章中，最为主要的一类就是批判新文化启蒙运动的。归纳"学衡派"的文学观点，主要有如下几点：第一，反对新文化运动对中国传统文化的批判，反对打倒孔家店。主张在中西文化间采取"中正之眼光"。第二，反对新文化运动将文学平民化的努力，反对铲平精英与平民间的文化差别。认为文学无关乎阶级阶层，建设"平民文学"是一种无稽之谈。第三，反对新文化运动倡导白话，主张"文字之体制不可变，亦不能强变也"。提倡固守文言，不能以白话为文学正宗。第四，反对新文化运动的"文学进化论"观点，反对新文学不循传统、"不摹仿古人"的做法。强调文学进化论，是"误解科学，误用科学之害也"。

与"学衡派"的情况大体相同，"甲寅派"也是由《甲寅》这个刊物发展而成的。1914年5月，《甲寅》月刊在日本东京创刊。章士钊任主编。同年，《甲寅》共出版10期就停刊了。章士钊出任段祺瑞政府的教育总长后，于1925年7月11日在北京重新出版了《甲寅》。不过，此次重新出版的《甲寅》改为了周刊。重出后的《甲寅》共出版了45期，于1927年最终停刊。章士钊在日本东京创办《甲寅》时，《甲寅》是一个激烈批判清朝腐败政治，主张强国强民的进步性、革命性彰显的报刊。有人甚至认为，早期的《甲寅》是《新青年》的先声。但是辛亥革命后，章士钊的观点日趋保守，《甲寅》也因此而成了一个保守的、反对革命的刊物。这种反动趋向，在"五卅惨案""女师大风潮""三一八"惨案等事件中表现尤为明显。由于《甲寅》的政治倾向，也由于章士钊"广告性的半官报"的办刊宗旨，《甲寅》的作者群则相对于《学衡》要松散得多。从对新文化运动的反对和批判来看，二者的立场和观点则有许多相同之处（虽然其出发点和动机各有不同）。如果一定要相比较，章士钊的反对新文化运动的立场显得更为极端，他不仅认为"新的不如旧的"，而且主张"复古"。在对待白话文的问题上，《甲寅》也显示出了极端，其不仅反对白话，还鼓吹要"取消白话文学"。

面对"学衡""甲寅"这两股反对新文化运动的势力，以《新青年》为主要阵地的新文学的倡导者们进行了坚决的反击。鲁迅先后写了《估学衡》[①]《答 KS 君》[②]《十四年的"读经"》[③]《再来一次》[④] 等多篇批判文章。茅盾写了题为《文学界的反动运动》[⑤]一文，对"学衡""甲寅"派进行了严厉的批评。胡适也写了题为《老章又反叛了！》[⑥] 的文章，对复古主义进行了批判。成仿

---

① 鲁迅 . 估学衡 [J]. 晨报副刊，1922.

② 鲁迅 . 答 KS 君 [J]. 莽原，1925，(19).

③ 鲁迅 . 十四年的"读经"[J]. 猛进，1925，(39).

④ 鲁迅 . 再来一次 [J]. 莽原，1926，(11).

⑤ 茅盾 . 文学界的反动运动 [J]. 文学，1924，(121).

⑥ 胡适 . 老章又反叛了！ [J]. 国语周刊，1925.

吾则写了题为《读章氏〈评新文学运动〉》①的文章，对章士钊反对新文化运动的反动主张进行了反驳。

在今天的某些学者的研究中，对"学衡派"和"甲寅派"的复古和反对新文化的文化和文学主张采取了"历史宽容主义"的态度。认为这股复古的反动思潮的形成是有许多历史理由的。他们的某些观点（尤其是"学衡派"的观点），在今天看来还是具有真理性的。对于此种看法，在一定条件的限制下，我也有同感。但是我认为，我们看问题不该脱离历史实际。相比较而言，"学衡派"对白话与文言的看法，的确具有辩证性。从今天来看，它似乎更为公允。问题是，在一个历史激烈变动的时期，在一个需要动员社会支持这种变动的历史时期，在一个民族时时处处面临危机的时期，在这样的时候强调公允，强调不偏不倚，这在历史的现实中能够成立吗？矫枉不能不过正，不过正，如何矫枉？在历史中，它可能不那么合理，但不幸的是，它是现实。我们今天可以去重新审视这一段历史，去分析过去许多被我们所误解或排斥的东西，对已经成为过去的许多问题，今天都可以对其价值进行重新发掘。但是，简单地做翻案文章，不问当时的历史状态和历史需要，这显然是不合适的。这也不是历史唯物主义的态度。

关于此次白话与文言轻孰重孰的争论，最终的结果是我们都知道的，那就是，尽管"学衡派"和"甲寅派"对文言古文的

---

① 成仿吾．读章氏《评新文学运动》[J]．洪水，1925，1(6).

历史传统坚定守护，尽管复古的文化保守主义者们勉力坚持，但是新文化运动的脚步却是他们所阻挡不住的。这场争论的结果就是：文化保守主义者们（在当时亦被称作反动派）成了历史上的孤家寡人，而为他们所不屑的白话却成了社会文化和文学的主流。正像鲁迅所指出的："这种东西，用处只有一种，就是可以借此看看社会的暗角落里，有着怎样灰色的人们，以为现在是攀附显现的时候了，也都吞吞吐吐的来开口。至于别的用处，我委实至今还想不出来。若说这是复古运动的代表，那可是只见得复古派的可怜，不过以此当作讣闻，公布文言文的气绝罢了。所以，即使真如你所说，将有文言白话之争，我以为也该是争的终结，而非争的开头，因为'甲寅'不足称为对手，也无所谓战斗。"①

这一次白话与古文地位的争论，给文学现实主义在中国现代文学时期的发展，打下了坚实的理论认识基础。给现实主义文学在 20 世纪中国的"成功登陆"，准备了基本条件。

二、与胡适及"现代评论派"们的"国故"之争

在前面我们曾经强调，现实主义文学在中国的生成和发展，是与清末和"五四"前后的文化启蒙运动分不开的。关于个中的缘由，以后我们将专门分析。尽管后来现代中国社会的发展过程中，始终存在着"救亡压倒启蒙"的问题，但是新文化启蒙运动的历史价值仍是极高的。同时，新文化启蒙运动的社会目的

---

① 鲁迅. 答 SK 君 [J]. 莽原，1925，(19).

虽然不能说已经全部实现，但是至少已经实现很大的一部分。后来的文化救亡运动也会面临巨大的历史困难。因为，"五四"对后来几代中国青年的思想都产生了巨大的影响。在悠久的农业社会历史中，中国文学始终是依靠旧传统的历史惯性"滑动"的。在这样的情况下，即使在古代农业时代的后期，社会已经拥有了主要的叙事文学形式（小说），但我们仍不可能拥有现实主义。或者说，在作为稗官野史的历史演绎中，在作为武侠和神话的文学想象中，旧文学是无法生长出真正现实主义的。这种情况，人们在《红楼梦》那里也可以清晰地看到。这主要是因为，旧文学的形式本身（包括章回体和文言白话语言叙述描写），会限制和阻碍文学现实主义生成的可能。而且旧文学的传统惯性，也会导致它去选择非现实主义。

不客气地说，在旧的古典文学中，现实主义只是某种可疑的精神倾向而已。它们可能在作品中飘浮，却始终难以落地。正因如此，对文学现实主义而言，文化启蒙问题才变得十分重要，也由于这一历史原因，我们才把起于"五四"并最后终了于20世纪20年代中期的"整理国故"问题的争论，纳入到了现实主义文学思潮的考察视野。

"国故"是中华民族的一种具体文化存在。作为一种历史的延续，"国故"是必须被"整理"和被重新思考的。对于"国故"的整理和重新认识，我国的历朝历代都曾做过此类工作。明代的"永乐大典"和清代的"四库全书"，就是此类工作的重要表现。一个民族不能没有自己的历史，也不能没有自己的文化。延续历史，承继文化，对于每一个民族的后人来说，都是一种责任。所以就这个意义来讲，胡适和"现代评论派"们所提出的"整理国故"并无任何错误。真正的问题在于：他们的问题是在什么时候和历史条件下提出的？他们"整理国故"又是为了什么？

1919 年 1 月，正当新文化启蒙运动激烈开展的时候，北京大学的老师刘师培、黄侃、陈汉章成立了"国故社"，创办了《国故》月刊。"国故社"提出的是"昌明中国故有之学术"。在现实中，此一学术提议的动机是刘师培"慨然于国学沦夷"。因此，他们"发起学报，以图挽救"。就在刘师培等人的"国故社"成立的同时，北大青年学生傅斯年、罗家伦、康白情、俞平伯、徐彦之、毛子水等人共同成立了学生社团"新潮社"。针对当时人文知识分子中存在的"向后看"的文化倾向，毛子水在《新潮》第 1 卷第 5 号上发表了《国故与科学精神》一文。毛子水在文章中指出：国粹派对"国故"是"既不知道国故的性质，亦没有科学的精神"。只是在抱残守缺，是在做无用之功。毛子水认为：研究"国故"，必须要有"科学的精神"。要以科学精神去对"国故"进行整理，而不能用封建文化传统去进行整理。傅斯年特意为这篇文章写了"附识"。在"附识"中，傅斯年进一步阐述了毛子水的观点，对此观点表示积极支持。

胡适本来是新文化运动的主要倡导者之一，其早期的文学革命主张（"八不主义"）也是很有新文化运动历史价值的。不过胡适在新文化启蒙和五四反帝爱国运动走在了一起的时候，他又发生了向自己初始立场反面"转向"的情况。他在五四时期，不仅开始淡出新文化运动，而且开始向"纯学术"的转移。针对毛子水的观点，胡适在《论国故学》一文中给予了回答。他在文章中，对毛子水的主要观点并不同意。但对毛子水关于以科学精神指导"国故"整理的看法，则基本表示了支持。譬如，胡适在答文中说："但是你的主张，也有一点太偏了的地方。如说'我们把国故整理起来，世界的学术界亦许得着一点益处，不过一定是没有多大的。世界所有的学术，比国故更有用的有许多，比国故更要紧的亦有许多'。我以为我们做学问不当先存这个狭义的功利观念。做学问的人当看自己性之所近，挑选所要做的学问，拣定之后，当存一个'为真理而求真理'的态度。……况且现在整理国故的必要，实在很多。我们应该尽力指导'国故家'用科学的研究法去做国故研究，不当先存一个'有用无用'的成见，致生出许多无谓的意见。"① 毛子水在当时"五四运动"的社会状态下，认为整理"国故"应当采取科学方法，但他同时也对"国故"整理与当时社会实际需要的矛盾，有着较深的怀疑（至少，在当时的情况是这样。后来毛子水与胡适有了较深的友谊，对国学的看法也受到了胡适的很大影响。胡适在遗嘱中，就将自己身后的手稿文件及出版等事物，一并交给了杨联升和毛子水二人）。在这一点上，"新潮社"的青年与胡适的看法是不同的。

1924 年，因北京女子师范大学校长杨荫榆开除学生，北京女子师范大学爆发了驱逐杨荫榆运动。运动中，周作人等教授出面支持学生的抗议。而居住于北京"东吉祥胡同"的"现代评

---

①胡适.论国故学——答毛子水[M]//胡适.胡适文集.上海：上海远东出版社，1995：38-57.

论派"的"正人君子"们（鲁迅语），则出面批评指责学生，支持杨荫榆。不仅如此，他们还对学生运动进行了各种诋毁。此后，1925 年上海爆发了"五卅惨案"和"五卅运动"，1926 年上海又发生了"三一八惨案"。而胡适则与"现代评论派"的"正人君子"们，在对学运说三道四的同时，要求学生回到学校去"整理国故"。如胡适在《爱国运动与求学》一文里，则说：

> "上海的罢工本是对英日的，现在却是对邮政当局，商务印书馆，中华书局了。北京的学生运动一变而为对付杨荫榆，又变而为对付章士钊了。广州对英的事件全未了结，而广州城却早已成为共产与反共产的血战场了。三个月的'爱国运动'变相竟致如此！……全国学生总会的通知里并且有'五卅运动并非短时间所可解决'的话。我们要为全国学生下一转语：救国事业更非短时间所能解决，帝国主义不是赤手空拳打得倒的；'英日强盗'也不是几千万人的喊声咒得死的。救国是一件顶大的事业：排队游街，高喊着'打倒英日强盗'，算不得救国事业；甚至于砍下手指写血书，甚至于蹈海投江，杀身殉国，都算不得救国的事业。救国的事业须要有各色各样的人才；真正的救国的预备在于把自己造成一个有用的人才。"①

在这里，胡适不仅把个人的学术追求与国家民族的危机完

---

①胡适.爱国运动与求学[M]//胡适.胡适言论集.北京：中国纺织出版社，2015：220.

全对立了起来，而且还把学生"工人"市民抗议帝国主义与反动政府的正义行为，视如草芥。在一个国家和民族危机的紧要关头，胡适等"现代评论派"们竟然反对学生奋起救国，这实在是一种历史反动行为。

如果胡适和"现代评论派"们只是倡导"整理国故"，以不问社会政治的方式逃避责任，至少他们走得还不算远。但当陈西滢等人恶毒攻讦学生的爱国行为时；当胡适把"国故"放到了高于国家民族危亡命运之上时，就必然遭到新文化运动群体的强势批判。也正是因为胡适等人对国人的爱国行为的蔑视，对学生运动的诋毁，引来了成仿吾、郭沫若、沈雁冰、鲁迅等人的严厉批判。其中，鲁迅所写的文章最多，批判的锋芒也最为犀利。针对胡适等人的"整理国故"，鲁迅认为："我们目下的当务之急，是：一要生存，二要温饱，三要发展。苟有阻碍这前途者，无论是古是今，是人是鬼，是《三坟》《五典》，百宋千元，天球河图，金人玉佛，祖传丸散，秘制膏丹，全都踏倒它。"[①] 对于"现代评论派"们攻击学生运动是受人利用，要学生们回学校去读书，去"整理国故"的吵闹，鲁迅在《无花的蔷薇之二》不仅为"三一八惨案"中死去的学生鸣冤呐喊，同时也直接把批判的矛头指向毫无羞耻和同情心的所谓学者。他说："据说'孤桐先生'下台之后，他的什么《甲寅》居然渐渐地有了活气了。然而他又做了临时执政府秘书长了，不知《甲寅》可仍

---

① 鲁迅. 忽然想到（六）[J]. 京报副刊，1925.

然还有活气？……现在，听说北京城中，已经施行了大杀戮了。当我写出上面这些无聊文字的时候，正是许多青年受弹饮刃的时候。……中国只任虎狼侵食，谁也不管。管的只是几个年青的学生，他们本应该安心读书的，而时局飘摇得他们安心不下。假如当局者稍有良心，应如何反躬自责，激发一点天良。然而竟将他们虐杀了！……以上都是空话。笔写的，有什么相干？实弹打出来的却是青年的血。血不但不掩于墨写的谎语，不醉于墨写的挽歌；威力也压它不住，因为它已经骗不过，打不死了。3月18日，民国以来最黑暗的一天……"[①]

仅从胡适提出的"整理国故"本身来看，我们以为他的初始的主张还是有文化价值的。例如他在给毛子水的信中所表达的观点，从今天现代中国的现代化发展来看，从中国走向世界和世界需要中国这个世界视角来看，他反对新潮社的青年人全盘否定传统文化或低估传统文化价值的意见，确实是有价值的。但我们将胡适的看法放回到历史中去，特别是把胡适站在北洋军阀政府立场上的言论放在一起，我们就会认识到其主张多么的不合时宜，多么自私，多么没有责任感，多么反动！回到我们的现实主义文学思潮问题上来，我们就会发现：正是新文化运动对中国传统文化的批判，正是催生新文化的一代大师们的不懈努力，也正是启蒙和救亡运动，让晚清以来的社会认知开始真正走进了社会现实。五四时期中国社会在认知方面对现实

[①] 鲁迅.无花的蔷薇之二 [J].语丝，1926.(72).

的感知程度，人们（特别是知识分子和知识青年）对于国家、民族命运的关心程度，对于社会问题的关注度，要远远高于晚清维新变法时期。它的影响范围也更为广泛。而这种对社会认知的"现实转向"，就必然性地为文学现实主义提供了思想基础和准备。对一个还处于工业化门槛之外，整个的生存方式还很农业的民族和社会来讲，要想让他们去接受并理解"像生活一样"的现实主义，其实是相当难的。

从这个角度看，如若没有社会化的文化启蒙运动，现实主义思潮恐怕很难渗透进中国这块由传统文化长期耕耘的思想土壤。"五四运动"的启蒙和救亡，对于 20 世纪中国现实主义文学的发展，是一个极其重要的讯号。中国现实主义文学思潮生成和发展的沉重的思想闸门，通过"五四前"和"五四后"的 20 来年的时间，在五四先辈们的不断努力之下，终于启动了。

第五章
新启蒙，五四文学的现实主义实践

　　中国文学在 20 世纪早期的现实主义努力，并不是从今天我们所理解的那种现实主义文学意义层面上开始的。前面我们曾经说道：虽然中国文学的历史已经长达两千余年，但事实上，我们却不曾真正知道现实主义是什么。在我们的古典文学里，各种理想化的传统的东西(现代主义的理想主义除外)几乎都有，但就是没有所谓的现实主义。这是因为，现实主义文学的形成不仅需要作者对现实生活的现实主义关注，而且还需要拥有现实主义的文学"表达方式"。

　　在中国古典文学中，小说和戏剧是最有可能成为这种"表达方式"的。但在整个社会文学传统的历史动机的支配下，我们的文学始终没有获得这种"可能"。除了很少的作品和作家对社会现实做了一点关注，除了很少的一部分读者（在中国古典时代，我们所说的文学读者，通常都是文学作者）能够从现实意义和价值角度去感受和理解文学外，我们的古典文学传统基本上是在天上飘的。这种情况在晚清时期，虽然由于吴沃尧、李宝嘉等的黑幕谴责小说作品的问世而有所改变，但是它们与现代意义上的现实主义文学还是有许多距离的。我们且不论晚清时期作者们是否拥有现代意义上的现实主义文学能力（这本身就很值得怀疑），仅从文学形式来说，文言白话形式本身与现实生活的真实差距就极其巨大。所以，文学现实主义的实践任务，在生活化的口语白话文没有进入文学实践领域之前是无法去完成的。正因为这样，现实主义文学的实践任务，就历史性地落到了五四文学的身上。

关于文学的白话文争论，从黄遵宪 1868 年提出"我手写我口"开始到"五四"前后，已经有半个世纪的时间。在这五十年的时间里，关于白话与文言的文学争论虽每每急缓不同，但是争论和斗争却是一直存在的。与白话问题成为近代思想文化上的主导性话题的"显学地位"不同，白话的文学实践相比之却始终是滞后的。尽管清末的小说在白话化方面有了较大进步（如清末的报纸小说），但是这种文学上的白话进步，基本还是在文言体系内得到的。尽管黄遵宪在他的诗歌中进行了白话努力，其写作对白话文学的贡献也很大。但这种贡献，更多的只是在文言白话的意义之上。它与社会生活白话的距离，仍属遥远。当白话问题的争论还在继续的情况下，其实最重要的已经不是这种争论的最终胜利者是谁。因为论争的胜利，并不意味着白话文学实践的实际成功。对于 20 世纪中国文学的现实主义努力来说，现代白话文学的实践成功，是现实主义这出历史大戏能够上演的首要条件。

第一节　新文学与启蒙小说

与晚清以来的文化情况大致相同，五四新小说的最早出现也是带有异域背景的。1917 年，中国留美女作家陈衡哲在《留美学生季报》上发表了一篇题为《一日》的短篇小说。这篇小说，就是新文学运动中和五四时期的第一篇现代白话小说。如果按照今天的标准，这篇小说应该说还有点"四不像"。说它是叙事散文，可能更为准确一些。赵遐秋认为："《一日》虽然有一些小说的特点，却又不算是真正的小说。它的出现，重要意义是在于用现代白话尝试着写新式小说。"① 赵遐秋的看法，实际上是代表了许多人的。他们更为倾向性地把晚一年发表的鲁迅的《狂人日记》，视为"第一篇"现代白话小说。对于陈衡哲的《一日》应当如何评价，我们在这里暂不必论。但是我们认为：20 世纪中国现代白话小说的起始点，还是应当从陈衡哲的《一日》那里开始计算。与鲁迅的《狂人日记》相比，《一日》的确不足称道。而且，陈衡哲的《一日》也极为肤浅。她只是写了学校一天的生活而已，并无什么其他的东西。虽然《一日》作为小说的价值并不完整，但它是第一篇。这一点历史还是要承认的。另外需要加以说明的是：陈衡哲的《一日》毕竟是发表在域外的刊物上，虽然胡适所给予的评价较高，但其对当时国内新文化运动中的白话文写作的影响则相当遥远和间接。

---

①赵遐秋，曾庆瑞.中国现代小说史：上册 [M].北京：中国人民大学出版社，1984：174.

　　对于 20 世纪的中国现代小说来讲，更为直接的现代白话小说的历史标识和里程碑，则是由鲁迅的《狂人日记》写下的。1918 年 5 月，鲁迅的现代白话小说《狂人日记》发表于《新青年》第 4 卷第 5 期。作为中国现代文学历史上最重要的小说作品，《狂人日记》的意义与价值极其重大。因为《狂人日记》的发表，解决了中国现代文学历史阶段最重要的三个问题：第一，是用现代白话文取代旧文言白话的问题；第二，是在现代白话的历史条件基础上，解决了五四文学的启蒙主题问题；第三，打破了传统小说的章回结构形式，给新小说提供了打破传统的"实践解决方案"。关于这一点，沈雁冰后来回忆说："在青年方面，《狂人日记》的最大影响却在体裁上；因为这分明给青年们一个暗示，使他们抛弃了'旧酒瓶'，努力用新形式，来表现自己的新思想。"[①] 这三个问题的解决，为后来的新文学的发展，奠定了一个基本的"主调"。

　　关于鲁迅的《狂人日记》，许多研究者都注意到了其中的象征主义特点。可即便如此，更多的人还是愿意把这篇里程碑式的作品划入现实主义文学范畴。把《狂人日记》和鲁迅的其他小说都一起划入现实主义，是多年来我们的现代文学史研究，特别是鲁迅研究的一个主导性趋向。例如，杨义认为："19 世纪末和 20 世纪初，近代现实主义在西欧被一批前现代派和现代派作家所鄙弃，这种近代现实主义的重心已经东移，俄国和挪威

_____

①沈雁冰 . 读《呐喊》[J] 时事新报，1923，(91).

的一批作家使之大放光彩。鲁迅是自觉地上承俄国和东欧诸小国的现实主义大潮，并且在东亚大陆竖起现实主义大旗的。……中外现实主义传统在鲁迅小说中发生一种自觉而又独特的交错，这种交错涉及小说的艺术追求和艺术表现的几乎所有的领域。"① 关于这一点，黄开发也认为："鲁迅则身体力行地创作现实主义的小说，确立了中国'为人生'的现实主义风范。"②

从"五四"现实主义文学的起源意义上，《狂人日记》无疑是首要的作品和标志。但是我们需要承认的是：作为起源时期的作品，我们还不能简单地用是否为现实主义来进行衡量。我们认为，在五四时期，现实主义其实刚刚才被介绍给中国。在一个旧文学习惯和传统没有被彻底革除的时间里，作为一种新文学的尝试，怎么可以要求它十全十美呢？在这个问题上，我倒是赞同杨春时的看法：即五四文学是一种启蒙文学。③ 当然，我只是赞同他对五四文学启蒙文化特征的判断。但我并不同意他用欧洲启蒙文学来套五四文学的做法。虽然都是启蒙运动，但是国情不同，时间不同，运动所要达到的目的和其所发挥的作用均不同。或者，我们不如说启蒙是五四文学的最重要的特征之一。正因为如此，我认为：从新文学启蒙的角度去认识《狂

①杨义．中国现代小说史（1）[M].北京：人民文学出版社，1986：167.

②黄开发．"五四"现实主义文学观念的发生 [J].山东社会科学，2005，(10).

③杨春时．现实主义、浪漫主义还是启蒙主义—现代性视野中的五四文学 [J].厦门大学学报，2003，(5).

人日记》，从现实主义文学的"源头"意义上去理解它，则更为准确。换句话说，《狂人日记》实际上是具有现代意义的中国现实主义文学的真正"源头"，是现代文学时期现实主义文学的首次尝试。

在左翼文学运动到来之前，在整个的新文化运动时期，文化和文学意义上的启蒙，可以说是当时新小说的一个普遍性的文化特点。作为启蒙小说，五四小说有两个历史任务是需要我们注意的：一个是对社会的文化启蒙任务；一个是对文学自身（尤其是小说）的革新启蒙任务。对于启蒙小说来讲，这两个历史任务，都是它要肩负和完成的。

首先，我们谈一谈五四小说对社会所承担的文化启蒙任务。鲁迅的《狂人日记》对于新文化和新文学的发展是一个里程碑式的作品。我们这样认同与评价《狂人日记》，与它是否是"第一篇"现代白话小说并无关系。原因是：对于新文化运动，对于五四新文学，只有《狂人日记》的发表，才使这次运动从理论走向了实践。是这篇小说，才把新文化运动落实到了实践的支点上。如果没有《狂人日记》在《新青年》上的发表，如果是另外一篇其他主题的现代白话小说首先发表，可能当时的文学主题选择和表达会出现一种不同的情况。这是因为，由于《新青年》对五四时期社会的文化示范作用，因此五四小说的文化启蒙作用会有被冲淡的可能。而历史往往是如此的恰逢其时。在一个呼唤启蒙的时代里，在一个人们从理论上对启蒙已经有所认识的阶段，却不知道启蒙应当如何付诸实践的时候，鲁迅的小说《狂人日记》发表了。对于中国 20 世纪的文学来说，这是一个觉醒的标志。关于这一点，钱玄同在鲁迅的《狂人日记》《孔乙己》和《药》三篇小说发表之后，就将其称赞为"是同人做白话文学的成绩品"[1]由于《狂人日记》的示范作用，在"狂人"之后，五四文学才真正找到了自己的小说启蒙路径。这种情况，我们在"五四"后的 20 年代启蒙小说中是可以普遍看到的。当然，在 20 世纪 20 年代最初的几年里，启蒙小说的写作实践还是相对要艰难许多的。因为，五四的文学青年们虽然知道要批判中国传统文化，知道要"打倒孔家店"，也知道鲁迅的《狂人日记》的反封建主题是什么，但是要让每一个青年作者都能够完成自己的主题选择，自己完成对批判主题的提炼和提升，这还是很不容易的事情。这是需要作者对旧传统和旧文化有清醒认识的。不只如此，除了对传统文化的批判，还需要他在实践上寻找到适当的文化启蒙形式。[2] 对于鲁迅个人而言，《狂人日记》实际上也是他对启蒙主题所做出的历史性选择。在《狂人日记》之后，鲁迅的《孔乙己》《风波》《阿 Q 正传》等小说写作，基本上都是在启蒙文化主题范围里展开的。

为什么五四小说要担负对社会新文化的启蒙任务？为什么

---

① 钱玄同.致潘公展 [J].新青年，1919，6（6）.

② 从社会发展角度看，中国传统文化有其重要的民族凝聚价值的。如果没有传统文化的建构，国家的统一巩固，社会的共识目标，生活的稳定和谐，发展的持续不断就只是一句空话。但是我们也必须看到，五四新文化运动对传统文化的批判，实际上是一个对中国传统文化"扬弃"的过程。如果没有一个矫枉过正的经历，中国社会是无法甩掉历史包袱轻装前进的。

中国社会新文化的启蒙任务不可以由其他社会科学形式承担？历史的原因其实相当简单。在20世纪上半期里，由于古代农业社会的生产方式极其落后，加之辛亥革命目标有限性的历史局限，导致中国社会一方面缺少平稳的制度秩序，一方面又没有直接的社会教化手段。对于今天的许多人而言，社会的信息传播和文化传播，多依赖已经非常现代的固网或移动网。传统四大媒体（报纸、书刊、电视和广播）的社会传播效力和效率，已然处在被取代和替换的地位。人们不一定会注意的问题是，这其实是在中国社会改革开放40年后才得以实现的。而在20世纪初期的社会是没有后来才出现的"大众传媒"的。就当时的社会而言，文学仍是民间传播的一个重要且有效的工具；同时它也是一种有效的社会教育（教化）工具和动员组织工具。所以在"五四"这样的历史条件下，如同旧文学的社会角色一样，新文学也必须扮演社会教化角色，也必须成为社会的文化教育工具。在一个社会普遍贫困，在一个社会普遍缺少传播手段，在一个绝大多数社会成员无法受教育的时间里，文学似乎成了启蒙思想家们手中唯一"有效的"大众教化手段。我们为什么反复强调五四小说的启蒙工具作用？我们为什么反复称赞鲁迅《狂人日记》的发表？主要是因为，倘若没有五四小说，倘若没有《狂人日记》，陈独秀、李大钊、胡适等"五四运动"先行者们的启蒙社会的努力，很有可能只是待在某些杂志或报纸上的理论，待在文人房间里的几次讨论，而无法成为一种社会实践和社会现实。

我们知道，新文化运动的文化目标是要反帝反封建，是要科学和民主。但是从晚清康梁等人维新变法开始，改良和革命就成了社会知识界的一种历史选择。但是，由于缺少对社会大众的有效组织手段，这些改良或革命基本只在社会的"表层"上"行动"，只是一些口号和理论。对于社会普通民众，他们则缺少动员和组织能力。辛亥革命之所以会出现如此结局，就和没有民众的普遍动员和普遍积极参与有关。而"五四运动"要想最终获得启蒙结果，就必须对社会大众的组织工具进行选择和"制造"。新小说，可以说就是一个当时历史条件下的社会必然选择。所以，五四小说所承担的社会启蒙的历史任务，实际上是相当沉重的。

其次，我们谈一谈五四小说对文学本身所承担的文化启蒙任务。鲁迅《狂人日记》的发表，是 20 世纪中国文学史上最为重要的事件。《狂人日记》之所以重要，是因为它是新文化对小说文学启蒙的一个标志，是五四文学对自身文化启蒙的开始。我们知道，中国古典小说传统是由文言白话锻造的。所以，文言白话就成了中国小说历史的主潮。尽管黄遵宪以来，梁启超等人也曾疾声呼喊文学改良和革命，但是文言白话仍是晚清和"前五四"时期的主要小说方式。在近代以来最主要的文学形式小说那里，现代白话虽然在争论中好像占有了"道德高地"，但是在实际中，它却仍旧难觅踪影。正因如此，我们才说，对于新文化运动来说，它不仅要承担对社会民众的文化启蒙任务，还必须进行对自身的文化启蒙。这主要表现在三个方面：其一，当时社会的文学传统仍然是旧的文言白话，而且这个传统在当时相当强大。想打破这个传统的禁锢，难度很高。其二，新文学的实践还处于摸索阶段。虽然理论上人们已经认识到文言的问题，但总是找不到有价值的替代方式。所以新文化的倡导就变成了有理论认识，但却没有参照和难以实践。其三，新文学的作者和读者群还没有形成，社会对现代白话的接受习惯，也需要一个培养过程。

在《狂人日记》发表以后，鲁迅先生也一直在此方面做努力。他的《孔乙己》《药》《明天》《一件小事》《风波》等小说的写作，就是这种努力的证明。不过在鲁迅最初努力做现代白话小说的时候，现代白话小说的写作还是很少为人们所理解和接受的。就是在五四文学青年中间，做同样努力的人也很少。从1919年开始，新小说写作才可以说有了一点"起色"。这主要表现在，报刊上的新小说能够偶尔有见。继鲁迅《狂人日记》之后，1919年3月，叶绍钧在《新潮》第1卷第3期上发表了《这也是一个人？》；9月18日至22日，冰心在北京《晨报》第7版上连载发表了小说《两个家庭》，10月又发表了《斯人独憔悴》；11月，郭沫若在《新中国》杂志第1卷第7期上发表了《牧羊哀话》。而直到1922年之后，启蒙小说才开始由最初的涓涓细水，而逐步替代旧文言白话，成为现代文学的主潮。

茅盾在《中国新文学大系·小说一集》导言里，曾对"五四"初期几年间的新文学状态进行了描述和分析。他说：

> 民国六年（1917），《新青年》杂志发表了《文学革命论》的时候，还没有"新文学"的创作小说出现。

> 民国七年（1918），鲁迅的《狂人日记》在《新青年》上

出现的时候，也还没有第二个同样惹人注意的作家，更找不出同样成功的第二篇创作小说。

民国八年（1919）一月，《新潮》杂志发刊以后，小说创作的"尝试者"渐渐多了，然而亦不过汪敬熙等三数人，也还没有说得上成功的作品；然而"创作"的空气是渐渐浓厚了。

民国十年（1921）一月，《小说月报》也革新了，特设"创作"一栏，"以俟佳篇"；然而那时候作者不过十数人，《小说月报》（12卷）每期所登的创作，连散文在内，多亦不过六七篇，少则仅得三四篇。而且那时候常有作品发表的作家亦不过冰心，叶绍钧，落花生，王统照等五六人。

那时候（民国十年春），《小说月报》每月收到的创作小说投稿——想在"新文学"的小说部门"尝试"的青年们的作品，至多不过十来篇，而且大多数很幼稚，不能发表。

然而年青的"尝试者"在一天一天加多，却是可以断言的！

从茅盾上面的描述中，我们可以看出：在"五四"的最初几年里，新小说的生长还是很艰难的。面对当时旧文学传统占据主导的局面，新小说所背负的对文学自身进行启蒙的任务，也是相当繁重的。可见，不锻造好启蒙的文化工具，新文化要想完成启蒙任务，其实是没有可能的。

第二节　启蒙小说的四个主题倾向

启蒙是中国现代文学发展的一个基本历史趋势，即使是在"现代文学是救亡压倒启蒙"的中国现代社会的背景之下（当代文学的新时期以来，这似乎是一个很通行的观点）。启蒙也仍然是一个基本主题选项。相比较来说，与后来的文学情况有所不同的是：在五四时期，新文学活动的主要方面是在文化启蒙领域。无论是它的哪一种写作，都必然性地进入了启蒙范畴（因为在五四时期，文化启蒙是一个"全方位"的"行动"。没有什么社会领域，是不包括在启蒙范畴之内的）。而在后来的救亡运动中，启蒙便与救亡的主题绞扭在了一起。它更多成了救亡主题的文化副线，成了救亡主题的附属内容。但启蒙作为中国现代文学的一个历史性任务，它从来不曾退出过"历史舞台"。在后来的30年代文学和40年代文学那里，文学发展的潮水已经溢出了原有的渠道，不好用"启蒙文学"去简单概括了。因为启蒙主题，在"救亡"的历史潮流中已经被"次要化"了。

正如人们所熟知的那样，五四启蒙小说在生成和发展过程中，大体形成了四个主要的主题倾向：

在"五四运动"中，反帝反封建是一个主要的运动"主题"。与此相随，早于"五四运动"所发生的新文化运动，其主要的历史动机和历史目的也就是反帝爱国。五四先驱者们所看到的情况是：你要爱国，你要反帝，你要想达到强盛国家和民族的目的，你就必须反对封建主义的专制文化和制度。所以，新文化运动的核心就是彻底批判封建专制制度和封建专制文化。作为新文化运动的主要"物质承担者"，新文学所担负的主要任务就是对民众进行反封建专制文化的启蒙。因此在整个"五四"前后，启蒙文学（主要是启蒙小说）肩负了对中国传统封建主义文化的批判任务。而批判封建主义专制文化，也就成了当时启蒙小说的基本主题形式。

一、倡导爱国主义和批判封建专制文化

"五四运动"的发生，其最为基本的历史动机就是爱国主义。但是，"五四运动"与古典时代爱国主义行为的不同点在于：五四爱国主义运动建立在对封建主义文化的批判之上。换言之，在新文化运动中，爱国主义的主要表现方式便是对封建专制文化的无情批判。而批判封建专制文化，同时也就是与人们的爱国主义联系在了一起。所以，在五四小说的主题选择上，这两者也很经常地被扭在了一起。

我们知道，对封建主义旧文化和旧思想的批判，在五四时期的思想领域已经持续了相当一段时间。不过由于这是一种思想理论上的批判，所以仅仅是在知识阶层中的影响较大。而在一般的缺少文化的普通民众中间，影响则要小得多。那么，寻求一种怎样的形式或手段更有利于社会启蒙工作？对五四时期最具有民众意义的文化形式——小说，如何去加以使用？使小说这种民众文学样式，可以为新文化启蒙运动做更多的工作？同时，在小说中如何具体进行这种社会批判？或者说，文学（小说）如何承担和怎样承担文化批判的任务？在鲁迅《狂人日记》发表之前是没有人实践的。换言之，在鲁迅发表《狂人日记》前，是没有人知道现代白话文的启蒙小说应该怎么去写的。

鲁迅的《狂人日记》不仅把启蒙主题与白话现代小说形式结合在了一起，而且他还在小说中直截了当地揭示出了封建主义文化的"吃人"本质。这种揭示的彻底性，可以说是令人恐怖的。关于这一点，鲁迅在1918年8月20日写给许寿裳的信里，就把他在《狂人日记》中所表达的对封建礼教制度的认识进行了归纳。鲁迅说："偶阅《通鉴》，乃悟中国人尚是食人民族，因成此篇。此种发现，关系亦甚大，而知者尚寥寥也。"后来，他在《灯下漫笔》一文里，对这一认识又一次进行了说明："所谓中国的文明者，其实不过是安排给阔人享用的人肉的筵宴。所谓中国者，其实不过是安排这人肉的筵宴的厨房。"[①] 也正是基于这种对中国封建文化传统的深入认识，鲁迅给《狂人日记》塑造了一个"狂人"——"我"。在一篇日记形式的"非情节"（没有考虑故事和情节的）小说里，鲁迅只用了13节日记，用狗看"我"的眼神，用外人看"我"的眼光，用家人对"我"的异样的眼光，用"没有年代"的历史，用"仁义道德"虚伪背后的"吃人"等等简单描述，就揭示了几千年来中国传统文化本质。正像《狂人日记》第10节中作者写道："我横竖睡不着，仔细看了半夜，才从字缝里看出字来，满本都写着两个字是'吃人'。"如《狂人日记》这种直接批判封建专制文化的主题小说，鲁迅还写了如《头发的故事》（1920）。

---

①鲁迅.灯下漫笔[M]//鲁迅.鲁迅全集.北京：北京理工大学出版社，2016：170.

与鲁迅《狂人日记》同样直接批判封建专制文化的主题小说，还有 1925 年发表的李劼人的《编辑室的风波》[①]。在小说里，作者营造了一个关于"某省会"的只发行千余份的《日日报》的"新闻检查"故事。《日日报》的总编辑为了能让报纸生存下去，为了不得罪地方上的各路神仙（特别是地方军阀），对报纸的新闻稿件统统进行"自我审查"。"不但短评做得几乎等于一幅白纸，而且本省新闻也逐字逐句的加以研究。"为了不给军阀统治者以任何口实，他们还"发明了用大口字的妙法，就是把一些扼要的字句或本省要人的姓名，一律删去，而以大口字来代替"。就是这样，最后也没能逃脱被"军部"查封。而且报馆的诸人等，也被"军部"逮了去。"军部"长官的命令写道："着城防司令项必达即将《日日报》馆封闭，编辑人等逮部重笞，以儆效尤，而重公安。"在这里，李劼人为我们演绎的并不是一个关于新闻自由的故事，而是一个在专制之下的新闻人连"马屁精"都做不成的故事。

直接把批判封建专制制度或批判国内旧文化作为主题（就像鲁迅的《狂人日记》一样主题的新小说），在五四时期的几年里，其实并不很多。相比较起来，那种把爱国主义精神和对封建专制文化批判二者结合起来的主题作品，则相对略多些。例如，冰心的《两个家庭》（1919）、《去国》[②]（1919），郑伯奇的

---

① 李劼人. 编辑室的风波 [J]. 文学周报，1925，(179).

② 冰心. 两个家庭；去国 [J]. 晨报，1919.

《最初之课》①（1921）。在郁达夫的《沉沦》中主题的主要倾向也属于此类。

在冰心的处女作《两个家庭》中，作者塑造了一个有强烈报国理想的留学英国的高材生陈华民。陈华民一心想用在国外所学到的知识和本领，为改变祖国的贫穷落后的面貌而工作。但是回国之后，国内落后的社会文化和民众意识，还有自己的家庭生活的不幸，种种打击最后使陈华民丧失了奋斗的信心。报国无门的他，最终只能在郁闷中死去。相同的批判传统旧文化，描写知识分子报国无门的主题，冰心在她的《去国》中也进行了表现。与陈华民一样，《去国》里的留美学生英士，也是一个胸怀报国志向的有为青年。他在海外读了8年书后，又拒绝了美国一位工厂主的高薪聘请，打算回国为社会效力。如同陈华民一样，他在国内的境遇也是艰难曲折。在英士的所有报效国家的幻想破灭之后，在各种社会黑暗的迫逼之下，他只好再一次离开自己的祖国。英士面对祖国，极其痛苦地自白说："祖国啊，不是我英士弃绝了你，乃是你弃绝了我英士啊！"

郑伯奇在《最初之课》里，为读者设计的是一个爱国主义的主题。中国留日学生屏周，第一天到某学校读书。上课前，他听到课堂里的日本同学们正在谈论着学习什么专业的问题。而日本同学们对自己所要学习的专业，都是与当时日本人的那种"帝国主义"国家意识联系在一起的。对于一个中国学生来说，

---

① 郑伯奇.最初之课[J].创造者刊，1922，1(1).

特别具有侮辱性的语言是："朋友们……我们东亚的主人公什么都要的。好在我们帝国的邻家有一个大肥猪……"在上课点名的时候，日本老师问屏周是哪一国人："你不是日本人。你是朝鲜人吗？你是清国人吗？"屏周回答说："我是中华民国人。""什么，中华民国？我怎么不晓得？'支那'吧。"作者在小说里写道："那先生答了，向屏周投了一瞥轻蔑的目光，全堂的人都哗——地笑了。"在小说的后面，屏周总结这"最初一课"时，用了"这便是我的最初之课了！这便是我的最初给我的教训了！"郑伯奇的《最初之课》，与都德《最后一课》的主题很相似。作者通过对叙事背景的建构和充满屈辱感的故事叙述，使小说的爱国主题得到了深化。对于当时的读者来讲，通过这样一个简单场景的故事，是能够大大激起自己的爱国情怀的。在五四时期，呼唤民众的爱国情操，实际上就是对旧的传统制度和文化的一种批判。

由于新启蒙是"五四"及"五四"后整个中国社会的一项长期"任务"，所以此类爱国报国，同时又对中国封建制度文化进行批判的主题作品，在五四时期之后的相当长的一个时间里，还是可以见到的。

二、对落后的社会封建文化意识（国民性）进行批判

五四时期的小说对封建主义专制文化的批判，实际上是从两个方面同时进行的。一个方面，就是像鲁迅的《狂人日记》和李劼人的《编辑室的风波》那样，直接切入反对封建主义的主题，对封建制度和专制文化传统进行直接的批判。还有一种，就是从国民性的角度切入，从分析国民愚顽的封建意识观念着

手，对中国社会的国民素质和国民文化进行"现代性"的拷问和批判。在《狂人日记》之后，鲁迅又写作了《孔乙己》《药》《明天》《一件小事》《风波》《故乡》《端午节》《白光》等作品。鲁迅的这些小说作品，大多都是属于这一主题范畴。与《狂人日记》那种"救救孩子"的直接呼唤和呐喊不同，在后来的小说中，鲁迅通过对中国国民文化封建性和反动性的深入揭示，对中国封建主义专制文化的反动性和腐朽性彻底进行了清算。这种清算，比之《狂人日记》中的呐喊，可能更为沉重，同时也更为深刻。

例如在《药》中，鲁迅以1907年民主革命的女英雄秋瑾的就义为小说背景，批判了当时社会民众的愚昧无知，批判了封建制度和文化对普通百姓的精神屠戮。华老栓一家经营着一家小茶馆，生意艰难，家境贫困。儿子小栓得了痨病，苦治无效。愚昧的华老栓为了给儿子治病，竟用辛苦攒下的钱去找刽子手。想用一个蘸了革命党鲜血的馒头，来为自己的儿子换一条命。小说《药》的主要人物并不多：一位是被杀了头的革命党夏瑜，一位是买人血馒头的华老栓，茶馆里的花白胡子和叫康大叔的茶客，还有两位给各自儿子上坟的华大妈和夏四奶奶。作者用他的写实化的笔触，为读者勾勒了一幅关于中国民众麻木不仁的图画。革命者英勇牺牲了，但是他的死并未能唤醒麻木的百姓。革命者夏瑜的死与华小栓最终的死，是小说中两个故事的"梗"。夏瑜死了，他的死英勇壮烈，但是在民众间却没能泛起哪怕一点点的涟漪。华小栓也死了，他既死于身体上的疾病，也死于包括他父母在内的愚昧冥顽。直到华小栓死，他周围的人们依旧麻木，依旧没有一点点清醒（从虚伪处认识中国传统文化，从虚伪处揭示中国传统文化反人性的凶残特征，这在"五四运动"百年后的今天，也许平平常常，也许算不了什么。从今天的社会平稳发展的角度看，我们甚至可以很公允地说，鲁迅的观点过分绝对了，很有些"过当"之嫌。但是在当时和"五四"后的一个极长的历史时期里，鲁迅的这一观点都是最具启蒙价值的。它对新文化启蒙运动而言，可以说给予了一个坚强的和易于大众理解的理性"支点"。而这个"支点"，对于反封建和新文化启蒙运动，都是极其重要的）。与《药》中相类的故事，在鲁迅的小说里是反复出现的。譬如在《孔乙己》里，在没有文化的乡民面前，那个当不上秀才的孔乙己是一个没有用的，被剥夺了做人尊严的一个社会废物。而作为小说中的人物，孔乙己由于受封建"死教育"的影响，则最终通过读书，把自己变成了一个毫无用处的社会废品。如果说沙俄文学中"多余人"的存在，还是一种社会进步现象的话（"多余人"是不见容于俄国封建专制制度的，有一定现代意识的部分俄罗斯贵族和知识分子的"文化姿态"），那么孔乙己的存在，则只是在证明着封建文化和封建教育对人和人性的彻底摧残。

从鲁迅对国民性的批判意义上看，《阿Q正传》和《风波》应该说是更为深入的。在《风波》中，鲁迅通过张勋复辟这个历史背景，对江浙农村乡民的那种复古而斥拒革命的心态，进行了细致地梳理。作者在小说里，集中刻画了79岁处处反对革新的九斤老太、时时想着皇帝复辟坐龙廷的赵七爷、由于让革命党给剪了辫子被吓得心惊胆战的七斤等一群胆小畏事、不知世事变化的守旧农民。在小说中，作者借用书中人物之口，反复说出了无知农民对社会变革在文化上的抵触。用九斤老太的话说就是："一代不如一代。"用赵太爷讲的话就是："没有辫子，该当何罪，书上都一条一条明明白白写着的。""你可知道，这回保驾的是张大帅，张大帅就是燕人张翼德的后代，他一支丈八蛇矛，就有万夫不当之勇，谁能抵挡他。"辛亥革命虽然已经有了数几年的光景，皇帝也早就被推翻了，但是在农村的土地上，人们与这场革命似乎还很有隔膜。革命的过程和革命的文化，似乎也没能触动到这里的丝毫。在这里，人们还在如以往那样活着。没有什么人生目的，没有什么奢望，就是活着。比较起《风波》，《阿Q正传》对国人"国民性"的挖掘和批判，显然更为直截了当。一个把头埋在沙里，故意不去看世界的呆子阿Q；一个只敢在心里与人家比祖宗，用"历史"来自己向自己证明是"高人一等"的傻子阿Q；一个只能背着别人，自己给自己充好汉的小人阿Q；一个到死，都始终没有自我意识，又不知自己为什么去送命的无脑阿Q……一个由"精神胜利法"组装起来的阿Q，这就是鲁迅为我们送来的一位特殊人物。阿Q的精神世界不仅是由中国传统文化铸就的，同时，也是在中国传统文化的奴役和蹂躏下形成的。对于阿Q——也可以说是对中国农民而言，他们的生活已经被残酷的社会现实剥夺了基本可能。社会对农民的压榨与掠夺，已经使多数农民沦为了赤贫。对于阿Q和中国农民来讲，他们在生活里既无尊严可言，也无基本的生存保障。他们除了精神上的"自我娱乐"，除了"精神胜利法"，几乎没有精神生活的幸福。历来，中国农民就是像阿Q一样，在猪狗般的条件下过活。而且，他们从未以为这有什么不对。除了逆来顺受，他们不知道还有什么其他的办法来补救与改变。当然，鲁迅在为我们设计阿Q这个人物时，还在他的身上注入了一个被压迫者对压迫阶级的"天然仇恨"，注入了一个被压迫者对压迫者的反抗意识（如阿Q想"革命"）。在小说中，作者也将那场已经"成功"了的"奇怪革命"，作为了故事展开的舞台，并将假洋鬼子能够混入革命党，作为对这场革命的批判。不过对于五四小说来说，对于启蒙小说而言，阿Q这个人物和故事的意义与价值则主要在于：阿Q是一个历史中的中国农民形象，而且是一个被作者本质化了的农民形象。而在没有任何出路的中国农民那里，农民们除了阿Q式的（以精神胜利法的方式）活着，恐怕是没有其他选择的。鲁迅对于中国农民的现实处境，是极为同情的。但是作为革命的启蒙思想家，鲁迅对于中国农民的麻木愚昧，对于中国农民的因循守旧，对于中国农民的不敢革命等"不敢"的积习陋识，却又非常痛恨。所谓"哀其不幸，怒其不争"，便是指此。

如同鲁迅通过小说关注国民性问题，对国民性采取了批判方式一样，还有一些启蒙小说家也在做着这一方面的努力。如叶圣陶的《夜》（1927）、王鲁彦的《柚子》（1924）、高士华的《沉自己的船》（1923）等作品，就是这种努力的一种具体表现。

三、关于"反抗家庭封建专制"主题

"五四"不仅是一个社会政治层面上的反帝反封建运动，它同时也是一个在整个社会生活领域中的反封建文化运动。而旧的封建家庭专制文化，肯定也在反对之列。因此，描写五四青年对封建家庭专制的反抗，就是一个理所当然的启蒙小说主题。

事实上，如果我们考察一下五四小说写作，就会发现：通过追求婚姻自由来追求个人自由，通过对个人自由的把握来反抗封建家庭的专制"暴力"，这在五四时期是一个很普遍的小说主题。这个主题之所以会很普遍，与新文化运动的实际参与者们多为当时的知识青年是有很大关系的。由于青年人正值青春时期，两性关系对于他们有着极其特殊的人生意义。他们对这个问题的认识、理解和行为，均与新文化运动息息相关。因此以追求个性的解放、个人自由幸福，与反抗封建家庭专制的主题小说相当流行，就没有什么值得奇怪的了。作为一个小说主题，"反抗家庭封建专制，追求个性解放和个人的自由幸福"这一新文化观念的意义，已经远远超出了五四文学和五四启蒙小说的实际历史空间。在"五四"之后的一个很长的历史时期里，它都是一个重要的20世纪中国"小说意识"和"文学启蒙意识"。如果我们去寻求它的历史轨迹，那么我们甚至在20世纪80年代的当代文学那里，仍然可以看到它的某些影子。

追求个性解放和个人自由幸福，同时反抗封建家庭专制的主题，是五四文学里一个表现面较宽的主题样式。在这一主题范围里，事实上包括了两个主题倾向：第一个是反抗家庭封建专制。这与前面我们所讨论的"对封建专制文化的批判"，有相当多的相联系的地方。与前者的区别在于，在五四文学中，这种对封建主义文化的批判是在"家庭"范围里进行的，它与社会性的反封建主义有所不同。另外，反抗家庭封建专制，在五四时期和之后的很长一段时间里，经常是青年追求个性解放和个人自由幸福的前提。第二个是追求个性解放和个人自由幸福。在具体的小说里，"反抗封建家庭专制"在有的时候也许是单独构成主题，在有的时候，也可能是与"追求个性解放和个人自由幸福"主题共同存在，成为"追求个性解放和个人自由幸福"主题的"一般性"的"前提性主题"。

1919年10月（7日至11日），冰心在《晨报副刊》上发表了小说《斯人独憔悴》。小说以刚刚发生的五四学潮为故事背景，描写了青年学生颖石、颖铭和颖贞姐弟三人与父亲化卿先生之间的思想意识冲突（小说中主要表现了颖石和颖铭兄弟二人与父亲之间，某种并未形成的思想冲突）。从小说对化卿先生家境的描述来看，这应当是一个家住天津的高官或军阀（家门口停着四五辆汽车，门楣上电灯，照耀得明如白昼。两个兵丁，倚着枪站在灯下……），而作为父亲的化卿先生，就是一个不让儿子和女儿参加学运的专制家长。从小说发展结局看，小说的故事似乎与小说的题目《斯人独憔悴》关系并不很大。在小说的最后是：一个礼拜后，学校来了公函，说了学校开学的日期。颖石兄弟二人都非常高兴（因为终于有了逃离沉闷的封建家庭和封建父亲的借口），但是父亲只说了一句"不必去了，现在这风潮还没有平息，将来还要捣乱，我已经把他两个人都补了办事员，先做几年事，定一定性子，求学一节，日后再议罢！"就彻底改变了两个人的命运。两个没有反抗能力和反抗精神的富家子弟，就从此被剥夺了选择人生和参与走向新生活的权利。颖铭最后也只能"低徊欲绝地吟道：'……满京华，斯人独憔悴！'"

1925年，鲁迅写作了小说《离婚》。《离婚》的篇幅并不长，而且也不是"五四"之后反家庭封建主题作品中常见的那种"男女青年反对家庭包办婚姻"式的"离婚主题小说"。相反，鲁迅在作品中所讲述的，是一个在封建婚姻制度和文化内所发生的离婚事件。小说中的爱姑与施家的儿子"小畜生"，"明媒正娶"地结婚已经数年之久。但那"小畜生"与爱姑结婚后不久，"似乎"感情就出现了问题。用爱姑自己的话说是："自从我嫁过去，真是低头进，低头出，一礼不缺。他们就是专和我作对，一个个都像个'气杀钟馗'……"这爱姑与"小畜生"的婚姻"闹剧"，一闹就是三年。其间，爱姑的父亲庄木三在"去年"还带着6个儿子，去拆了施家的灶。闹得可谓不小。小说的故事是从庄木三老汉带着女儿，去中间人慰老爷家开始的。在慰老爷家，权威的城里"七大人"居中做出了调停。本来爱姑还是想在"七大人"面前闹一闹，说一说自己的道理，为自己争一个"名义权利"。但是在"七大人"那不容置疑的威严下，爱姑与庄木三老汉终于没敢有任何反抗的举动。一场打了三年的离婚战争，最终以施家给了再添10元共的90元的"代价"而宣告结束。鲁迅在小说里虽然没有"谈及"什么反封建问题，但是通过《离婚》，人们可以清晰地感受到封建专制权力对婚姻家庭的"统治"。人们也可以明白地认识到：在20世纪上半叶的那些时间里，在新文化运动影响不到的中国农村，农民们面对封建制度专制，是没有反抗能力的。在象征了封建专制权力的"七大人"面前，曾经敢于不听慰老爷调停的庄木三，敢于率儿子们砸了施家的爱姑父亲，这一次不仅不敢再带儿子们来闹，甚至连反对的意思也不敢表示。通过一场爱姑离婚的故事，作者向我们展示了一个中国家庭反封建专制文化的侧面，展示了封建文化传统对中国民间婚姻生活的桎梏，展示了中国家庭反封建道路的漫长。同时，鲁迅这篇写作于1925年的小说，给我们具体描述了一幅当时中国农村普遍的封建婚姻状态。他通过小说告诉我们，对中国农民的反封建文化启蒙的任务还相当的艰巨。

四、关于追求个性解放和个人自由幸福主题

在五四文学和整个20世纪的中国文学中，对个性解放和个人自由幸福思想观念的启蒙，始终是一个重要的文学任务。当然，这个任务在五四时期就显得既非常迫切又非常重要。这是因为，新文化启蒙运动的终极目标，实际上还是对人的解放。而对人的解放，则与个性的解放和个人的自由幸福意识的塑造是分不开的。如果没有对个性解放和个人自由的追求，没有对个人幸福的需要和满足，"五四运动"恐怕也会成为"空中楼阁"。因为无论是科学还是民主，它们都最终离不开人的个体自由的前提。同时，新文化运动是一个必须由青年人支持和深度参与的历史活动，没有对青年群体自身的解放，则新文化的社会启蒙目标也是根本达不成的。

因为新文化启蒙运动的支持和参与者主要是知识青年，也只有青年才能具有改革和革命的激情及勇气，也只有知识青年群体才具有驾驭文字和文学的基本能力（这其中也包括了对文学的理解和感受能力），所以，五四启蒙文学作者群的主体，也

必然是由青年所构成的。新文化运动成员的这种结构形式，就极为自然地和客观地决定了启蒙文学（小说）的基本走向。这也就决定了，在五四启蒙文学中，"追求个人自由幸福"是一个重要的主题选项。

1919 年 3 月，胡适在《新青年》第 6 卷第 3 号上发表了独幕话剧的剧本《终身大事》。在五四文学中，这是一部以新知识女性反对封建家庭干涉自己婚姻为主题的独幕短剧。按照胡适的《序》所称，这只是一部应留美同学的要求，为留美同学的一个宴会而写成的一部短剧，限用一天时间，使用英文写的。换句话说，《终身大事》是一部急就章。甚至，是一部游戏之作。①然而就是这样一部短剧，提出了一个五四文学反封建启蒙文化的重要主题：反对封建家长对青年婚姻的包办和干涉，男女青年应当用行动去争取人生的自由和幸福。

在《婚姻大事》中，胡适只设计了 5 个人物。一位是烧香信佛的田太太，一位是貌似开明的文明人田先生，一位是田太太的"理论依据"算命瞎子，一位是女仆李妈，最重要的一位就是当事人田亚梅女士。《婚姻大事》的剧情很简单：田家与陈家多年相熟，田亚梅与陈家的在西洋留学的公子也是多年朋友。本来，二人就要举行婚礼。这时田太太找算命瞎子，给女儿和未来女婿的婚姻算了一卦。算命瞎子"据命直言"，称这二人的婚姻是"仔细看起来，男命强得多，是一个夫克妻之命，应该女

---

① 胡适本人在剧本的标题处用括号标示这是一部（游戏的喜剧）。

人早年短命"。田太太找出早几天为女儿女婿所求的观音娘娘的签诗,诗上说"夫妻前生定,因缘莫强求。逆天终有祸,婚姻不到头"。所以田太太坚信,女儿女婿的婚姻不合。于是,反对女儿结婚。田亚梅见妈妈反对,就想等思想开明的父亲田先生回来。田先生回家后,果然不同意田太太拜佛算命的说法。认为,"你不敢相信自己,难道那泥塑木雕的菩萨就可相信吗?"田亚梅刚刚高兴起来,认为父亲支持了自己。殊不知父亲话锋一转,也反对起了这门婚事。他的理由虽然与妻子名义不同,但在本质上的差别,却又几乎一致。田先生认为女儿不可以结婚的理由是:"《论语》上有个陈成子,旁的书上都写作田成子……两千五百年前,姓陈的和姓田的只是一家。……所以两姓祠堂里都不准通婚。"田先生向女儿辩称,"我不认它也无用。社会承认它。那班老先生们承认它。你叫我怎么样呢?"在两位封建脑袋的双亲两面夹攻下,一个接受了新教育的女性,田亚梅给父母留下了一张字条,上面写道:"这是孩儿的终身大事,孩儿该自己决断,孩儿现在坐陈先生的汽车去了,暂时告辞了。"

在胡适的《婚姻大事》中,反家庭封建意识和追求个人自由幸福是一个主题的两个方面。胡适在这样一个简单故事里,其实向我们"透露"了一些看似简单,其实并不简单的问题:在"五四"前后的中国社会中,要想摆脱封建家庭观念对人的束缚,青年人要想求得婚姻和爱情的幸福,就只能与家庭决裂。剧中的主人公田亚梅家,在当时的中国社会中可以说是一个"文明家庭"。父亲受过高等教育(也许还受过留学教育),是所谓"智识阶级"。母亲知书达礼(很可能也有较深的教育背景),思想基本开通。就是在一个接受了大量新文化知识和思想的家庭中，田亚梅的"婚姻大事"也要因传统封建文化的扼制而险些夭折。作者虽然游戏化地完成了这个剧本，但在五四时期，这个剧本的反家庭封建文化和追求个人自由幸福的思想意识，对当时青年的影响还是相当大的。对于20世纪中国现实主义文学而言，胡适的这一部剧本虽然不可以简单归入"现实主义"范畴，但它的思想启蒙价值和现实主义价值，它的文学历史价值还是很高的。

在胡适的《终身大事》之后，此类主题的五四文学作品又陆续出现。就在胡适《终身大事》发表的同年，冰心发表了《秋风秋雨愁煞人》。冰心在该小说里，塑造了一位有着远大志向的知识女性英云。英云想在中学毕业后上大学，然后去为社会服务。然而对于一个辛亥革命后的青年知识女性来说，尽管当时她可能曾经拥有过高远的理想和幻想，但是都无法抵御来自封建家庭的包办婚姻。英云就这样被嫁给了姨家的表兄，成了一只只能隔着笼子去看世界的"幸福小鸟"。作者在小说中，突出了英云对现实生活和社会工作的渴望。同时，也表达出了英云对自己命运的无奈和无助。在小说的最后，作者让英云给小说中的"我"写了一封"绝笔"信（并不是生命的"绝笔"，而是精神和心灵的"绝笔"）："敬爱的冰心啊！我心中满了悲痛，也不能多说什么话。淑平是死了，我也可以算是死了。只有你还是生龙活虎一般的活动着！我和淑平的责任和希望，都并在你一人的身上了。你要努力，你要奋斗，你要晓得你的机会地位，是不可多得的，你要记得我们的目的是'牺牲自己服务社会'。

二十七夜三点钟英云"。冰心想通过这篇小说告诉人们：在封建婚姻中，知识女性可能是活着的，但是她们的精神其实已经死亡了。

1921 年 1 月 10 日，许地山在《小说月报》上发表了他的第一篇小说《命命鸟》。命命鸟是佛经传说中的一种鸟。据说这种鸟是两头一体，是一种"一损俱损，一荣俱荣"同命相连的鸟。许地山在小说中，用这个佛经故事中的鸟来象征作品中的人物命运。《命命鸟》讲述的是一个以缅甸为背景的青年男女恋爱交往，最后双双投湖殉情的故事。小说中的明敏是一个十五六岁的女佛教信徒，她与自己的同学加陵已经共同学习了七八年。明敏的父亲宋志是一位造诣较高的江湖艺人。他由于年岁已大，就想让女儿来接自己的班。同时，明敏与加陵一个属蛇，一个属鼠，这在缅甸文化中是相冲的属相。所以，他不赞成明敏与加陵的婚姻。由于父亲要自己去巡回演出，明敏因此离开了学校。加陵的父亲婆多瓦底想让加陵去做和尚，加陵没有同意，他想去高等学校（西洋学校）去念书。虽然父亲反对儿子去跟杀人的西洋人学习，反对西洋学校对佛教文化的亵渎，但他最终还是同意了儿子的意见。加陵就去了高等学校学习，这一去就三个月。加陵走后，明敏的父亲为了打消女儿的恋爱的想法，就请一位蛊师做法来拆散这对情侣。这件事，恰好被明敏给听到了，她的心情很是压抑。就在她心情难过的时候，明敏望着的瑞大光塔放出光芒，她进入了一种催眠状态。在催眠的梦中，明敏受到了佛的召唤，明白了自己与加陵是一对命命鸟，是一对不能飞到世俗对岸的命命鸟。在佛的启示下，明敏决定要离开尘世。

傍晚，明敏来到仰光的绿绮湖畔，准备投湖弃世。这时加陵在湖边找到了她。当加陵知道了明敏的想法后，他也表达了与明敏一样的想法。就在皎洁的月光里，二人"好像新婚的男女携手入洞房那般自在，毫无一点畏缩。在月光水影之中，还听见加陵说：'咱们是生命的旅客，现在要到那个新世界，实在叫我快乐得很。'"

在许地山的《命命鸟》里，我们并没有看到像"黄世仁逼债"般的家庭封建文化的高压。在加陵父亲那里，甚至连反对的话都不曾有过提及。表面上，明敏与加陵的赴湖自尽，似乎是他们对佛教信仰的结果。结合作者本人的宗教文化背景，人们很容易得出这样的结论。然而当我们认真阅读了小说后，就会发现：许地山在小说中虽然没有直接说出封建世俗文化是致使两个年轻人自杀的罪魁，但这确是明敏与加陵无法容于尘世的主要原因。

1922年2月，许地山在《小说月报》第13卷第2期上发表了小说《缀网劳蛛》。与《命命鸟》一样，《缀网劳蛛》也是一部宗教色彩较为明显的小说作品。许地山在小说中，塑造了一个开明知识家庭的女性尚洁。尚洁原本是别人的童养媳，婆家对她很不好。后来是长孙可望搭救了她。于是，尚洁便与可望成为"夫妻"。可实际上尚洁对可望并无多少爱情。这样的一场婚姻就有了极大的风险。可望经常不回家，尚洁经常一个人与佣人在家。一次，一个贼在尚洁家的院子里摔断了腿。尚洁让人将这个贼抬到了自己的"贵妃床"上，给他疗伤。正在这时，可望回来看见。可望以为抓住了尚洁外遇的证据，一怒之下，用刀刺伤了她。尚洁养伤去了马来半岛的土华。在土华的三年，尚洁一方面做一点工作，一方面也想念家庭和女儿佩荷。突然有一天，老邻居史先生带着女儿来找尚洁。同时，也带来了丈夫可望忏悔的口信。可望在口信中表示：二三年来，牧师常常找他谈话，有时他也去听牧师讲道。牧师给他念《马可福音》十章，使他得到了教训。可望通过牧师的教导，知道自己"很卑鄙、凶残、淫秽"，很对不住尚洁。可望不仅请尚洁回家，要还清过去对她欠下的感情之债，又对自己进行了"放逐"。"现在他要把从前邪恶的行为和暴躁的脾气改过来，且要偿还你这几年来所受的苦楚，故不得不暂离开你。"与《命命鸟》一样，在《缀网劳蛛》的表层上也同样笼罩着一层宗教的迷雾。不过在这宗教迷雾的背后，人们仍然可以看到五四青年对传统封建婚姻的挣脱，仍然可以看到作者在小说中对现代爱情、婚姻的向往。

在后人对许地山作品的研究中，许多人都看到了宗教文化对其作品形成所产生的影响，不过很少有人注意到：许地山在小说中掺入了很浓的宗教色彩，这不仅与他个人的信仰有关，同时，也与五四时期人们对家庭封建文化斗争的"历史难度"有关，与当时人们在追求个性解放和自由幸福时的"无奈"有关。换句话讲，在五四时期，人们还不知道反对家庭封建这一条道路究竟能走多远。许地山把宗教作为一种可能的"出路"，把宗教作为一种个人"解放"的途径，在当时也是一种探寻和尝试。1923 年 12 月 26 日，鲁迅在北京女子高等师范学校曾做过《娜拉走后怎样》的专题讲演。在讲演中，鲁迅在努力地替娜拉（女性）回答着社会对她出走的疑问：她最终走掉了吗？她走得掉吗?她往哪里走?对个性解放和人生自由与幸福实现路径的找寻，这是整个新文学和新文学青年们共同的"事业"。许地山的小说，当然也是这个寻找过程中的一种尝试。

在新文学运动到左翼文学运动之前，与胡适《终身大事》、冰心《秋风秋雨愁煞人》、许地山的《命命鸟》《缀网劳蛛》相类的主题作品，相对是要略多一些的（这是因为当时的"新小说"作品在前"五四"和"五四"刚过后的那一段时间里，本来就不多见）。例如 1921 年 1 月 10 日《小说月报》第 12 卷第 1 期发表的王统照的《沉思》，1925 年 3 月 21 日《现代评论》第 1 卷第 15 期发表的凌叔华的《绣枕》，1926 年《沉钟》第 4 期发表的陈翔鹤的《西风吹到了枕边》，1928 年 4 月《东方杂志》第 25 卷第 8 号发表的茅盾的《创造》等，都是这一主题的延伸。在这一部分主题的小说里，值得读者更为关注的是鲁迅在 1925 年发表的《伤逝》。因为在《伤逝》中，鲁迅已经在进一步思考"娜拉走后怎样"这个新文化的自由幸福问题了。

第三节　对社会底层生活的关注与同情

五四文学与此前中国封建社会文学（包括近代文学）的一个最大不同，就是新文学在文学的关注对象和题材对象上发生了历史性的转变。应该说，这个转变对于 20 世纪的中国现实主义文学来讲，不啻为一个积极的"福音"。我们当然不是说现实主义文学或者现实主义文学思潮就一定要面向社会底层生活。也不是说，除了对社会底层生活的表现，其他社会群体和阶层的生活就没有现实主义文学的价值意义。纵观中国文学的历史过程，文学几乎没有过面对现实的时候。在整个的古典社会里，中国文学基本是"漂"在和"活"在诗歌、散文的浪漫主义里的。从文化层面上看，中国文学基本上是一种"贵族文化"的衍生物，是一种"贵族文化"的东西。在中国的古典时代里，文人难得有把目光转向民众生活的。即使像陶渊明那样处在穷困状态里，也难有向社会下层关注的过程。虽然在个别的时候也有个别人对社会底层生活给予了某种目光（例如杜甫、白居易、李绅、杨万里、范成大以及宋元以降的戏剧中某些悲剧的作者们），但这些目光常常是短暂的，不集中的。这种情况，其实在晚清文学的"革命"中，也没能真正获得解决。辛亥革命前后关于文学改良和白话文的争论，其实都与贵族文化传统同平民文学意识的斗争有关。在五四时期，新文学运动的展开主要是在知识分子群体中。从当时社会的普遍情况来看，能够让家庭中的青年人外出读书的，其家庭生活状态相比于普通人家，显然要好。其中的多数家庭，要具有相当的经济能力。因此，五四时期的知识分子群体与普通社会下层间的文化和经济距离，实际上是很远的。这也就是为什么在五四文学中，青年知识分子常常成为文学主要人物的原因。所以，五四新文学所出现的这种题材和主题上的变化，就尤显难能可贵。

五四新文学"对社会底层生活的关注和同情"，主要表现在两个方面：

其一，草根化的平民意识，在五四新文学中得到了加强。

与旧启蒙时期文学的基本意识不同，五四时期的文学视角有了很大程度上的调整。在这个调整中，最为主要的变化就来自于文学视角的平民化。这种将文学视点"向下看"的表现（特别是小说视角的"平视"，在五四文学向现实主义的发展中，起了很大的"引领"作用），在五四时期的主要作家们那里，都不同程度地得到了表现。

在鲁迅的小说集《呐喊》中，共收入他1922年以前的14篇作品。除了《狂人日记》《头发的故事》《端午节》《兔和猫》《鸭的喜剧》5篇外，其余的9篇在作品的视角上都是"向下看"的，包括《阿Q正传》《孔乙己》《白光》。因为在这几篇作品中，小说人物也都是一种被社会和时代"矮化"了的小人物，是一些被社会边缘化的社会下层阶级的成员。鲁迅在新白话文学中，率先将自己的视点"向下看"，把当时社会下层人物和平民（贫民）形象引入文学世界。《阿Q正传》里的阿Q，《孔乙己》里的孔乙己，《药》里的华老栓，《明天》里的单四嫂，《风波》里的几个人物，《故乡》里的闰土，都属于此种"草根人物"。在鲁迅《彷徨》所收的11篇作品里，《祝福》里的祥林嫂，《长明灯》里的几个人物，《示众》里面的几个只有形象而没有姓名的人物，《离婚》里的庄木三、爱姑和面目不清的几个次要人物，也都是属于这样一种视野下的关注。作为新文学的先行者，鲁迅这种文学视角的选择，对当时现实主义新文学实践的影响是非常大的。

稍后于鲁迅，并在鲁迅的实际影响之下，关注平民的五四时期文学作品（主要是小说）便开始悄悄多了。较早的将自己的创作视野放到"平民生活"层面的叶圣陶，在1919年3月1日的《新潮》第1卷第3期上发表了《这也是一个人？》。小说的故事很简单："她"是一个农家的"小媳妇"（也许是稍大的童养媳）。自从嫁过去，就一直在受苦受累。生个孩子死了，仅有的陪嫁也让丈夫给当掉了。公婆天天打骂，每日没有好脸看。最后她逃了出来，在城里做了帮佣。这种"自由"日子并没有过上几天，公公便寻了来。为了给死去的丈夫送葬，她最后又被卖了一回。从主题上讲，叶圣陶的《这也是一个人？》是一篇宣示妇女解放思想的作品。然而对当时的五四文学而言，这篇小说的"平民视角"和"草根意识"也许是其重要社会价值所在。同样的"低视角"的"向下看"的写作，还出现在他后来的《多收了三五斗》等作品中。在时间上与叶圣陶差不多，郁达夫也将自己的"小说视角"放到了"平民生活层面"上。作为创造社的成员，郁达夫在小说写作中几乎没有一般创造社成员那样的文学浪漫主义和文学理想主义。他的小说不仅在"视角"上是相当"平民"的，在文学意识上也没有五四文学经常会出现的那种"文学贵族气质"。相反，他的小说人物常常是"正常化"的、"平民化"的。这一点，我们在他的《沉沦》（1921）、《春风沉醉的晚上》（1923）、《薄奠》（1924）等小说中就能够看到。与郁达夫同样的情况，在许钦文、台静农、高世华、塞先艾等许多五四时期作家的 20 年代作品里，都曾经出现过。

其二，平民角色和平民故事，开始成为五四新文学的一种积极选择。

作为五四新文学"对社会底层生活的关注和同情"，一个与"草根化平民意识"同时到来的现象就是：平民角色和贫民角色逐步为文学所接受和理解。我们知道，在"五四"之前的"旧文学"里，文学的主要角色是一批本质上属于"形而上学"的人物。他们或者是被抽象化的英雄与坏蛋，或者是帝王将相与才子佳人。平民化的角色，大约只能在悲剧类型的作品里才有可能被"类型化"地推出。总体说来，在五四新文学之前，近代和古典叙事文学中的主要人物，基本上是没有"现实主义"意义上的角色。所以在五四新文学之前，中国旧文学中的人物和故事都是一种"封建社会"的"理想形式"或"样式"。他们与现实生活和现实美学要求，相差是相当远的。

到了五四新文学这里，情况显然出现了巨大的变化。由鲁迅开始，新文学就开始把自己相当一部分的注意力，转向了平民（在五四新文学的实践中，这种转向只是部分的）。伴随着新文学对平民生活的关注，伴随着新文学平民意识的增强，过去在文学中根本得不到表现的社会底层的平民化（甚至是贫民化）生活，开始通过五四新文学"被表达"了出来。作为对社会底层生活关注的结果，作为新文学"平民意识"的具体表现，相伴随而来的就是平民化人物和故事的出现。这样的情况，我们在上面已经"点"到的那些作家和作品中，都得到了"明显"的反映。当然，尽管新文学将"平民化"人物引入了小说写作，小说可以被用来演绎"平民故事"，但必须承认的是：五四新文学毕竟是刚从旧文学中走出来的，它并没有"新文学"的"历史经验"可以借鉴参考（主要是指现代白话文的小说写作经验）。所以，它还需要一边摸索，一边前行。这样的历史状态，就必然性地造成了新小说尽管已经具有了"平民意识"和"平民人物""平民故事"，但其叙述的现实主义化的"程度"和"水平"还是有限的。

　　对于 20 世纪的中国现实主义文学来说，"五四"前后新文学的诸多努力，不仅是现实主义文学在中国本土的一个必然历史过程，同时也是一次极具价值的历史性实践。关于这一点，后面我们还将讨论。

第六章
左翼文学运动与左翼文学的现实主义

从 20 世纪文学现实主义思潮发展来看，中国文学其实是在晚清末期开始"遭遇"来自西方的现实主义文学的。我们在这里之所以使用"遭遇"一词，主要是因为中国古典文学本来并没有"现实主义"的文学传统。而且，我们也没有为"现实主义"的文学实践，准备好相适应的文学形式。在中国文学几乎没有什么准备的情况下，我们的一些文化启蒙主义者（包括旧文化启蒙主义者们，也包括新文化启蒙主义者们）从 19 世纪后期到 20 世纪初期，开始接触西方现实主义文学和现实主义文学思潮。例如，胡适就十分赞赏易卜生的戏剧现实主义。他说："易卜生早年和晚年的著作虽不能全说是写实主义。但我们看他极盛时期的著作，尽可以说，易卜生的文学，易卜生的人生观，只是一个写实主义。"[①] 陈独秀在《复张永言》的信里说："写实主义

---

①胡适 . 易卜生主义［M］// 胡适 . 胡适文存：卷四 . 上海：亚东图书馆，1925.

自然主义乃与自然科学实证哲学同时进步。此乃人类思想由虚入实之一贯精神也。"① 他在另一封信里也说："吾国文艺犹在古典主义理想主义时代，今后当趋向写实主义。文章以纪事为重，绘画以写生为重，庶足挽今日浮华颓败之恶风。……各国教育趋重实用，与文学趋重写实，同一理由。"② 对于五四时期的新文学和它们的主张者来说，来自欧洲的现实主义文学是一种"全新意义"的东西。它不仅是一种具有革命意义的"新文学"形式，还是一种可以担当新文化启蒙教育角色的有效工具。

关于现实主义，我们曾经说过：现实主义并不是与文学艺术相伴而来的"历史工具"。而文学，也没有天生的"现实主义"与"浪漫主义"的区别。因为无论在口头文学的神话传说时代，还是后来由文字书写组织的诗歌（戏剧）散文时代，再到后来由传奇演义小说与诗歌（戏剧）散文共同建构的古典时代，文学都可能会去关注某些现实，但是它并不会因此就成为现实主义。因为在这个历史阶段里，文学自己并未形成可以进行现实主义表达的实践方式。尽管从古希腊开始的文学模仿说，与后来 19 世纪以后的文学现实主义有着文化上的不解渊源，其对欧洲浪漫主义之后的现实主义文学的兴起似有"可以追溯的历史痕迹"，但二者毕竟还不是一回事。这在由诗歌和诗歌理论占主导的中国文学历史中，表现得就更为明显。所以，作为文学的

---

①陈独秀．复张永言 [J]．青年杂志，1916，1(6)．

②陈独秀．通信 [J]．青年杂志，1915，1(4)．

一种思潮，现实主义来到中国是一件很晚近的事情，而它真正可能进行的实践，则是在五四新文化运动之后。五四时期小说的现实主义实践，与作为后来者的左翼文学运动联系很多。

左翼文学运动是 20 年代和 30 年代间发生在中国文学历史中间的一个重要现象。如同新文化启蒙运动一样，左翼文学运动对于 20 世纪中国现实主义文学思潮的贡献，与它对现实主义文学实践在事实上的轻描淡写或漫不经心是"各居一半"的。也就是说，起于 20 年代中期的左翼文学运动，对于 30 年代的现实主义文学思潮发展，一方面做出了相当积极的努力，另一方面，它又极为"自然"地在实践中选择了现实主义的理想方向。说得直白一点，左翼文学在理论上是主张现实主义的，但是在文学实践中，他们走的是一条理想主义的道路。

人们知道，左翼文学运动是以后期的创造社、太阳社成员的倡导和活动为主体而形成的。一般认为，左翼文学运动的起始时间是在 1927 年蒋介石叛变革命之后的 1928 年初。但是也有人主张，应当把左翼文学运动的起点时间设在"五卅运动"爆发后的 1925 年。[①] 对于这种认识，我大体上表示赞同。我之所以同意把 1925 年视作左翼文学运动的发端，主要是与"五卅运动"的发生对"五四"以来新文学的"转向"起了很重要的作用。虽然"五四"后中国共产党成立，孙中山主导下的国共合作和

---

① 林伟民. 中国左翼文学思潮 [M]. 上海：华东师范大学出版社，2005：3-15.

之后的北伐，都对中国社会产生了极为重要的影响；但是它们对新文学发展的影响，则相对要弱了许多。新文学在此阶段里，还是在五四新文学的既定"惯性"过程里。新文学在 20 年代的初中期，不仅仍然延续了五四新文学的基本追求，而且对当时中国社会的实际变化（主要是通过小说写作中来表现），反应相对迟滞。关于这一点，我们在"五卅"前新文学写作的反封建的主导性题材现象中，就能够看出来。当"五卅运动"爆发后，其对新文学的实际冲击是相当巨大而且直接的。正是这一次运动的浪潮，将新文学从以改造社会为目的的新文化"历史追求"冲入了以救亡革命为主要目标的新的历史航道。而这一次的改变是历史性的，它实际决定了 30 年代和 40 年代，整个现代文学的基本历史走向。

第一节　左翼文学运动中的现实主义思潮

1925 年"五卅惨案"的发生，使中国现代文学的作家群出现了向"左"转的主导性历史倾向。由于这一主导倾向的形成，对 20 年代后期和 30 年代的现实主义文学产生了至关重要的影响。在这一历史影响中，"30 年代"（实际上还包括了 20 年代的中后期）左翼文学出现了既在理论上大力提倡现实主义，又以强大的"离心力"在实践上向理想主义发展的复杂情形。从 20 世纪前半期的现实主义文学思潮的角度来讲，左翼文学运动的主要贡献还是在理论争论方面。他们的讨论，将中国文学写作和研究，历史性地第一次导入了现实主义的理性逻辑过程。

而这对新中国成立后的当代文学在 20 世纪后半期的发展，影响至为深远。

一、"新写实主义"范畴的引入

"新写实主义"这一概念是 1923 年苏联"无产阶级文化派"理论争论时期，由沃隆斯基提出来的。沃隆斯基不同意当时"岗位派"（"拉普"前身）将俄国优秀古典文化传统完全摒弃的观点，认为无产阶级文学也应当继承优秀文学传统。就是在这一过程中，他使用了"新写实主义"的说法。在《论尖锐的语句和古典作家》这篇文章中，沃隆斯基认为：

> "我们深信，新艺术的、当代艺术的基本形式依然是写实主义，即资产阶级、地主文学的古典作家们以无与伦比的完美的技巧加以运用的那种形式。这里要提出，写实主义从整体上说是最好不过地符合马克思、恩格斯的辩证唯物主义精神的……那么请问，干吗要高谈阔论'彻底'摆脱过去的形式呢？这都是由于头脑发热……新的成就，对旧的风格、旧的形式进行改造和完善，那当然是必不可少的。我想，现代的艺术正在走向写实主义同浪漫主义精神的独特结合，走向新写实主义，但在这种新写实主义中写实主义依然处于主导的地位。"①

---

① 斯·舍舒科夫．苏联二十年代文学斗争史实 [M]．上海：上海译文出版社，2018：55-56．

1924 年沈雁冰在一篇题目为《俄国的新写实主义及其他》的短文里，最早对"新写实主义"进行了解释。不过，沈雁冰的这篇短文在当时并未引起人们的注意。1926 年，郭沫若在《革命与文学》里也对苏联的"拉普"所倡导的"普罗列塔利亚写实主义"做出了回应，主张"表同情于无产阶级的社会主义的写实主义的文学"[①]。不过，"严格意义上说，真正把'新写实主义'概念和理论思想引进我国，应是钱杏邨、林伯修和太阳社中的一些人"[②]。在沃隆斯基提出无产阶级文学的"新写实主义"主张后，沃氏的理论对正在苏联留学的藏原惟人产生了重大影响。1926 年藏氏回国，就将"新写实主义"理论带回到了日本。1928 年，林伯修（杜国庠）在《太阳月刊》的停刊号上发表了藏原惟人《到新写实主义之路》的译文。这篇译文的发表，可以看作是左翼文学作家群对"新写实主义"创作方法认同的一个标志。

这里需要加以说明的是：左翼作家们所"引进"和"借用"的"新写实主义"，并不简单地是我们在 20 世纪后来历史中所碰到的"文学现实主义"的另一种说法。因为受到苏联"拉普"的影响，无论是沃隆斯基还是藏原惟人，无论是沈雁冰、郭沫若，还是林伯修、钱杏邨，在舆论者们那里，"新写实主义"都是一个以"阶级"为充要前提之后的写实主义。这个"无产阶级"的

---

① 郭沫若. 革命与文学 [J]. 创造月刊，1922，1(3).

② 林伟民. 中国左翼文学思潮 [M]. 上海：华东大学出版社，2005：185.

"写实主义"，由于突出了阶级意识形态性，所以它并不是一般意义上的或真正意义上的现实主义化的"写实主义"。关于这方面，正像冯雪峰在后来的回顾中写的："1929年和1930年之间提出的新现实主义，虽然提到了现实主义，但因为一则我们对于现实主义在文学史上怎样发展过来，它与各时代各民族的历史条件与社会生活的具体关系的分析和理解，是很不够的。二则只以为在旧现实主义的写实方法加上了现在的无产阶级的世界观，就是新现实主义了，这当然没有接触到现实主义的真正核心，而是一种机械的结合。这世界观的提出，一方面在当时有积极的意义，另一方面是表示了我们对于世界观的理解就是抽象的，教条式的，好像它对于文艺方法的关系是外在的了。"①对于左翼作家们对"新写实主义"的倡扬，鲁迅也曾很不以为然。他在《二心集》的《我们要批评家》中，曾谈到过这种现象。鲁迅说："成仿吾先生是怀念了创造社过去的光荣之后，摇身一变而成为'石厚生'，接着又流星似的消失了；钱杏邨先生近来又只在《拓荒者》上，挽着藏原惟人，一段又一段的，在和茅盾扭结。每一个文学团体以外的作品，在这样忙碌或萧闲的战场，便都被'打发'或默杀了。"鲁迅虽然并未直接批评"新写实主义"，但是不满之意是确实的。

当然我们也必须看到：尽管"新写实主义"观念的引入，与现实主义有着相当远的实际距离，不过它的到来，却对此一时

---

①冯雪峰.论民主革命的文艺运动[M]//冯雪峰论文集：中，北京：人民文学出版社，1981：10-104.

期新文学的现实主义走向发生了必要的影响。这至少有两点是特别值得我们注意的：其一，它将"写实主义"这个现实主义文学概念，带给了20世纪的中国文学。而对这一概念的理解，普通人很容易将其与现实主义间建立起必然的理论联系。其二，如沃隆斯基一样，"新写实主义"毕竟还强调了新文学对传统的继承，强调了现实主义（当时的译法就是"写实主义"）对于新文学发展的意义（林伯修接受了藏原惟人的相关观点，也认为"写实主义的艺术是客观的，现实的实在的"。这种观点，对太阳社的无产阶级文学倡导上的偏颇，后来还是发挥了一定的修正作用）。在这种对"新写实主义"的引入过程中，现实主义就事实上被推到了人们面前。

二、唯物主义文艺观和方法理论的导入

在前面我们曾经表述过这样的观点，即五四新文学尽管已经开始形成了现实主义文学的"趋向"，在具体的文学实践中也有了某种现实主义的探寻，但是新文学在"五四"前后的总体表现，还只是初步现实主义的。它距离我们今天所说的现实主义和我们所理解的那种现实主义之间，还有许多路要走。我们之所以这样说，是因为在当时的中国文学活动中，人们仅仅通过西方文学（主要是19世纪和20世纪初期的小说）接触到了现实主义。而我们自己则对于现实主义文学的到来，既没有现实主义文学形成所需要的社会发展条件，也没有生成现实主义的文学审美习惯。更为主要的是，我们也还没有准备好相应的唯物主义的文学理论。

举例来说，由于当时的中国还是一个基本意义上的农业社会。除了"北洋"时期的某些工业具有近代工业性质外，所剩下的则只是传统手工业作坊。中国的现代商业虽然在一些主要的大城市里也有，但社会的市场主体仍然是"小农经济"化的。在那里，小商小贩、物物交换的"自然经济"特征相当明显。不只如此，那时我们尽管拥有城市，但城市的生活方式也基本上是农村形式的。无论是南方城市还是北方城市，吃水依靠水井，洗衣洗菜多在井旁或河旁，几乎是普遍与多见。城市居民的房前屋后，栽种的多是果树或蔬菜。从邻里关系和社会信息交流的传播层面看，也基本上与农村没有很大区别。而在整个的社会活动中，农业生产和农村生活经验是占据主导位置的。

同理，由于与中国传统农业生产方式的联系，我们的文学传统也没有为我们提供与现实主义文学相配合的"文学储备"。从"五四"前后的中国社会来看，国人虽然也有某些社会改变的要求，也对西方的某些文化采取了"宽容"（接受）的态度，但是我们还并不知道什么是"现实主义"。也不知道看待生活，看待社会，看待世界，采取现实主义态度的真正的社会意义和价值。新文化运动尽管强调了科学和民主，强调了反封建和追求自由的主题，却还来不及对新文化运动的理论基础进行廓清。换而言之，当时我们还不知道理解现实主义文学，还需要以唯物主义地理解社会，作为理论前提和装备。

到了20世纪20年代的中期，左翼作家开始了对唯物主义哲学的宣导工作。由于是对马克思主义和列宁思想的传播，在宣传唯物主义的过程里，就包括了对阶级和阶级斗争观念的植入和讨论。考察 1928 年前后的"无产阶级革命文学"问题的争论，我们就会发现：此一次"革命文学"问题的讨论，与"五四"之前和五四时期的"文学革命"的讨论是明显不同的。在左翼文学时期的"革命文学"讨论中，太阳社和后期创造社的左翼作家，普遍将"阶级"分析方法带入了文学批评。从而，最终形成了一个以阶级理论为武器的 1928 年文艺批评现象。冯乃超的《艺术与社会生活》（1928 年 1 月 15 日《文化批判》创刊号）、成仿吾的《从文学革命到革命文学》（1928 年 2 月 1 日《创造月刊》第 1 卷第 9 期）、蒋光慈的《关于革命文学》（1928 年 2 月《太阳月刊》第 2 期）、李初梨的《怎样地建设革命文学》（1928 年 2 月 15 日《文化批判》第 2 号）、钱杏邨的《死去了的阿 Q 时代》（分别发表于 1928 年的《太阳月刊》3 月号和 5 月的《我们月刊》创刊号）、郭沫若的《桌子的跳舞》（1928 年 5 月 1 日《创造月刊》第 1 卷第 11 期）《文艺战线上的封建余孽》（1928 年 8 月 10 日《创造月刊》第 2 卷第 1 期）、冯雪峰的《革命与智识阶级》（1928 年 9 月 25 日《无轨列车》第 2 期）、克兴的《小资产阶级文艺理论之谬误》（1928 年 12 月 10 日《创造月刊》第 2 卷第 5 期）等相当多的重要理论文章都是在那个时候出现的。就是在这场关于阶级论的"革命文学"的论争中，唯物主义被创造社和太阳社的论争者们引入了文艺批评领域。

1928 年，冯雪峰在《革命与智识阶级》一文里就提出："现在所提出的主题——'无产阶级文学之提倡'和'辩证法之唯物论之确立'，于智识阶级自己的任务上，这是十分正当的，对于革命也是很迫切的。"①在文章里，冯雪峰显然认为唯物辩证法是一种极具价值的文艺学方法论。1930年，国际革命作家联盟哈尔科夫大会召开，会议向各盟员国推行"拉普"1928年提出的"唯物辩证法的创作方法"。根据萧三从苏联的来信，左联执委会在《中国无产阶级革命文学的新任务》（1931年11月）的决议中，将"唯物辩证法"正式作为中国左翼作家的创作方法。决议提出："作家必须成为一个唯物的辩证法论者。"时间大体相当，冯雪峰在《北斗》杂志上发表了法捷耶夫《创作方法论》的译文。法捷耶夫在文章里反对文艺浪漫主义，强调要"为了艺术、文学上的辩证法的唯物论斗争"。瞿秋白在为华汉（阳翰笙）的小说所写的序言《革命的浪漫谛克》中，对法捷耶夫的《打倒席勒！》的文字进行了引用。②在引文和行文中，瞿秋白都对唯物辩证法的创作方法给予了必要的强调。

通过对文学史的考察，人们知道，一部现实主义文学作品的发生，不一定要求作家具有什么唯物论史观，也不一定要求读者是什么唯物主义者。因为，唯心论者同样可以写出现实主义小说和阅读理解现实主义小说。所以粗粗看来，唯物论与现实主义文学的实际联系好像并没有多少。但是人们不应忘记唯物主义其实不仅是一种社会的世界观，也是一种方法论。在已经拥有了工业主导的生产方式和生活方式的今天，人们的思想

①冯雪峰.革命与智识阶级 [J].无轨列车，1928，(2).

②瞿秋白.革命的浪漫谛克 [M] // 瞿秋白.乱弹及其他.上海：上海霞社，1938：313-317.

意识或思想方法已经"唯物化"了（我在这里所指称的"唯物化"，是指国人认识问题的现实化，和处理问题的现实化）。作为对文学史的一种考察，如果人们回望中国文学的历史，就会看到：中国文学在历史中的总体表现是"非现实"的。而理想化地表现浪漫情绪，或者浪漫化地去演绎历史，一直是中国文学的基本的和主流的走向。

恰恰是由于农业生产方式的决定性影响，使中国人在两千多年的文学历史发展过程中，很少去直接面对社会生活现实。而少量出现的能够某种程度上反映现实的作品，在曾经的社会文学生活中和文学史评价中，也很难得到认可和推崇。若我们去深究，我们的文学和文化无法做好唯物论的相应准备，这不能不说是一个历史化的"文学原因"。这恐怕也是在中国古典文学中，叙事文学发达非常晚近的一个重要因素。

与此相类似的情况，实际上也发生在欧洲文学的历史进程中。我们只要认真去考察欧美文学的历史，就不难发现：19世纪和20世纪现实主义文学在欧洲和美国的发展，与欧美社会的工业化之间是存在着某种很天然的联系。为什么在欧洲19世纪现实主义文学发展之前，普遍出现的只能是浪漫主义、骑士传奇？为什么小说的发展会从传奇逐渐呈现出向现实主义的"走向"？为什么现实主义文学思潮只会出现在大机器工业化初起的19世纪？社会有没有进入工业社会，生活有没有受到工业化影响，这是一个不能回避的历史原因。一旦工业化的社会过程启动，现实主义的社会思潮就会逐渐涌起。在这其中，以科学和技术为特点的工业社会形成并走向前台，以科学为骨架的社会"唯物"意识的逐步形成，是其不能或缺的条件。也正是因为工业生产方式和生活方式的出现，以经验为特点组织起来的农业生活方式就只能日渐式微。正是从欧洲现实主义文学思潮发展过程的历史角度，我们认为，左翼作家们将唯物主义导入新文学是有相当积极意义的。

这里需要进一步说明的是：左翼作家们对唯物辩证法的导入和强调，历史的目的性和功利性都是很明显的。由于当时历史发展状态和左翼作家们对唯物辩证法初期接触的原因，他们对唯物主义和辩证法理论的运用还相当教条，生吞活剥与照猫画虎的色彩还相当浓重。但是值得认真对待的是：他们在唯物主义与现实主义之间开始建立了理性联系。同时，他们还看到了辩证地对待现实的必要性。

唯物辩证法引入的一个必然性成果就是"创作方法"概念的导入。左翼作家们将"唯物辩证法的创作方法""引入"，实际上，是在世界观和创作方法间建立起了历史性的必然关系。这一关系的梳理，对于一向缺少理性支撑的中国文学来讲，确是大好事一件。这不仅有助于人们对新文学的理解和把握，还有助于人们对新文学的批评工作的展开。由于历史的原因，这个问题在左联时期并未得到较好的解决（当时的历史条件是极具约束性的）。不过从现实主义文学发展的历史需要来看，"创作方法"问题在当时被提出，总是比不提要好。对这个问题能有所认识，即使有些历史偏颇，也是很有意义的。特别是在当时，这个问题的提出，对于现代作家的创作清醒和批评家们对创作的积极引导，提供了急需的理论武器（工具）。

三、展开文艺大众化问题的讨论

关于文艺大众化的问题，在"五四"及稍后的 20 世纪 20 年代前期，就已经有了许多端倪可寻。譬如，文学研究会所主张的"为人生的艺术"，其中就隐含了对社会大众的某种关怀。沈雁冰在《文学与人生》中，就针对有人在批评文学中（主要是小说中）不会表现"人道主义"主题的问题，发表了意见。他说："有人说，中国近来的小说，范围太狭。道恋爱只及于中学的男女学生，讲家庭不过是普通琐屑的事。谈人道只有黄包车夫给人打等等。实在这不是中国人没有能力去做好些的。这实在是现在的作家的环境如此。作家要写下等社会的生活，而他不过见黄包车夫给人打这类的事，他怎样能写别的？"[①]与沈雁冰有类似想法的，还有郁达夫。郁达夫在《〈创造月刊〉卷头语》里，也曾谈到文艺与下层社会民众间的关系问题。他说："我们若能坚持到底，保持我们弱者的人格，或者也可为天下的无能力者被压迫者吐一口气。"[②]不过，当时这个问题只是被简单地触动了一下，并未真正地得到认真地对待。

最早提出"无产阶级艺术"概念的，是早期的共产党人邓中夏、恽代英、沈泽民等。他们从无产阶级革命的历史需要出发，在一些评论文章中批评了新文学中一些脱离生活，脱离群众的倾向。他们提出要发展"无产阶级艺术"的呼唤。之后，左翼作

①沈雁冰.文学与人生[M]//北京大学.文学运动史料选：第 1 册.上海：上海教育出版社，1979：188.

②郁达夫.创造月刊卷头语[J].创造月刊，1926，1(1).

家们在 20 年代的中期，也提出文艺大众化的问题。当然，左翼作家们所提出的文艺大众化问题，是与他们当时的"拉普"化的"左倾"道路选择有关的。他们从苏联的"拉普"那里，接受了"无产阶级艺术"的新观念，学会了用阶级概念和标准来分析文艺作品。

1925 年，沈雁冰在《论无产阶级艺术》[①]一文里，批评了那种罔顾普通民众生活和需要的旧文艺传统。他在文章中说："据我所知，那是法国的批评家罗曼·罗兰首先题了一个名字叫作'民众文艺'。"但是旋即，作者就对罗曼·罗兰的"民众文艺"进行了阶级论的批判。指出："在我们这世界里，'全民众'将成为一个怎样可笑的名词？我们看见的是此一阶级和彼一阶级，何尝有不分阶级的全民众？"在沈雁冰的讨论中，虽没有直接去谈及大众文艺问题，但是他确乎是想把文艺与最广大的民众联系起来。只是，他不同意像罗曼·罗兰那样将"民众文艺""超阶级化"。在沈雁冰之后，郭沫若在 1926 年 5 月 1 日发表的《文艺家的觉悟》一文里（《洪水》第 2 卷第 16 期），也提出：要建设"站在第四阶级说话的文艺"，文艺"要为大多数的人们"。与沈雁冰约略不同的是，郭沫若的文章甚至具体地提出："不能忽视产业工人和占人数最大多数的农民。"1929 年，林伯修（杜国庠）在《1929 年急待解决的几个关于文艺的问题》[②]一文

---

①沈雁冰 . 论无产阶级艺术 [J]. 文学周报，1925，(172 / 173 / 175 / 176).

②林伯修 .1929 年急待解决的几个关于文艺的问题 [M] // 周扬 . 中日新文学大系 1927–1937：第 1 集 . 上海：上海文艺出版社，1987：359–362.

里，专门引用了列宁在《党的组织和党的出版物》中的两段话：
"艺术属于人民。它必须为群众所了解和爱好。它必须从群众
的感情、思想和愿望方面把他们团结起来，并使他们得到提高。
它必须唤醒群众中的艺术家并使之发展。难道当工农大众还缺
乏黑面包的时候，我们要把精致的甜饼送给少数人吗？……这
将是自由的文艺，因为这种文艺并不是给吃饱了姑娘小姐去服
务的，并不是给胖得烦闷苦恼的几万高等人去服务的，这是给
几百万几千万劳动者去服务的，这些劳动者才是国家的精华、
力量和将来呢。"

自从文艺大众化问题被提出，左翼作家群一共有过三次讨
论。第一次讨论是在 1930 年 3 月"左联"成立前后。"左联"成
立大会上通过的"文艺大众化研究会"的提案，这是第一次讨论
的主要标志。8 月，"左联"在其第一份决议中，谈到大众化口
号和实施办法。10 月 25 日，"左联"秘书处又发出通告，通
告说"'大众文艺'及'文学大众化'问题为联盟目前十分注意
的工作"。第二次讨论，发生在 1931 年"九一八事变"后。由
于民族危亡的原因，此次的讨论与 1930 年有很大的变化。参
加讨论的左翼作家普遍认识到，动员广大民众参加抗日救亡运
动的必要性和紧迫性。在 1931 年 11 月，左联在第二份决议里
指出："只有通过大众化的路线，即实现了运动与组织的大众化，
作品、批评以及其他一切的大众化，才能完成我们当前的反帝
反国民党的苏维埃革命任务，才能创造出真正的中国无产阶级
革命文学。"第三次讨论是在 1934 年上半年开始的。当时的讨
论主要是在报刊上围绕着大众化的新旧形式问题展开的。"左

联"组织的三次大众化问题讨论，对现代文学时期的中国文艺发展产生了重大作用。1936 年上半年，"左联"解散后，对文艺大众化问题的讨论仍在不同的时间和空间中进行着。而与此相伴的，更多的是对文艺大众化口号的文艺实践。

左翼作家群在 20 世纪 20 年代中后期和 30 年代对大众文艺问题的讨论，主要集中在了"文艺大众化的目的与任务""文艺大众化的内容与形式""文艺大众化的普及与提高"三个问题上。从当时的历史条件看，对文艺大众化问题的讨论还是比较深入的。

从一般意义上说，文艺的大众化问题与文学的现实主义实际联系并不直接。但是从文艺（主要是小说）与现实生活关系的角度来看，文艺把自己的视野"向下"，把自己的主要关心和同情交给居社会多数的群体，描述社会普通人的物质和精神生活状态，给社会的多数人"讲故事"，走出文学艺术理想化的"贵族传统"……解决文学艺术在主题、内容、倾向上的"大众选择"问题，其当时的和后来的理论及现实意义都是十分巨大的。

四、对典型理论的理解和接受

左翼作家对 20 世纪中国现代文学时期的现实主义思潮的另一个贡献，就表现在它对恩格斯典型理论的介绍和阐释上。

1931 年，瞿秋白在《普洛大众文艺的现实问题》一文里，曾经对典型化问题做过一番"理论描述"。他说："文艺的作品应当经过具体的形象——个别的人物和群众，个别的事实，个别的场合，个别的一定地方的一定的时间的关系，用'描写''表现'的方法，而不是用'推论''归纳'的方法，去显露阶级对立和斗争，历史的必然和发展。"①1933 年，瞿秋白在《马克思、恩格斯和文学上的现实主义》一文里，将恩格斯的典型理论介绍给了中国现代文学。他在文章中指出：恩格斯所以称赞巴尔扎克，不仅是因为他的小说描写了"整个的法国社会的历史"，还因为在他的小说中，"写出了'典型'化的个性和'个性化的典型'。"瞿秋白用恩格斯的"除开详细情节的真实性，还要表现典型的环境之中的典型的性格"的这段经典语言，来阐发其对典型环境与典型人物之间的关系。② 这一年的 11 月 1 日，周扬在《现代》第 4 卷第 1 期上发表了《关于"社会主义的现实主义与革命的浪漫主义"》③。他在文章中，第一次向国内的文艺界介绍了苏联的"社会主义的现实主义"的创作方法。其中，他谈到了恩格斯的典型理论，并着重指出：塑造"典型的环境中的典型的性格"，对于社会主义现实主义是极其重要的。

对周扬对于恩格斯典型理论的介绍和阐发，胡风曾与他展开过争论。1935 年，胡风在答文学社问时，写下了《什么是"典

①瞿秋白. 普洛大众文艺的现实问题 [M] // 瞿秋白编辑委员会. 瞿秋白文集（二）. 北京：人民文学出版社，1952：868.

②瞿秋白. 马克思、恩格斯和文学上的现实主义 [J]. 现代，1933，2(6).

③周扬. 关于"社会主义的现实主义与革命的浪漫主义"[M] // 周扬. 文论选. 北京：人民音乐出版社，2009：16-28.

型"和"类型"》①一文。紧接着 1936 年 1 月 1 日，周扬在《文学》1936 年 1 月 1 日第 6 卷第 1 期上发表《现实主义试论》一文，对胡风前文中对典型的普遍性与特殊性的解释进行了"补充"和"修正"。②针对于此，胡风马上在《文学》1936 年 2 月 1 日第 6 卷第 2 期上发表了《现实主义底"修正"——现实主义论之一：关于"典型"的普遍性和特殊性问题答周扬先生》③一文，对周扬进行了反批评。接下来，周扬又在该刊同年第 6 卷第 4 期上发表《典型与个性》④一文，应对胡风的批评。作为回应，胡风又写下了《典型论底混乱——现实主义论之一：论社会的物事与个人的物事》⑤一文。

此次胡周二人争论的焦点，主要集中在典型的共性与个性的关系问题。胡风在强调统一性的同时，更为倾向于强调典型的共性（普遍性、概括性），周扬则比较强调要重视典型的个性（个别性）。二人各执一端。后来，冯雪峰在《论典型的创造》（1940）一文里，对典型理论中的辩证关系进行了较为细致的解释。这

———————————

①胡风.什么是"典型"和"类型"[M]//胡风.胡风评论集：一.北京：人民文学出版社，1987：96-99.

②周扬.现实主义试论[J].文学，1936，6(1).

③胡风.现实主义底"修正"[J].文学，1936，6(2).

④周扬.典型与个性[M]//周扬.周扬文集：第一卷.北京：人民文学出版社，1984：163-169.

⑤胡风.典型论底混乱[M]//胡风.胡风评论集.北京：人民文学出版社，1987：353-367.

一解释，比胡周二人四年前的争论有了更为深入的理解。^①从今天的角度来看，胡风与周扬的此次争论，双方理论认识上的实际距离并不大，只是两人强调的方面有所差别而已。从典型理论的发展来看，此次争论与瞿秋白、冯雪峰等人对典型理论的探讨和分析，均深化了 20 世纪中国文学对典型问题的理解。这对后来新中国成立后的当代文学的现实主义发展，提供了必要和具体的理论准备。

第二节　左翼文学运动在现实主义问题上的几个理论错误

就现代文学时期现实主义思潮的发展而言，站在历史判断基点上去重新审视 20 世纪 30 年代的左翼文学运动，尽管我们谈及了它在理论上的"贡献"和"价值"，但是综观其全体，我们还是要说：它留给我们和留给历史的，主要是错误和教训。

一、把文艺的社会功能简化为"阶级斗争工具"

文艺是社会"公器"，文学艺术本身是"社会文化工具"（或者说具有社会工具性），这是人们普遍承认的道理。所谓的文艺社会作用，其实就是指文艺在某些方面可以满足社会需要，是社会在某些方面的工具。如果从本质方面来看，文学艺术是一种普遍化的社会文化工具。无论是对社会全体成员，还是对社

①冯雪峰.雪峰文集：第 2 卷 [M]. 北京：人民文学出版社，1983：42−49.

会中的某些成员，文学艺术都不是一个只有一种功能作用的"文化工具"。对读者或接受者而言，它所能够满足的是多种文化需要，而绝不是简单的某一种具体的需要。换言之，文学艺术对于人类社会来讲，它是一种可以同时满足人们多种精神需要的"多功能文化工具"。问题是，这是我们在今天所持的观点。在20世纪30年代的左翼文学运动过程中，左翼作家们并不是这样认识的。

我们知道，从梁启超等人所推动的旧启蒙主义运动开始，人们就十分重视文学（主要是小说）社会功能的发挥。在他们中间，许多人都把小说视为文化启蒙的重要手段和工具。但是旧启蒙主义者和新文化运动中的许多人，尽管重视小说的社会工具作用，却没有人将这种作用完全政治化或单纯政治化。在他们那里，小说（或文学）虽然是社会改良与革命的工具，但并不是单纯的政治工具和阶级斗争工具。把这个问题清晰化、明了化和简单化、单纯化的，就是起于20世纪20年代中期的左翼文学运动。

作为一种理论认识，左翼作家和理论家们对文学（艺术）工具性的认知，主要是受20世纪20年代和30年代苏联文艺理论界的影响。由于外国干涉势力和国内冲突等原因，在20世纪初到20年代的前中期，沙俄末期和十月革命后的苏联社会一直处于极不稳定状态，社会各群体间的矛盾剧烈，阶级对立严重。在这样的社会需要下，列宁曾对文学艺术直接提出了"工具论"的要求。例如，早在1905年他就在《党的组织和党的出版物》一文里说过："对于社会主义无产阶级，写作事业不能是个人或集团的赚钱工具，而且根本不能是与无产阶级总的事业无关的个人事业。无党性的写作者滚开！超人的写作者滚开！写作事业应当成为整个无产阶级事业的一部分，成为由整个工人阶级的整个觉悟的先锋队所开动的一部巨大的社会民主主义机器的'齿轮和螺丝钉'。写作事业应当成为社会民主党有组织的、有计划的、统一的党的工作的一个组成部分。……要用真正自由的、公开同无产阶级相联系的写作，去对抗伪装自由的、事实上同资产阶级相联系的写作。"① 在列宁逝世之后，斯大林也持有相同的观点。苏共对文艺的工具论认识，对中国现代文学时期的 20 年代和 30 年代左翼文学运动的影响甚大。

1928 年 1 月 1 日，在《创造月刊》1 卷 8 期上，创造社的郭沫若发表了《英雄树》一文。在文章中，作者宣布"宁牺牲自己的个性与自由为大众请命"的"新的文艺斗士快要出现了"。并声称"当一个留声机器——这是文艺青年们的最好的信条"，否则，"那就没有同你说话的余地，只好敦请你们上断头台！"在郭沫若之后，李初梨在 1928 年 2 月 15 日《文化批判》上发表了《怎样地建设革命文学》一文。他在文章里，直接将文学当作了阶级武器。他说："文学，有它的社会根据——阶级的背景。文学，有它的组织机能——一个阶级的武器。"5 月 1 日，郭沫若在《创造月刊》1 卷 11 期上发表了《桌子的跳舞》。他在文章中指出："文艺是阶级的勇猛斗士之一员，而且是先锋。"1928

① 列宁 . 列宁全集：第 13 卷 [M]. 北京：人民出版社，1987：93.

年2月蒋光慈在《太阳月刊》第2期上发表了《关于革命文学》一文。在文章里，他强调："一个作家一定脱离不了社会的关系，在这一种社会的关系之中，他一定有他的经济的，阶级的，政治的地位——在无形之中，他受这一种地位的关系之支配，而养成了一种阶级的心理。……在社会的关系上，他有意识地或无意识地，总是某一个社会团体的代表。"冯乃超在1928年1月15日的《文化批判》创刊号上发表了题为《艺术与社会生活》的文章。他在文章中认为："在历史的舞台上，有新兴社会出现之时，属于新兴阶级的哲学者与文学家负有批判旧社会制度与旧思想的任务。"与此相类的说法，我们在左翼作家中间和左联的《理论纲领》中，均可以找到。

无论是"留声机器说""阶级武器说""先锋斗士说""阶级代表说""任务说"……这些说法全部表达了一种观点：即文学是一种有效的政治斗争工具。在当时的社会环境里，在当时严峻的斗争形势中，要求文学扮演阶级斗争的工具角色，似乎是天经地义的。当时的左翼作家和理论家们，在强调文艺工具论的时候，其实所反对的都是文艺上的自由意志，反对的都是文艺上的为个人的写作活动。而且他们用阶级和阶级斗争来画线，用阶级和阶级斗争来区别作家和作品。这种"极端"的工具论观点，完全不顾文艺自身的发展规律，完全不问社会对文艺的基本需要，客观上对文艺的健康发展产生了重要影响。

对于左翼作家和左联的这种工具论倾向，鲁迅也进行了批评。鲁迅在《语丝》周刊第4卷第6期上发表的《文艺与革命》中，就特别指出了此中的荒唐。首先，鲁迅同意文艺工具论。认为文艺"用于革命，作为工具的一种，自然也可以的"。但接下来，鲁迅就指出："一切文艺固是宣传，而一切宣传却并非全是文艺，这正如一切花皆有色（我将白花也算作色），而凡颜色未必都是花一样。革命之所以于口号，标语，布告，电报，教科书……之外，要用文艺者，就因为它是文艺。"

从今天的角度，我们充分理解在"五卅运动"和"四一二"白色恐怖之后，中国社会的历史处境，以及在此期间左翼文学运动的历史焦虑。我们充分理解左翼作家和左联"向左转"的历史必然性，也十分理解左翼文学运动的"历史激情"的动因。同时，我们也承认左翼文学运动历史发生的合理性。还承认，当时不仅左翼作家们在将文学和艺术政治工具化，国民党也在将文艺政治工具化。但是，这些理解都无法改变左翼文学运动对20世纪中国现实主义文学发展的深远影响。正是由这种工具论为代表的"左倾"文艺思想，使整个20世纪中国文学在发展上发生了历史改变。在这一点上，左翼文学的政治工具论理论是有很大责任的。

二、把文艺大众化简单解释为"阶级化大众"问题

在前面我们谈到了左翼作家群对"文艺大众化问题"的讨论，指出了这是左翼文学运动中的一个"成绩"所在。在这里，我们又把这一问题提出，并将其作为左翼文学运动思潮的一种错误。这是不是矛盾了呢？其实不是。应该说，左翼作家们看到了文艺大众化问题的迫切性，主要是因为当时蒋介石叛变革命和大肆屠杀共产党人，把共产党人逼上了武装斗争的道路。

而共产党人在同国民党的武装斗争中，是急需广大人民群众参与其中的。所以，用文学和艺术作为发动和动员民众的工具，用文艺武器在社会领域中去反击国民党的反动统治和镇压，就是20世纪20年代和30年代的历史对左翼文艺提出的必然要求。在历史的过程中，左翼作家和理论家们的这种努力是有非常实际的价值和意义的。

不过我们也必须清楚地看到：尽管左翼文学运动和左联有着相当多的"历史理由"，尽管当时的左翼文学活动是中国共产党的革命战略的一个组成部分，但是左翼文学运动中所出现的将阶级意识强化，用"文艺阶级化"替代"文艺大众化"的倾向，不仅的确存在，而且相当强烈。冯雪峰在《关于革命的反帝大众文艺的工作》中说："文艺大众化和革命的无产阶级的大众文艺的创造的问题，是并非在这次反帝高潮中才提出的，这在左联内部提出已将近半年，不过因为意见的未一致和其他种种关系，到了日本出兵的当前才在执行委员会上一致通过，认为文艺大众化是中国无产阶级革命文学创造的一条正确的路线。"1931年11月，左联在第二份决议中就大众化问题发表了专门意见。决议说："在创作，批评，和目前其他诸问题，乃至组织问题，今后必须执行彻底的正确的大众化，而决不容许再停留在过去所提起的那种模糊忽视的意义中。只有通过大众化的路线，即实现了运动与组织的大众化，作品、批评以及其他一切的大众化，才能完成我们当前的反帝反国民党的苏维埃革命的任务，才能创造出真正的中国无产阶级革命文学。"对于将什么人可以被"划入"大众化范畴的问题，沈泽民在《文学与革命的文学》中认为："民众"是指"工人"和"农人"；[1] 成仿吾在《从文学革命到革命文学》中认为："民众"是"农工大众"；[2] 郭沫若认为大众应当是"无产大众""工农大众"；[3] 冯雪峰将大众定义为"工农兵贫民"；[4] 瞿秋白把大众解释为"无产阶级和劳动人民"，并将其具体化为"手工工人，城市贫民和农民群众"；[5] 从当时的情况看，从阶级角度来划分"大众"群体，在左翼作家群中是一种"主流意识形态"的看法。

左翼作家和理论家们将文艺大众化问题进行"阶级定位"，虽然有极为充分的"历史现实理由"，但是这种将"文艺大众化"变为"文艺阶级化"（主要是无产阶级化和劳动阶级化）的努力，却又必然性地发生一些"历史问题"：

首先，从当时的中国社会的政治斗争的现实来看，"文艺阶级化"不利于扩大"革命统一战线"，不利于"团结一切可以团结的力量"。把"文艺大众化"改造为"文艺阶级化"的过程，很容易使其演变为"文艺斗争化"（考察左翼文学运动的实际，其实就是一个"文艺思想斗争史"过程）。在 20 世纪 30 年代那种

---

① 沈泽民. 文学与革命的文学 [J]. 民国日报，1924.

② 成仿吾. 从文学革命到革命文学 [J]. 太阳月刊，1928，(2).

③ 郭沫若. 新兴大众文艺的认识 [J]. 大众文艺，1930，2(3).

④ 冯雪峰. 中国无产阶级革命文学的新任务 [J]. 文学导报，1931，1(8).

⑤ 瞿秋白. 普洛大众文艺的现实问题 [J]. 文学，1932，1(1).

血雨腥风的残酷斗争中，不讲阶级斗争，逃避阶级斗争，显然是不行的。但是在文艺活动中只讲阶级化，或者是只从阶级化的角度去理解文学艺术，把"大众"与"阶级"完全互换，这在当时的历史条件下也是不合适的。在文艺大众化的过程中，不仅要讲批评和斗争，更应当讲团结。以当时左翼作家们对鲁迅的批判为例，把"文艺大众化"简单"阶级化"的理解和价值判断，明显是错误的（左联的成立，原本是想解决文艺界的团结问题。但最终，这个问题也未得到很好的解决。左联的最后解散，也是与此相关的）。

其次，"文艺大众化"问题被简化为"工农兵化"，事实上又限制了文艺题材表现上的多样化。由于左翼作家们对"文艺大众化"的阶级理解，必然性地将"革命题材"问题引入了文学写作领域。在文艺大众化问题的讨论中，"写什么""怎样写"的问题曾被反复提及。在新中国成立后的当代文学前40余年间，这个问题也在不断地被强化。早在20世纪30年代的那场关于文艺大众化的讨论，事实上经过《讲话》，一直在对20世纪的中国文学发挥着历史作用。当代文学过程里所反复强调的"题材问题""写重大题材"问题上的种种认识，都与此次讨论相关联。

三、文艺工具化和阶级意识形态化与"右倾"思潮

将文艺工具化和意识形态化，这是左翼文学运动在30年代活动中的主要问题。对于左翼文学运动，鲁迅在《对于左翼作家联盟的意见》里，就谈到过三点希望：第一，对于旧社会和

旧势力的斗争，必须坚决，持久不断（这是要求左翼作家把新文化运动未竟的工作，继续做下去）；第二，我以为战线应该扩大（鲁迅反对那种在"左联"成立前，左翼作家们搞的"新文学者和新文学者的斗争"。认为，这会让"旧派的人倒能够闲舒地在旁边观战。"）；第三，我们应当造出大群的新的战士。但是在"左联"的发展过程中，鲁迅的这种希望显然是落空了。这一点，1931年鲁迅在《上海文艺之一瞥》一文中，就进行过较充分的分析。

如果平心而论，那么人们不难看出：由于历史发展的本身原因，在20世纪20年代和30年代乃至40年代中，新文学出现某些"左倾"倾向，不仅可以理解，甚至可能还发挥了相当实际的作用。矫枉无法恰当，过正也是必然选择。在一个斗争激烈的历史过程中，有一些相对集中或极端些的做法，人们是可以普遍接受的。因为在斗争激烈的社会条件下，出现某些相对极端的倾向，从历史角度说，几乎是必然性的。但问题是，这种倾向如果只是某个具体时期的过程化的东西，问题是不大的。但是，它不能够，也不应当成为主流和长期现象。然而令人遗憾的是，在30年代的左翼文学运动过程中，左翼作家们（包括当时党的上海文艺工作的领导集体在内）事实上是在把文艺的"左倾"化推向某种历史性极值。这种矫枉过度，影响了整个20世纪30年代左翼文学的发展方向。20世纪中国"新"文学艺术本应具有的丰富性和生动性，伴随着左翼文学运动，有许多可能都被"历史性"地"选择"掉了。

正是由于文艺工具论和意识形态论的"主流化"，使得当时的现实主义文学发展有了许多的艰难。因为，被工具化和意识形态化之后的现实主义，它有可能是更好的斗争工具（就像蒋光慈的《短裤党》《咆哮的土地》、张天翼的《二十一个》《仇恨》、周文的《雪地》、沙汀的《法律外的航线》、艾芜的《咆哮的许家屯》小说那样），但是它如何能够让读者愿意阅读和接受呢？这无论是在当时的历史过程中，还是在后来的当代文学的审美阅读活动中，其实都很让人纠结。

第七章

20 世纪 30 年代与现实主义的小说实践

在 20 世纪 30 年代的现实主义文学思潮中，左翼文学运动所发挥的作用可以说是极其巨大的。这种巨大的影响与作用，主要表现在两个方面：一方面，左翼文学运动为后来的全民族抗战，做好了一定的文学准备（由于左翼文学运动和"左联"的"意识形态化"和"阶级斗争化"，它的包容性和团结能力在相当程度上被降低了。"左联"后来被解散，就是为了有利于统一战线的建设）；另一方面，作为左翼文学运动的必然产物，左翼文学为 20世纪 30 年代带来了一个"文艺工具论和意识形态论"的现实过程。在"文艺工具论"和"文艺意识形态论"的左右下，左翼作家们所主张的现实主义文学，在实践上显然会碰到它必然要碰到的困难。就是在这两个方面的"合力作用"之下，使现实主义在 20世纪 30 年代里，得到了一个"另样"发展的"现实"。

第一节 "意识形态"工具论与左翼文学的
现实主义实践

　　从五四新文学运动开始算起，以现代白话为特征的新文学，在中国其实只是刚刚起步而已。对于中国现代文学来讲（主要表现在小说和诗歌，这两个最重要的文学门类现象上），只是从西方文学作品中接触到了现实主义文学，由于缺少相对应的现代意义上的文学理论准备，所以只能是边学习边实践。在一个学习和实践的过程里，我们学得不像、学习过程中有许多问题，这都是正常的和必然的。因为现实主义的文学实践，也是一个历史过程。作为现代文学时期的新文学，如果历史给予机会，它会有一个相当出色的表演。

　　然而历史却没有这样仁慈。在"五四"刚刚过后的几年，它就以"五卅惨案"、国民党叛变革命和制造白色恐怖，拉开了历史悲剧的大幕。在面对这场国民党对共产党的围剿时，共产党人除了武装反抗是没有其他出路的。作为这次反抗斗争的一部分，左翼作家们把文学作为反抗斗争的一种精神武器，实在是历史的必然选择。关于这一点，杨义在《中国现代小说史（2）》中说："在这种特殊历史契机中出现的革命文学运动，并非五四启蒙时期那种较为纯粹的文学运动，而是带有悲郁愤慨的阶级抗议色彩的半政治运动。"[1] 在这一点上，左翼文学运动没有错。

---

①杨义．中国现代小说史：第2册[M]．北京：人民文学出版社，1998：42．

因为，历史只能如此。

不过，任何事情都有两面性。左翼作家们在将文学化作战斗武器的同时，当文学的阶级斗争武器作用被极大限度地发挥出来之后，其对现实主义的文学追求就必然性地会变得迟钝和和缓起来。左翼作家们在 30 年代的现实主义文学写作，其实就是一种效果不佳的实践。

一、表现革命斗争生活是左翼作家们的重要题材选择

左翼作家们从"五卅运动"前后（特别是"四一二"以后），就在上海文学界强烈主张革命文学。与此种倡导相对应的是，他们中的许多人也在革命文学的写作上下了很大的功夫。

例如，农民乡村暴动题材的小说，在当时就有许多人写过。华汉（阳翰笙）写了《暗夜》[1]（1928）、洪灵菲写了《大海》（1930）、蒋光慈写了《咆哮的土地》（1930），此外，太阳社的戴平万的短篇集《陆阿六》中共收入的五个短篇作品，其主题也都是表现农村革命暴动斗争的。除表现农村暴动斗争的题材外，以大革命为题材或为主要背景的题材写作，也在左翼作家们的笔下经常出现。蒋光慈在上海工人三次武装起义失败后，以武装起义为背景写了《短裤党》（1927）。阳翰笙以"四一二"反革命政变为背景，写了《女囚》，他还以大革命为背景，写了《转换》和《复兴》[2]。与蒋光慈、阳翰笙等人一样，茅盾也以大革命为背

---

①《暗夜》后易名为《深入》。

②《转换》和《复兴》为小说《地泉》的后两部。

景写了《蚀》(1928)(包括《幻灭》《动摇》《追求》)、《路》(1930)；以"五四"和大革命为背景，写了长篇小说《虹》(1929)和《子夜》。还有部分左翼作家，将自己的笔触直接深入到革命战争生活中，如耶林写的短篇《村中》(1931)，就是以国民党对中央苏区的第三次围剿为背景写作的。彭柏山的短篇《崖边》(1934)也是以国民党的围剿为背景写作的。

这种较为直接切入革命斗争生活的题材形式，通过20世纪30年代的左翼文学写作，一直延伸到后来的抗战文学中。后来我们在"抗战文学"中所见到的作品，大体也是这一题材样式的某种"延伸"。譬如"东北作家群"中萧军的《八月的乡村》(1935)、萧红的《旷野的呼唤》(1939)、李辉英的《万宝山》(1933)、端木蕻良的《科尔沁草原》、舒群的《没有祖国的孩子》(1936)、《老兵》(1936)、罗烽的短篇集《呼兰河边》、白朗的短篇集《伊瓦鲁河畔》。在"国统区"的抗战题材的文学作品(小说)，主要有吴组缃的《山洪》(1943)、丘东平的《我们在那里打了败仗》《一个连长的战斗遭遇》《第七连》(1937)、萧乾的《刘粹刚之死》(1938)、艾芜的《两个伤兵》，等等。在共产党领导的抗日民主根据地，重要的"抗战主题"作品主要有马烽、西戎的《吕梁英雄传》，孔厥、袁静的《新儿女英雄传》，孙犁的《一天的工作》《刑兰》《琴和箫》《荷花淀》《钟》《光荣》，柯蓝的《洋铁桶的故事》，管桦的《雨来没有死》，邵子南的《李勇大摆地雷阵》，丁玲的《一颗未出膛的子弹》，华山的《鸡毛信》等。

正是左翼作家们在20世纪20年代和30年代对革命斗争题

材的主动选择，才为后来 40 年代"抗战文学"的发展，及此后解放战争与中华人民共和国成立后的革命战争题材的文学写作，奠定了基本的题材原则，并提供了写作示范。

左翼作家们在整个左翼文学运动过程中，一直注意在理论上强调"写什么"（题材）的问题。同时，也把"写什么"（题材)的问题，当作十分重要的小说问题和文学问题来对待。所以，左翼文学在实践上对"革命斗争"题材的优先选择，实际上也是一种"题材决定论"的初期表现形式。在"左联"《中国无产阶级革命文学新任务》的决议里就提出："作家必须注意中国现实社会生活中广大的题材，尤其是那些最能完成目前新任务的题材。（1）作家必须抓取反帝国主义的题材；（2）作家必须抓取反对军阀地主资本家政权以及军阀混战的题材；（3）作家必须抓取苏维埃运动，土地革命，苏维埃治下的民众生活，红军及工农群众的英勇的战斗的伟大的题材；（4）作家必须描写白色军队'剿共'的杀人放火……（5）作家还必须描写农村经济的动摇和变化……"这种对题材的"规定"，对于纠正五四启蒙文学在题材问题上的"小圈子化"，对于那种只会描写知识分子生活，题材偏狭情况的新文学是很有帮助的。因为，小说并不只是写给知识分子群体的。而文学，也总是要以大多数人为服务对象。小说只会描写知识阶层的生活和情感，就无法吸引广大民众的关注和理解。所以写什么的问题，对于当时的小说来讲的确不是一个小事情。

正是左翼文学家们对题材问题的重视，把写什么的问题提高到一个"政治高度"，不仅极大地深化了当时文学界同仁们对此问题的认识，还逐步形成了一种"写作自觉"。这种对题材问题的重视，逐渐被上升为"题材决定论"。"题材决定论"思潮在 20 世纪的 30 年代和 40 年代里是广泛存在的。而且，它还一直延续到了新中国成立之后。在新中国成立后的当代文学前 17 年和"文化大革命"10 年里，"写重大题材"仍然是一种最为重要和普遍的文学现象。

二、通过革命斗争（包括抗战）对英雄主义进行歌颂

与五四时期的启蒙文学不同，左翼文学在实践上，一直在以激烈的社会冲突（阶级冲突和民族冲突）作为自己创作题材和内容选择。在这样的创作选择下，对阶级英雄、民族英雄和英雄主义进行歌颂，自然也成了左翼文学的重要表现内容。

从人物的塑造角度看，"革命英雄"是五四启蒙文学中没有出现过的一类"新"人物。在五四启蒙小说中人们所碰到的都在那封建社会生活中长期压抑的人物。在他们的身上，除了压抑中的呐喊，痛苦中的煎熬，悲愤中的逃避，可能还会剩下某些属于精神胜利法的东西。他们与五四文学中那种灰蒙蒙的，普通人的形象不同，是身上带有理想亮色的人物。譬如：蒋光慈《短裤党》中的纱厂党支部书记李金贵和党的领导人杨直夫；胡也频《到莫斯科去》中的施洵白；阳翰笙《马林英》中的同名女英雄和《女囚》中的赵琴绮、岳锦成；萧军《八月的乡村》中的司令陈柱和铁鹰队长……这种革命斗争英雄人物的出现，丰富了现代文学的人物形象群，为 20 世纪中国文学人物的后续发展提供了重要的思想启迪。

应当承认，左翼文学对革命斗争中英雄人物的塑造，既是

对革命英雄主义文化精神的有力张扬，也是由五四启蒙文学的"文化批判"向"文化重建"的一次"初步调整"。由于对传统文化批判的需要，在五四启蒙小说中，生活希望和生活理想一直是普遍稀缺的东西。至于启蒙小说中的那些人物，也多是灰蒙蒙的。人们读五四时期的小说，会明显感觉到：生活中的亮色人物，在那里是稀缺的品种。让我们回顾一下鲁迅先生笔下的人物——那些阿Q、祥林嫂、华老栓、孔乙己们，有哪一个不是染着深深的灰色？如果说略有一点不同的，那就是狂人、夏瑜、《长明灯》中的无名氏等反抗者。但是在鲁迅先生的小说中，这些人物不仅没有扮演作品的主角，而且，其命运也都是染着深灰色，甚至黑色的悲剧性。这就像鲁迅先生在《呐喊·自序》中说的，"只是我自己的寂寞是不可不驱除的，因为这于我太痛苦。我于是用了种种法，来麻醉自己的灵魂，使我沉入于国民中，使我回到古代去……"实际上，鲁迅先生也非常期待那种英雄人物走上"历史舞台"。他在《记念刘和珍君》一文中就指出："真的猛士，敢于直面惨淡的人生，敢于正视淋漓的鲜血。"

对于身处生活逆境中的中国百姓来讲，左翼文学中"革命英雄"的出现是有相当积极的现实意义和价值的。同时，从进行革命战争和抗日战争的需要来说，这种敢于抛头颅洒热血人物的出现，对于鼓舞民族士气和组织动员民众，都是有一定作用的。"左联"和左翼作家们对此类英雄人物的倡导，确实对社会文学的发展产生了"正能量"的引导。使得左翼文学能够更为有效地切入革命斗争，也对组织当时的社会知识阶层与青年学生投身革命运动及革命战争，发挥了社会动员的作用。

左翼文学在"英雄人物"塑造上的努力，确实发挥出了很重要的社会作用。但是我们也必须看到：当时的左翼小说家们虽然有着很高的革命热情，可是他们只是一些青年知识分子。他们的生活经验更多是来自于学校、书斋或者书本，对实际的革命斗争（主要指工人斗争、农村斗争和军事斗争等方面的经验、经历）则知之不多。尤其是，他们缺少对这些生活的亲身体验和经历。当这些青年作家离开了自己原有的生活基础，放弃了自己原本熟悉的生活，勉强自己"生吞活剥"地去强写阶级斗争和革命战争，实际结果是可以想见的。最后就是写出了一批文学价值不高的"革命八股"。方维保曾认为："新文学和早期的无产阶级文学只是'表同情'于无产阶级的文学。……由于革命的知识分子作家对于工人和农民的生活并不熟悉，就是他们塑造了无产阶级革命者的形象，也大多带有浓重的五四话语的痕迹。……把无产阶级文学理论所呼唤的革命新人形象带进了文学的本文，但并不能改变 30 年代左翼文学总体的知识分子话语特征。"[1]

三、"革命＋恋爱"的理想主义爱情故事结构

自由恋爱的爱情文学主题是新文化启蒙运动中的一个重要的新文学现象。这个主题，在五四时期曾具有很高的审美价值和文化启蒙价值。"自由＋恋爱"的现代爱情主题，不仅表现在

---

①方维保．红色意义的生成——20 世纪中国左翼文学研究 [M]．合肥：安徽教育出版社，2004：54．

它是对男女两性爱情关系的一种美好描绘，还因为，它在当时是一个具有反封建意义的文化价值观念。在"五四"之后和"北伐"的这段时间里，虽然人们对"五四运动"还记忆犹新，打倒封建主义的口号还能时常听到，但中国社会实际上得到的文化触动，其实还是相当有限的。

在中国社会的普遍状态里，爱情自由和婚姻自主仍只是文化上的理想。只有最有勇气的年轻人（通常是受过现代教育的年轻人，或者是直接参与到这个历史洪流中去的年轻人），才有挑战它的可能。由于"婚姻自主""恋爱自由"这个反封建问题没能得到真正解决，由于知识分子是当时反封建启蒙文化运动的主力军，还由于五四启蒙文化的传播者主要是年轻人（或者主要是在年轻人中间传播的），所以在当时的知识分子中间，它的现实主义题材价值仍然是相当高的。同时，由于社会对男女恋爱和婚姻自由问题的关注度极高，这一主题作品的社会影响往往也最大。正是由于这样的"历史原因"，这个重要的五四文学主题，从20年代中期开始就很自然地过渡到革命文学之中。并由此，成了革命文学中一个重要的和典型的故事情节样式。

蒋光慈在《少年飘泊者》中就结构了一个"革命＋恋爱"式的人物悲剧故事。汪中是安徽一个佃农的儿子，父母被地主逼死后，他到处流浪。流浪过程中，他曾在某地的一个杂货店里做学徒。其间，他因爱上了老板的女儿玉梅，而被刘老板打发到了另外一个城市的洋货店。这时，玉梅被逼另嫁，结果含恨而死。这时正值"五四运动"，汪中就积极投身到运动中。"二七"

罢工时，他也曾被捕，并目睹了林祥谦的牺牲。他出狱后就到广东入了黄埔军校，后来在东征陈炯明的战斗中牺牲了。比较起来，除《少年飘泊者》外，蒋光慈的《鸭绿江上》《野祭》也大体上是如此结构的。而且比起《少年飘泊者》，《鸭绿江上》和《野祭》的"革命＋恋爱"的主题特点更为明显。例如，《鸭绿江上》里的朝鲜青年李孟汉和金云的命运，《野祭》里的革命文学家陈季侠和章淑君的情感历程，都是如此的。实际上，蒋光慈还把这种故事结构安置在他的《菊芬》《最后的微笑》《丽莎的哀怨》等作品中。他这种"革命＋恋爱"的故事结构，对当时左翼作家前期的革命文学写作影响极大。与他同时或之后的许多左翼作家，都采取过相类似的故事结构形式。

蒋光慈以一种浪漫主义的理想方式去处理故事和人物关系，固然与男女情爱主题本身的"浪漫色彩"有关，也与蒋光慈对浪漫主义和革命关系的理解有关。他在《十月革命与俄罗斯文学》（1926）一文里，就曾表达了他对"革命"的浪漫主义理解。他说："诗人——罗漫谛克更要比其他诗人能领略革命些"，诗人"罗漫谛克的心灵常常要求超出地上生活的范围以外，要求与革命宇宙合而为一"。"革命是伟大的罗曼谛克。革命为着要达到远的、伟大的，全部的目的，对于小的部分，的确不免抱着冷静的严酷的态度"。对于由蒋光慈的写作发展起来的"革命＋恋爱"的故事模式问题，当时就有人做过批评。瞿秋白在1933年就曾告诫过左翼青年知识分子，"这种新起的知识分子，因为他们的'热度'关系，往往首先卷进革命的怒潮，但是，也会首先'落荒'或者'颓废'，甚至'叛变'——如果不坚决地克服自己的浪漫谛克主义。"① 对"革命浪漫谛克"一词进行解释，最早就是瞿秋白做的。而他之所以使用这个概念，其中的一点，就是要对左翼作家们的"革命＋恋爱"的浪漫主义故事模式进行批评。关于这个问题，有人曾做过解释说："在普罗文学流派的创作中，最受人诟病的莫过于'革命＋恋爱'的作品。……其实，革命文学是一种热血青年的文学，革命青年一方面身受封建礼教对爱情的压制，一方面心受革命意识的蒸腾，他们一时间趋于'革命＋恋爱'的主题，也不无历史必然因子隐藏其间的。""这种革命的浪漫谛克的情调，在一定的意义上说，是五四时代浪漫抒情流派风气向'左'的发展"。②

事实上，对于左翼作家们"革命＋恋爱"故事模式的形成和流行，其历史原因我们是可以理解的。不过从现实主义文学的角度来看，这一模式的影响所及，则明显抑制了文学向写实方向的发展。相当程度上，给革命文学撒入了"自由恋爱"的"作料"。把严酷和严肃的革命斗争舞台，衍化成了浪漫的男女青年恋爱的"情感战场"。这样的故事模式，对后来 20 世纪 40 年代现实主义小说的写作走向，不可避免地产生了影响。而在当代50 年代、60 年代、70 年代和部分 80 年代文学那里，人们还每每地会碰见它们。

---

① 瞿秋白 . 鲁迅杂感选集序言 .[M] // 瞿秋白 . 瞿秋白文集：第三卷 . 北京：人民文学出版社，1998：95-123.

② 杨义 . 中国现代小说史（3）[M]. 北京：人民文学出版社，1995：53-55.

四、左翼文学运动与 20 世纪 30 年代现实主义文学实践的基本关系

从"新写实主义"口号的提出，到对"唯物辩证法的创作方法"的倡导，再到"社会主义现实主义"文学的主张，发生在 20 世纪 20 年代和 30 年代中间的左翼文学运动，尽管在理论上非常推崇现实主义文学，对马克思恩格斯的现实主义文学观也有着理论上的认同，但这一切都无法真正解决他们在实践上的跛脚问题。直接一点说，就是左翼文学虽然对现实主义文学拥有极大的理论兴趣，但是他们的文学实践，却把现实主义拉向理想主义方向。他们的这种"南辕北辙"主要表现在把文学中的生活理想化。具体地说，包括如下两个方面：

首先，左翼作家对生活的理想化理解。

在这里，我们没有使用人们通常习惯使用的"浪漫主义"一词。我们更倾向于用"理想化"或"理想主义"来描述现实主义小说中的非现实化表现。正是从这个角度出发，我们看到——在如何对待生活的问题上，尽管左翼作家们极力要在理论上实行"现实主义"，但在实践的层面上，他们却往往只是拥有了理想主义。当然，我们在这里所讨论的"理想主义"并不完全是指"精神浪漫化"。同时，它也包括了"意识形态化"的内容。这不仅是"情感先行"，也包括了"主题先行"。总之，是一种情感和思想上的"主题大于现实"。

关于左翼文学采取理想主义方式对待生活的问题，张传敏在《中国现代文学走向左翼现实主义的内在逻辑》一文里做过剖析。他说："需要特别指出的是，中国的现实主义潮流主要不是

西方的批判现实主义（尽管五四时期的现实主义和它有些相仿），而是左翼的现实主义……它们之间对待现实的态度是不一样的，尽管它们都有对现实的强烈批判态度。和批判现实主义的知识分子个人化立场不同，左翼现实主义充溢着由一个遥远的社会理想所带来的政治激情。这个社会理想不仅支撑着创作方法本身的确立，也正是它从以往现实主义、自然主义中来区别自身的东西。不论是日本藏原惟人的'无产阶级写实主义'，还是苏联吉尔波丁的'社会主义现实主义'，都可以很清晰地看到这一点（而且正是这种理想主义，导致左翼现实主义包含了与'现实'相对应的'浪漫'成分……）。"[1]我并不同意张传敏在文章中，对左翼现实主义没能达到所谓"新浪漫主义"（现代主义）所表达出的遗憾。因为，虽然西方文学在 20 世纪上半期已经开始了现代主义的文学实践（其思潮发生的时间更早一点），但是在 20 世纪的中国，对这种现代主义的文学实践，还没有做好社会的和文学的准备。也就是说，"五四"过后的中国现代文学时期，无论是社会，还是文学本身，在事实上还不太可能会去接受西方现代主义。因为，我们刚刚从古典文学中走出来，我们尚不能去适应现实主义文学，又如何能跨过现实主义文学阶段，去直接适应和创造现代主义的文学与艺术？不过即便如此，我也还是同意他所判断的："左翼现实主义充溢着由一个遥远的社会理想所带来的政治激情。"实际上早在五四时期就有人开始

---

[1] 张传敏. 中国现代文学走向左翼现实主义的内在逻辑 [J]. 文艺理论与批评，2004，(6).

关注新文学这种非现实主义趋向了。1920 年 6 月 25 日，昔尘发表了题为《现代文学上底新浪漫主义》文章。他在文章中就说："盛极一时的现实主义的文学，现在已带了理想派的色彩；努力于人生客观的描写，又有变到注重主观方面的倾向。"①瞿秋白在《革命的浪漫谛克》一文里也认为："这种浪漫主义是新兴文学的障碍，必须肃清这种障碍，然后新兴文学才能够走上正确的路线。"②

　　然而真正的问题是：左翼文学作家们一直是在（或者说，主要是在）理想化地对待生活。他们把生活与文学的关系，理解成为——"现实 + 理想"。他们以为，只要为现实主义注入理想，就解决了革命文学的形成问题，也就解决了"社会主义现实主义"的问题。换句话讲，左翼作家和理论家们（包括瞿秋白、冯雪峰在内），只看到文学阶级武器的价值，而对其本应具备的文学价值则给予了某种理性的忽视。他们在本意上以为，现实主义是一个极具可容性的"文学大筐"。在这个"筐"里，什么东西都可以装进去。而且无论装入什么，都不会改变其现实主义文学的本质。因此，他们才会不顾一切地把革命理想与现实主义文学嫁接起来。不过，从左翼文学的历史实践看，他们的做法显然违背了文学本身的要求。按照这种方式所写出来的，只能是一些审美价值不高的"左翼文学八股"。此类"八

①昔尘.现代文学上底新浪漫主义 [J].东方杂志，1920，17(12).

②瞿秋白.革命的浪漫谛克 [M] // 瞿秋白.乱弹及其他.上海：上海霞社，1938：313-317.

股"，与真正写实的文学现实主义之间，还存在着某种不协调。

其次，左翼作家们对革命文学的鼓吹，有客观上的理由。但是也必须看到，其对"革命斗争题材"的文学现实主义化，并未起到"强化"作用。相反，在左翼文学的不断实践中，人们看到的多是文学现实主义的被"弱化"。

不可否认，有了革命事业，有了革命斗争，有了中国现代革命的历史过程，"革命"暨"革命斗争生活"，就有理由成为文学写作的对象和题材。从五四文学开始，除了通过社会传播媒介的描述外（如报纸、期刊、书籍、传单），中国的社会运动就是通过文学获得传播与表现。中国共产党所领导的中国革命斗争，当然也存在于其中。

不过，文学究竟应当怎样去表现"革命生活"和"革命斗争"呢？这种生活是应当被现实化地写实，还是应当被理想化地写意呢？从五四新文学的发展来看，从鲁迅等新文学的先行者们那里看，走向现实主义是一种历史的可能选择。这种发展走势，在五四新文学中就已经开始显现了。从鲁迅、叶圣陶、郁达夫等人的部分作品里，我们可以开始看见这种走向的端倪。如果没有后来的"五卅惨案"，如果没有蒋介石的叛变革命（问题在于：对于历史而言，这种"如果"本来就是无用的），这种文学现实主义的实践应该能够较为顺利地进行下去。无法预测的是，此时历史发生了剧变。于是，五四新文学作家群的主要作家们，均开始向左翼的转向。左翼文学运动，也因此出现并形成了。

由于国内斗争形势的剧变，由于对苏联"左倾"化文艺理论的直接"输入"，左翼作家群在写作实践上开始了"革命文学"

的尝试。人们知道，在"五四"之后的现代作家群体中，出身于学生知识分子的居于多数。而当时主要由知识分子构成的左翼作家群，不管其个人的出身情况如何不同，他们在对社会底层生活和社会其他生活现状的了解都是知之不多的。特别是对于当时的产业工人和工厂生活，士兵、军队和战地生活，他们都是很隔膜的。所以他们的写作，除了自我表现和表达外，是很少能够介入到社会其他群体中去的。鲁迅在《对于左翼作家联盟的意见》中，就批评过这种情况。他告诫说："倘若不和实际的社会斗争接触，单关在玻璃窗内做文章，研究问题，那么无论怎样的激烈，'左'，都是容易办到的；然而一碰到实际，便即刻要撞碎了。关在房子里，最容易高谈彻底的主义，然而也最容易'右倾'。……革命是痛苦，其中也必然混有污秽和血，决不是如诗人所想象的那般有趣，那般完美；革命尤其是现实的事，需要各种卑贱的，麻烦的工作，决不如诗人所想象的那般浪漫；革命当然有破坏，然而更需要建设；破坏是痛快的，但建设是麻烦的事。所以对于革命抱着浪漫谛克的幻想的人，一和革命接近，一到革命进行，便容易失望。"遗憾的是，左翼作家们没有人记住鲁迅的警告。他们只管把文学变成革命的工具，没有对文学的现实主义需要给予真正的关注。

左翼作家们从"五卅运动"和1927年以后，便急于把革命理想注入文学写作。他们对于现实主义的描写和表现"革命生活""革命斗争"，只是表现出了理论上的某种兴趣。在写作实践中，左翼作家们则努力把革命理想化地"掺入"现实主义写作中。这种努力的最终结果就是：用理想主义颠覆革命文学与现实主义的"历史描述"关系。把"革命生活"和"革命斗争"的题材领域，通过很具浪漫色彩的"革命理想"，与现实生活进行了区隔。这种区隔的事实存在，就使得左翼小说中的"革命题材"和人物，都显得极其单薄，显得接不上"地气"。

实际上，也就是从左翼文学运动开始，20世纪中国文学的"革命生活"和"革命斗争"题材就被彻底"理想主义化"了。在一个被"理想主义化"的"革命文学"题材里，一切文学要素都形而上学化了。后来，新中国成立以后出现的"题材决定论""英雄人物论"（最终发展成了"三突出"理论），对"中间人物论"的批判，对"革命的现实主义和革命的浪漫主义相结合"的大力倡导，都与左翼运动把现实主义文学理想化有着清晰的承继关系。这种天然联系的存在，虽然带来了涂抹着理想光彩的现实主义人物和故事，但却没能带来现实主义创作领域的拓展。在人物观念化（理想化）的过程中，使"革命"题材在表现上，不可避免地出现了模式化和简单化的情况。

第二节　乡土小说中的"乡土现实主义"

"乡土小说"是在五四新文学运动中出现的一种新的小说题材样式。它与"呐喊小说""问题小说""身边小说"合称"四大流派"。最初，"乡土小说"是在五四小说中慢慢生成和发展起来的（在早期，鲁迅在《故乡》《风波》等小说中，有了一定的乡风民俗描写。他的这种对农村生存环境和生活状态的细描写法，可以视为中国现代乡土小说的源头）。我们在这里所说的"乡土小说"或"乡土文学"，并不是"民间文学"（如民间故事）性质的东西，也不是特指描写农村生活题材的小说。"乡土"在这里是一个"风俗"意义上的文化概念。它可以是农村的，也可以是城市的。但是，必须是"风俗"的。

对于"乡土小说"或"乡土文学"的概念，人们的理解并不一致。譬如，作家孙犁就反对"乡土文学"这个概念。他说："微观言之，则所有文学作品，皆可称为'乡土文学'；而宏观言之，则所谓'乡土文学'，实不存在。"[①]而鲁迅、茅盾等，则早在"五四"后，就认可了"乡土文学"这个概念。并多在"故乡""故土"的文学意义上，对"乡土文学"概念进行使用。对于"乡土文学"这个概念的理解，赵遐秋在《中国现代小说史》中认为："所谓'乡土文学'这个流派的小说，就是作家真切地展示出一个地方的特殊生活风貌的小说。这'一个地方'，主要是作家故乡的农村或小市镇。"[②]赵遐秋所给出的，就是一个与鲁迅、茅盾等现代作家们相一致的解释。这是一个"五四"意义上的"乡土文学"概念。从我们今天来看，"乡土小说"或"乡土文学"，应当是一个风俗化的现实主义小说题材样式和类型。而新中国成立以后，当代的"乡土小说"或"乡土文学"其形成过程

---

① 孙犁. 关于乡土文学 [J]. 北京文学，1981，(5).

② 赵遐秋，曾庆瑞. 中国现代小说史：上册 [M]. 北京：中国人民大学出版社，1984：533.

根据作者赵遐秋和曾庆瑞在本书"题记"中的说明，《中国现代小说史》的前一、二、三编由赵遐秋执笔，第四、五、六编由曾庆瑞执笔。

和表现，与现代文学时期的"乡土文学"之间，虽然有着割不断的联系，但还是有了许多的"变化"。但无论怎样，"乡土文学"或"乡土小说"，主要还是现实主义小说中的一个"题材"现象。

一、"乡土"："文化漂泊者"的"梦旅"

我们知道，现代文学时期的"乡土文学"，并不一般地等于后来当代文学的"农村题材小说"。也就是说，仅仅描写农村生活，也不一定就可以称之为"乡土文学"。但是有一点我们需要注意：在现代文学时期，"乡土文学"这个概念的初始意义，其实就是我们所说的"农村生活小说"。因为在当时，"乡土文学"这个概念，就是从对"农村生活"这个文学理解中过渡而来的。所以在现代文学时期，"乡土小说""乡土文学"，与农村题材大体上是重叠的。

在新文化运动中，作为文化启蒙工作的一个部分，或者说从当时的社会启蒙需要来说，唤起社会对农村生活的关注，唤醒人们对农民艰难生存状态的同情，是其必须要有的内容。在当时启蒙文化思潮的要求下，以鲁迅为代表的五四新文学也承担起表现这一需要的任务。所以，最初的"乡土小说"其实是从新文学的启蒙主题中生发出来的。在"五四"前，最早进行农村生活题材小说写作的是杨振声。1919 年 3 月 1 日，他在《新潮》上发表了短篇小说《渔家》[①]。3 月，鲁迅发表了小说《孔乙己》，后于 4 月，发表了《药》。1920 年 10 月，鲁迅又发表了《风

---

① 杨振声.渔家 [J].新潮，1919，1(3).

波》。就是在这一段时间里，五四小说中陆陆续续开始有了一些关注农村和农民生活的作品出现。譬如，杨振声的《一个兵的家》[1]（1919）、《贞女》（1920）、《磨面的老王》（1921），叶圣陶的《这也是一个人》[2]（1919），杨钟健的《一个好百姓》[3]（1919），番垂统《贵生与他的牛》[4]（1921）等。在这些小说里，作者的视点主要集中在：滞闷的农村生活方式和农民苦难的生存状态上。通过作品作者表达对社会底层人群苦难生活的关注与同情。在这种题材的作品里，或多或少都有一些对农村生活和环境状态的细节描写。这种描写，对于后来的"乡土文学"的"风俗化"倾向，有一定的影响。1921年1月，鲁迅发表了小说《故乡》。《故乡》的发表，也许可以视为现代文学"乡土小说"的正式起点。

鲁迅的《故乡》虽然不是出于"乡土文学"动机而写作的小说，但是作者在其中的确融入了不少的"乡土风情"色彩。而且鲁迅先生为小说所拟的《故乡》标题，也恰恰撩起了人们的"乡绪"和"乡愁"。也许是由于《故乡》的实际影响，也许是由于"为人生"的启蒙思潮的冲击，在鲁迅《故乡》之后，有一批五四青年作家进入了"乡土化"的小说写作领域。这其中，就有王鲁彦、蹇先艾、许钦文、台静农、黎锦明、徐玉诺、许杰、潘漠华、沈从文、李劼人、沙汀、艾芜、萧红、端木蕻良、骆宾基

---

①杨振声.一个兵的家 [J]. 新潮，1919，1(4).

②叶圣陶.这也是一个人 [J]. 新潮，1919，1(3).

③杨钟健.一个好百姓 [J]. 新潮，1919，2(2).

④番垂统.贵生与他的牛 [J]. 新潮，1921，3(1).

等。在乡土小说作家那里，不管他们是来自何地，也不管他们对各自的城市生活有怎样的感触，在他们的笔下都会流露出对故乡的惆怅情感，都会把自己家乡的那些"乡土化"的"风俗生活"呈现给读者。

　　与20世纪20年代、30年代的其他小说流派相比，乡土文学作者们的生活可能与现实主义文学的感性距离最近。与启蒙文学中的"反封建"主题作者们的人生境遇有所不同，"乡土小说"的作者大多都是"五四"之后在四处"漂泊"的知识青年。生活环境的不安定，经济状况的窘迫，工作位置的难求，笔耕酬劳的菲薄，颠沛流离中的辛酸艰难，人生理想的实现无望……这一切似乎成了"乡土小说"的青年作家们的共同性生存特征。历数20年代和30年代的"乡土小说"的作者，似乎多数都有极为相近的"飘零""落泊"经历（也有少数例外的）。王鲁彦的童年与少年是在浙江镇海的农村度过的。18岁时，王鲁彦到上海做学徒。当时的他，对未来充满了期待和憧憬。在那里他像高尔基一样，上了自己的社会大学。同时，进入夜校学习文化。受"五四运动"的影响，他到了北京。王鲁彦在北大校门口摆饭摊，替北大学生做各种杂务。其间，他又抽空在北大旁听一些课程。在听鲁迅所讲的《中国小说史》时，与鲁迅有了交往。后来，王鲁彦流落到苏北赣榆的一个小镇上办了所小学。不及三个月，他就被乡绅给逐了出来。回北京不久，王鲁彦又与几个朋友去了湖南。当时正是军阀混战时候，王鲁彦在湖南待了两年，又回了北京。在这中间，王鲁彦曾回过浙江老家一次。由于长时间的"漂泊"，其对故乡的生活有了一种新的认识。类似于王鲁彦的生活经历，我们在"乡土小说"的青年作者群中，可以经常碰到。上面我们所提及的作家们，其生活经历与王鲁彦并无太大差别。关于"乡土小说家"们的生存处境，蹇先艾曾说："我已经是满过 20 岁的人了，从老远的贵州跑到北京来，灰沙之中彷徨也快 7 年，时间不能说不长，怎样混过的，并自身都茫然不知。是这样匆匆地一天一天的去了，童年的影子越发模糊消淡起来，像朝雾似的，袅袅地飘失，我所感到的只有空虚与寂寞。"[①]1923 年，徐玉诺从河南到北京。5 月，他在《晨报》上曾登了一则求职广告。广告称："徐玉诺君愿充各级学校文学教授或各报校对及各种书记员，每日可工作十个至十四个钟头，月薪只须十二元。"[②]沈从文 1922 年到北京时，本打算上学，但没能实现。1924 年 11 月 13 日，郁达夫在收到了沈从文的求援信后，去北京西城见了他。当时沈从文脚上裹着破棉被，饿着肚子在看书。郁达夫请沈从文吃了一顿饭，将自己的围巾摘下来送给了沈从文。最后，又将身上仅有的三元二角钱给了他。回来后，郁达夫写了一篇题为《给一位文学青年的公开状》的散文，发表在了《晨报副镌》上。郁达夫在文章里悲愤地说：

现在为你计，最上的上策，是去找一点事情干干。然

---

①蹇先艾.朝雾[M]//蹇先艾.蹇先艾短篇小说选.北京：人民文学出版社，1981.

②秦方奇.徐玉诺诗文辑存：编辑纪历[J].沈阳师范大学学报（社会科学版），2009，(2).

而土匪你是当不了的，洋车你也拉不了的，报馆的校对，图书馆的拿书者，家庭教师，看护男，门房，旅馆火车菜馆的伙计，因为没有人可以介绍，你也是当不了的——我当然是没有能力替你介绍——所以最上的上策，于你是不成功的了。其次你就去革命去罢，去制造炸弹去罢！但是革命是不是同割枯草一样，用了你那裁纸的小刀，就可以革得成的呢？炸弹是不是可以用了你头发上的灰垢和半年不换的袜底里的污泥来调合的呢？这些事情，你去问上帝去罢！我也不知道。比较上可以做得到，并且也不失为中策的，我看还是弄几个旅费，回到湖南你的故土，去找出四五年你不曾见过的老母和你的小妹妹来，第一天相持对哭一天，第二天因为哭了伤心，可以在床上你的草窠里睡去一天，既可以休养，又可以省几粒米下来熬稀粥，第三天以后，你和你的母亲妹妹，若没有衣服穿，不妨三人紧紧的挤在一处，以体热互助的结果，同冬天雪夜的群羊一样，倒可以使你的老母不至冻伤，若没有米吃，你在日中天暖一点的时候，不妨把年老的母亲交付给你妹妹的身体烘着，你自己可以上村前村后去掘一点草根树根来煮汤吃。草根树根里也有淀粉，我的祖母未死的时候，常把洪杨乱日，她老人家尝过的这滋味说给我听，我所以知道。现在我既没有余钱可以赠你，就把这秘方相传，作个我们两位穷汉，在京华尘土里相遇的纪念罢！若说草根树根，也被你们的督军省长师长议员知事掘完，你无论走往何处再也找不出一块一截来的时候，那么你且咽着自家的口水，同唱戏似的把北京的豪富人家的蔬菜，有色有香的说给你的老母亲小妹妹听听，至少在未死前的一刻半刻钟中间，你们三个昏乱的脑子里，总可以大事铺张的享乐一回。但是我听你说，你的故乡连年兵燹，房屋田产都已毁尽，老母弱妹，也不知是生是死，五年来音信不通，并且现在回湖南的火车不开，就是有路费也回去不得，何况没有路费呢！上策不行，次之中策也不行，现在我为你实在是没有什么法子好想了。不得已我就把两个下策来对你讲罢！第一，现在听说天桥又在招兵，并且听说取得极宽，上自五十岁的老人起，下至十六七岁的少年止，一律都收，你若应募之后，马上开赴前敌，打死在租界以外的中国地界，虽然不能说是为国效忠，也可以算得是为招你的那个同胞效了命，岂不是比饿死冻死在你那公寓的斗室里好得多么？况且万一不开往前敌，或虽开往前敌而不打死的时候，只教你能保持你现在的这种纯洁的精神，只教你能有如现在想进大学读书一样的精神来宣传你的理想，难保你所属的一师一旅，不为你所感化。这是下策的第一个。第二，这才是真真的下策了！你现在不是只愁没有地方住没有地方吃饭而又苦于没有勇气自杀么？你的没有能力做土匪，没有能力拉洋车，是我今天早晨在你公寓里第一眼看见你的时候，已经晓得的。但是有一件事情，我想你还能胜任的，要干的时候一定是干得到的。这是什么事情呢？啊啊，我真不愿意说出来——我并不是怕人家对我提起诉讼，说我在唆使你做贼，啊呀，不愿意说倒说出来了，做贼，做贼，不错，我所说的这件事情，就是叫你去偷窃呀！……万一发觉了呢？也没有什么。第一你坐坐监牢，房钱总可以不付了。第二监狱里的饭，虽然没有今天中午我请你的那家馆子里的那么好，但是饭钱可以不付的。第三或者什么什么司令，以军法从事，把你枭首示众的时候，那么你的无勇气的自杀，总算是他来代你执行了，也是你的一件快心的事情，因为这样的活在世上，实在是没有什么意思。我写到这里，觉得没有话再可以和你说了，最后我且来告诉你一种实习的方法罢！你若要实行上举的第二下策，最好是从亲近的熟人方面做起。譬如你那位同乡的亲戚老H家里，你可以先去试一试看。因为他的那些堆积在那里的财富，不过是方法手段不同罢了，实际上也是和你一样的偷来抢来的。再若你慑于他的慈和的笑里的尖刀，不敢去向他先试，那么不妨上我这里来作个破题儿试试。我晚上卧房的门常是不关，进出很便。不过有一件缺点，就是我这里没有什么值钱的物事。但是我有几本旧书，却很可以卖几个钱。你若来时，最好是预先通知我一下，我好多服一剂催眠药，早些睡下，因为近来身体不好，晚上老要失眠，怕与你的行动不便，还有一句话——你若来时，心肠应该要练得硬一点，不要因为是我的书的原因，致使你没有偷成，就放声大哭起来——

一九二四年十一月十三日午前二时 [1]

---

① 郁达夫 . 给一位文学青年的公开状 [J]. 晨报副镌，1924.

　　郁达夫给沈从文的这封"公开信"，不仅表达了作者对知识分子生存艰难的愤怒，同时也向社会描述出了五四时期文学青年们的实际生存状态。应该说，恰好是五四文学青年们的这种艰难的生存处境，触动了他们的怀乡情绪。从而，对他们的"乡土小说"写作产生了必然性的影响。赵遐秋在谈"五四"及20世纪20年代和30年代的"乡土小说"作者群体时，将他们称为"被生活驱逐到异地的人们"①。

　　对赵遐秋的归纳和点题，其实我并不赞同。实际上，当时的"乡土文学"的作者们（其实也不仅是他们，其他的知识青年和文学青年的处境大体是一样的）并非被故乡的生活所"驱逐"的。他们最后流落各地（甚至包括到东南亚各地），个人生活窘迫到食不果腹衣难御寒，均与他们受到新文化运动的影响和向往追求新生活有关。作为年轻人，作为有一定知识的年轻人，作为受到新文化某种影响的年轻人，他们对新生活充满憧憬，对新未来抱有理想，不想老死于祖辈们过的那种"死守田园"生活，这是值得赞赏和支持的。王鲁彦在《旅人的心》里，就曾写道："第一次远离故乡，跋涉山水，去探问另一个憧憬的世界，勇往地肩起了'人'所应负的担子。"言语间，许多豪迈、许多激情、许多希望。但在动荡不已的旧中国，在一个只知道枪杆子而不需要知识的时代里，知识青年和知识分子事实上是没有社会地位和价值的。他们似乎除了一贫如洗，除了飘浮不定，

---

①赵遐秋，曾庆瑞.中国现代小说史（上册）[M].北京：中国人民大学出版社，1984：534.

除了穷困潦倒，好像就很难再有什么其他的可能了。

由于生活的窘困，个人命运的艰难，使得这些"离乡者们"对故乡有一种矛盾的心境。一方面，他们在生活的重压下，很容易激起对故乡情感上的某种依恋；另一方面，他们又对故土上人们那种艰难的生存和不平的世道，充满了仇恨或者愤怒。他们的这种矛盾心态，在"乡土文学"的写作中，就变成了一种对故乡难以割舍的情感和难以宣泄的愤懑的杂糅。这样的情况，我们在上述作家们的笔下都会见到。在他们那里，对"乡土小说"的写作，其实就是他们的一个"梦旅"，一次"梦里"的"还乡"。

二、现实主义中的"乡愁回望"

回望 20 世纪 20 年代和 30 年代的小说，由于当时文学和历史的自身原因，现实主义文学故事的叙述条件是有许多现实困难的。因为在一个纷扰不断的社会条件下，在一个还没有"国语"的现代白话初成时期，在一个尚不能习惯现实主义的文学环境里，在一个意识形态对文学的强力干扰状态下，文学的现实主义写作其实是很不容易的。虽然我们不能够否认左翼文学运动对现实主义倡导的"历史努力"，但是文学在意识形态需要的强力推动之下，事实上也很难平稳地去推进现实主义。

不过我们还应当看到，与其他的文学流派相比较，"乡土小说"的现实主义化的可能性和现实性，也许是最高的。这也是我们为什么要把"乡土文学"特殊加以论述的原因。直白地说，就是：在 20 世纪 20 年代和 30 年代，"乡土文学"题材的现实主义的实际价值和意义可能更高一些。它是中国现代文学中，一个重要的现实主义文学实践领域。

在20世纪20年代和30年代的现代文学发展中，"乡土文学"可能是最为"现实主义化"的一个写作方向。它的"现实主义化"主要表现在如下两个方面：

第一，平民化的生活视角和底层生活的主题选择。

在20世纪20年代和30年代的"乡土化"文学写作中，平民化的"生活切入角度"是"乡土小说"一个明显的现实主义的"主要证据"。我们之所以说"乡土小说"其"现实主义化"的程度最高，这是其中的一个主要理由。与一般的五四文学有所不同，由于"乡土小说"作者人生经历的原因（他们没有五四新文学运动的主导者们那样的状态：有过留洋经历的背景，回国后拥有相对较为优势的人生处境①），他们的身上一般没有超平民的文化贵族或精英意识。平民的出身和底层生活的教育，使得他们对平民百姓有着天生的熟悉感和亲近感。

以平民的眼光看待生活，用平民化的口吻去叙述故事，"乡土文学"作者们这种骨子里带来的文化感觉，对他们的"乡土小说""平民化"的"底层生活主题"帮助甚大。许钦文的《疯妇》写作于1923年，这是一个讲述家庭中媳妇不堪婆婆精神上的虐待，最终死去的故事。小说的结尾唐突了一点，结束得有一点"陡"。不过故事的观察视点，则是很平民化的。大约是承继了

---

① 此处我们所称的"拥有相对较为优势的人生处境"，是与"乡土小说"的作者们比较而言的。譬如创造社和文学研究会的相关同仁们，其笔耕生涯的人生状态就相对要好。

鲁迅"乡土小说"的某种精髓，台静农在1926年写了《天二哥》，1927年写了《拜堂》。这两篇小说的主题各自不同。《天二哥》写的是一个近乎鲁迅笔下王胡与阿Q，或阿Q与小D间所发生的那种故事。《拜堂》则是一个兄死弟娶嫂的故事，情节也很简单。台静农的这两篇小说的一个共同特点就是，作者对生活采取了一种平民化的视点。与许钦文《疯妇》相类似的故事是王鲁彦的《屋顶下》[①]（1933）。作者在小说里，向我们讲述了以浙江老家为背景发生的一个家庭婆媳纠葛的故事。在小说的"隐主题"中，婆婆通过对媳妇的"战争"，以期达到巩固自己对儿子的情感联系的目的。但是在故事的"直接主题"里，作者明确告诉我们的则是：平民日常生活的艰辛。本德婆婆之所以对媳妇阿芝婶不满，主要是因为阿芝婶"今天黄鱼明天肉"。本德婆婆认为"我牙齿缝里省下来，你要一天败光它！"而阿芝婶之所以如此，则是因为婆婆有病在身。王鲁彦在另一篇小说《李妈》（1934）中，讲了一个姨娘（女佣）在上海做工的故事。这也是一个"平民化"的主题故事。小说虽然没有使用第一人称"我"，但是故事的切入视点，却始终是属于"李妈"的。同样的写作情况，也发生在蹇先艾、黎锦明、徐玉诺、许杰、潘漠华、沈从文、郁达夫、萧红等人那里。

　　由于20世纪20年代和30年代的"乡土文学"的作者们对生活采取了一种平民化的"平视角度"，没有采用左翼文学作家

---

　　① 王鲁彦. 屋顶下 [J]. 文学，1933，1(4).

们通常容易采用的"俯视角度"，所以，他们所建立起来的对生活的认识，与现实生活贴得更近，现实主义的"味道"明显浓了一些。

第二，描写普通平民人物。

"乡土文学"现实主义化的第二个特点，就是其所描写与塑造的人物平民化和底层化。与五四文学传统和左翼文学运动主流写作情况不同，"乡土小说"的作者们在对"乡土文学"进行结构的时候，其所设计的人物（包括人物间的关系）基本都是平民。其人物身上的色彩，也是底层化的和"乡土化"的。不仅这些人物"身上"的土味较浓，作者对人物的细描也大体比较到位。

例如蹇先艾小说中的贵州乡土人物；沈从文笔下的湘西风情化的人物；潘漠华《雨点集》里所写到的浙江乡土化人物；端木蕻良《鹭鸶湖的忧郁》《遥远的风砂》里描写的科尔沁草原的乡土味人物；李劼人《死水微澜》《暴风雨前》《大波》中以四川成都为乡土背景的那些人物；老舍小说里的那些旧北京人物……"乡土小说"作者们在对他们进行塑造时，有一个共通性的特点：他们不是左翼文学在20年代和30年代里，经常塑造的那种被理想化和概念化了的"上帝式"的"革命人物"。在这近十余年的时间里，在"乡土文学"的人物写作中，乡土作家们所着力刻画的只是一些带有乡土味道的小人物。萧红《生死场》里的王婆、金枝、二里半、赵三，都是些只能艰难苟活的平民百姓。他们没有什么奢望，没有什么高远的理想。他们就是想平平常常地过日子，过普通人的日子。他们是一些被作者涂抹上了重重灰色的人物，是被"小人物化"的人物。这其中，包括了后来成了义勇军宣传员的赵三。我们后来在老舍那里碰到的祥子、虎妞、小福子们也是这样一类人物。

乡土作家们对人物的平民化处理，是"乡土文学"接近现实主义的一个重要标志。因为从生活的本来意义上说，所有的人都是小人物，都是芸芸众生。这种人物可能是身上的灰色度较高，可能是"深灰色"的人物。但是，可能他们与生活里的每一个真正活着的人差距最小。许多时候，他们彼此间也许会有重叠。总体而言，"乡土小说"的人物写作，应当说是现实主义化程度最高的。这在国内矛盾激化和民族矛盾迅速上升的30年代，作家们（主要是左翼进步作家）能够取得这样的文学实迹，也是难能可贵的。不过必须清楚说明的是：虽然"乡土文学"中的现实主义色彩最为浓郁，但也并不是说它与理想完全无关。实际上，在"乡土文学"中，也始终存在着一种理想主义的东西。我们一定不要忘记，对乡土的回忆，本身就是一种理想。而这种"回忆化"的理想主义（无论是积极的理想主义，还是消极的理想主义），它都是一种理想。这一点，下面我们还要具体谈。

三、"乡土文学"现实主义化的坎坷实践

比较其他"类型"的文学写作，20世纪20年代和30年代的"乡土文学"是在现实主义化方面做得相对好的。从这一文学题材在当代（特别是在"新时期"以来）的被重读和发掘，就可以看到"乡土文学"的"流派"作品的文学价值是相对比较高的。不过，如果我们不是仅仅从"乡土文学"或30年代文学的角度来看待"乡土写作"问题，而是从它与现实主义文学的实践角度来看待这个问题。那么，它在30年代的文学实践，也显得有些苍白，有些无奈，有些不尽如人意。

第一，20世纪30年代白话文的发展，还不能"到位"地提供必要的"现实主义"文学语言。

在讨论中国现实主义文学的时候，有一个问题向来是被人所忽略的——语言。为什么现实主义文学还有一个语言问题呢？这是因为，现实主义文学要求作者"按照客观世界固有的面貌，按照生活本身的逻辑，真实地和逼真地去描述和表现客观生活"。如果文学所使用的语言与生活中的口语不一致，如果文学语言与生活语言有很大的差距，它都将使文学无法达到现实主义文学所提出的要求。这样，文学的现实主义企图，也就只能破产。所以新文化运动的白话文之争，不仅是一个文化传达的问题。对于文学写作来说，它还是一个能否现实主义化的基本条件问题。

从五四现代白话文运动开始，到20世纪30年代，书面语言与生活口语间的距离已经被大大缩小。白话文的进步，为文学的现实主义表达，提供了一定的历史机遇。但当时的现代白话文实践毕竟只有十余年的历史，有许多的白话文与民众口语表达的关系的问题，还没有来得及解决。它还需要更多的时间和更多的语言实践来"实验"，还需要文学与社会达成某种"共识"。而这些问题，在20年代和30年代的"乡土文学"发展过程中是没有被解决好的。

这在白话文如何描述和表现生活上则体现为"乡土方言"如

何现代白话化。我们知道，现代白话文运动开始之后，乡土方言怎样白话化就成了一个现代文学的重要实践课题。在这个问题上，鲁迅做了最先的尝试。他的小说《呐喊》可以说是这种探索的结果。相对后来的大多数"乡土文学"作品，鲁迅的小说在"乡土语言"白话化方面所做出的努力是较为成功的。鲁迅的小说往往在环境和情节方面采取"有限"的"乡土描写"方法，而在人物的对话和内心语言的表达上，则多直接使用现代白话。他在《药》《明天》《风波》和《阿Q正传》里，基本运用的是这一方法。与鲁迅不同，有一些的"乡土小说"作者在写作中采用的是较为浓重的"乡土风情"表现方法。他们在对乡土生活和人物进行描写表现时，常常有意无意地较少地"转化"乡土元素而是直接拿进故事里，或者说他们对地方方言的现代白话的"转化努力"，并不那么成功。

> 一个女人拿架纺纱车子走过，边走边说："让，看挂倒衣裳！"玉荷连忙问她买成多少钱。女人就带埋怨的神色回答："五吊六哪！真是倒楣！这个闹子，就涨了吊多！"……
> 那女人立刻气红了脸，指着玉荷说："呵哟，你是野人哪，这样蛮不讲理！踩了人家不认账，偕是同我吵嘴嘞！"玉荷听见骂她野人，就竖起眉毛横骂起来……"你才是野人，你起根根发芽芽，都是野人！"
>
> 艾芜《纺车复活的时候》

> "你讲呀！"吵吵重又坐了下去，继续道："真是没有

生过娃娃不晓得×痛！怎么把你个好好先生遇到了啊！冬
瓜做不做得甑子？做得。蒸垮了呢？那是要垮的——你个
老哥子真是！"

沙汀《在其香居茶馆里》

　　这种方言与现代白话"交换"处理中出现的情况，在广东或
东北作家那里也多有存在。

　　第二，"官话"白话（官白）在"乡土文学"中的普遍使用。

　　我们在这里所说的"官白"，是指 20 世纪 20 年代和 30 年
代刚刚开始形成的所谓"国语"白话。它在当时的社会语言中的
地位和处境，与我们今天"标准普通话"很像。但由于当时的现
代白话本身还在发展过程中，其自身还需要相当多的摸索，所
以在"乡土文学"的语言使用上，也存在着"官话"现象（也就
是大众文化问题讨论中，瞿秋白所指称的"欧化文艺"或"俗
话文学革命运动"问题）。[①] 使用"官话"形式的白话（也被称作
五四白话）去进行"乡土文学"写作，其与"乡土生活"的实际
距离肯定是比较远的。这种用五四白话语言，用知识分子语言
形式去描述和表现"乡土百姓生活"，其与"现实主义"存在疏
离是必然的。

　　拖着鞋，头上没有帽子，鼻涕在胡须上结起网罗似的

---

　　① 瞿秋白. 普洛大众文艺的现实问题 [J]. 文学，1932，1(1).

冰条来，纵横的网罗着胡须。在夜间，在冰雪闪着光芒的时候，老人依着街头电线杆，他的黑色影子缠住电杆。

……

半夜了！老人才一步一挨地把自己运到家门，这是一件多么不容易的事：胡须颤抖，他走起路来谁看着都要联想起被大风吹摇就要坍塌的土墙，或房屋，眼看砖瓦四下分离的流动起来。老人在冰天雪地里，在夜间没人走的道路上筛着他的胡须，筛着全身在游离的肌肉。他走着，他的灵魂也像解了体的房屋一样，一面在走，一面坍落。

萧红《看风筝》

"乖乖反了天了么？……"天二哥站起身子，举了拳头对着小柿子打来，但一躲开，拳头落了空；小柿子转过身子反在天二哥脊梁盖捶了两拳。这两拳是小事，但在天二哥身上却是从来就没有驳过别人的拳头；虽然十几年前挨过县官的小板子，那是为的蒋大老爷告他游街骂巷的罪过。但是这只能是县大老爷和蒋大老爷可以打他，这小柿子又怎么配呢？这耻辱，当然他是受不了，于是他发狂，他咆哮地赶来。没想到，他将离开馍馍桌子便扑的一跤跌倒在地下。

台静农《天二哥》

他去后一二年内，同别件童年的事一般，不能记起确实的时日，母亲还告诉我一件关于他的事。三月的早上，小姨正在我家闲居，那天在偏房内梳头。对面窗纸忽然瑟瑟地响了，一霎，半段银针穿进来；我小姨立起看是谁时，窗前正站着一位满面春心的火吒司，我小姨立刻就跑了。呵，这是我以后的惊悸了。时常替小姨忧虑，也时常替火吒司忧虑，他是如何的孤零呀！

潘漠华《人间》

与此相类的文字，我们在三四十年代的乡土小说的叙述和描写中是经常能见到的。

第三，怀乡情绪与"乡土文学"的现实主义矛盾。

前面我们曾经谈到，20 世纪 30 年代的"乡土文学"（小说）作者，常常是一些离乡背井走向城市的五四知识青年。他们所受的教育（包括通过自学等业余学习所受到的教育），使这些青年对城市和由城市所带来的新生活充满了憧憬。但是，当时帝国主义对中国社会的经济、政治入侵，军阀们无道的黑暗统治和社会衰败的经济现实，却使得他们无法在当时的社会中找到实现自己理想的道路。由于社会经济的萧条，也由于他们个人生存状态的艰难，导致他们对于城市生活现实有着太多的不满，城市似乎并不那么欢迎他们。由于所受的教育，他们又很难会放弃城市，回到自己的故乡——农村。他们是在文化传统上生活在农业社会中，而在理性和理想上又必然生活在城市的一批人。他们自身的"二元处境"使他们既生活在城市里，又对故土的一切保持了"温馨"的记忆。这种记忆，使得他们在"乡土小说"的写作中，不可避免地形成一种浓烈"怀乡情绪"的创作氛围。这种氛围被"带入"文学，就会在"乡土小说"中形成一种怀乡的理想主义倾向。这种对乡土的理想主义的怀念情绪，对于"乡土小说"的现实主义写作需要来说，则并非一个利好消息。因为，被掺入了理想的现实主义，必然要离开原本的轨道。沿着这条轨道，"乡土小说"将与现实主义背道而驰。也许它离开现实主义并不远，但在它们中间有着一段距离，这恐怕也是不争的事实。

一个人在外乡，对自己的故乡充满了回忆式的怀念，这本来就是很自然的事情。怀念作为一种情绪，作为一种心结，作为人出门在外的一种心底的情感触动，与人们理性化的理想和理想主义并不直接联系。但是由于20世纪20年代和30年代乡土作者们现实的艰难处境，当他们从栖身的城市或动荡的社会生活里回望自己的乡土故井时，怀乡中带有许多怅然，带有许多不如意，从这里又隐隐生发出某种对家乡的理想化的回忆，就是必然的了。需要做一下说明的是：我们在这里所说的"乡土文学"的"理想主义"，并不单指"积极理想主义"。事实上，如果有所谓的"积极理想主义"，就同时会有"消极理想主义"。这就是说，乡土作者们对故乡的文学理想，可能是一种带有"亮色"的理想主义，也可能是带有"暗色"的理想主义。而在20世纪20年代和30年代的中国，乡土作者们可能拥有的理想主义，大体上都带有悲观和悲愤的色彩。

潘漠华在《人间》中曾经借文中的叙述，谈及过这种"悲观理想主义"的生活现实。他说："后来，甚至于想起我家乡全般的生活底本质来了。无千无万的乡人，都被物质生活追逼着，使他们苦恼于衣食住的鞭下，只有颓唐，凄楚。流浪的也较前稀少了，赌博的也较前衰落了，唱曲的也较前凋散了，东西聚集着谈笑的也较前少见了，都各自各离开，消磨生命于家与苦作的中间。至于奋亢的生活，去做强盗去，去杀人去的事，却更说不上了；最流行的，却是小偷窃，谁人田里白菜被人拔去，谁人屋前衣裳被人收去，却日夜有得听闻了。天呀！这是我家乡底生活！"蹇先艾在他的小说《在贵州道上》，也做过与潘漠华相同的感受的表述。他在小说中，以第一人称"我"叙述了他与妻和 C 女士在回贵州的艰难道路上所经历的事情。当抬轿的老赵被当兵的抓走后，"我的心里为这件事难受了好几天。唉！我们所处的世界是何等的惨酷呵！"这样的故事和结论，在茅盾笔下也被描写着。在《春蚕》里，老通宝面对洋种的蚕子，发出了"世界真是越来越坏！过几年他们连桑叶都要种洋种了！我活得厌了！"在《秋收》里，四大娘发疯似的见人就说一句话"还种什么田！白辛苦了一阵子，还欠债！"而老通宝则已经病得不能说话。他咽气前，只有眼睛还在质疑着这个世界。

我们在这里，并没有要反对或批评作者们在"乡土小说"对农村生活的悲观讲述。我们也不反对乡土作者们对乡民悲惨命运的关注。我们在这里只想说的是，这种起于对乡土的怀念和怀恋的同情，这种对农民命运无助的关心，这种对社会不公平的对待农民的愤怒，事实上已经转化成了一个"五四式"的现代"乡土小说"主题。对于唤醒麻木不仁的社会，对于向外界揭示农村普遍存在的黑暗面，其意义均极为重要。但是我们也不能不看到：这种启蒙化的乡土小说，这种寄托了作者对乡土批判和质疑的乡土小说，这种把农民觉悟化了的乡土小说，其实仍是一种"主题先行"式的写作。它与后来的40年代解放区文学中的"亮色"的理想主义，走的是同一条"左翼文学"通道。这种观念化主导的乡土小说，其实还是与现实主义文学的"客观化要求"有着一定的距离的。所以，在30年代的乡土文学中，小说的人物和故事在形式上可能是很现实主义的，但这可能更多只是形式意义上的，或主要是在形式上的。在骨子里，30年代的"乡土文学"仍然有一种观念在主导，在引领着。只要在这样的状态里，小说所需要的就不是客观的现实主义。换句话说，20世纪30年代乡土文学的现实主义，可能更多的还是批判现实主义的。

第八章

《在延安文艺座谈会上的讲话》与 20 世纪 40 年代现实主义的"两结合"走向

　　由于中国人民抗日战争在 20 世纪 30 年代中期的全面爆发，挽救民族于战火危亡就成了此时期中国社会生活的基本旋律和主调。在 1945 年抗日战争结束之前，在 20 世纪 40 年代整个前半期里，这个基本旋律和主调依然被延续着和吟咏着。从抗战胜利到中华人民共和国成立前的 20 世纪 40 年代后半程里，战争再一次成了中国社会生活的基调。如同辛亥革命、北伐战争和十年内战对中国现代文学所发生的影响一样，抗日战争和解放战争对 20 世纪 40 年代中国现代文学的影响也是至关重要的。而这种影响，对 20 世纪 40 年代的现实主义文学的发展，显然也起到了关键的作用。可以说，20 世纪 40 年代现实主义的面貌，就是由这不间断的战争来塑造的。

　　在中国社会普遍处于战争状态的情况下，发生于 20 世纪 20 年代后期并主要生成于 30 年代的左翼文学运动，事实上拥有了向 40 年代延续的充分理由。换句话讲，40 年代的现代文学，主要是 30 年代现代文学的一种具体的"历史延伸"。而构成这种"历史延伸"核心的东西，构成这种"历史延伸"的精神骨架的，就是1942年延安整风运动期间毛泽东所做的《在延安文艺座谈会上的讲话》（以下简称"《讲话》"）。

第一节 《讲话》对现实主义文学发展做出的重要贡献

1940年，在日本帝国主义发动了太平洋战争后，中国的抗日战场上的战争形势就开始发生了变化。1942年，抗日战争进入了相持阶段。进入这个"难得"的战略相持阶段后，中国共产党在延安开始了自己的整风运动。在整风运动中，对于中国现代文学和现代文学时期的现实主义文学来说，最为重要的就是毛泽东所发表的《在延安文艺座谈会上的讲话》。《讲话》不仅仅对20世纪40年代中国现实主义文学发生了巨大影响，而且还深远地影响了后来的当代文学差不多有40余年。至今，《讲话》仍在以某种方式影响着我们文艺的发展。

毛泽东的《在延安文艺座谈会上的讲话》，并没有直接地去讨论现实主义文学的"基本问题"。但是，他在《讲话》中所谈及的文艺与政治的关系、文艺与生活的关系，却又从文艺历史作用的角度深深地切入了现实主义问题。

一、在文学艺术服务对象的问题上，把"文艺为什么人"的问题放到首位，强调文学艺术要为占人口大多数的工农兵服务

在《讲话》中，毛泽东比较集中地谈了两个问题："为什么

人的问题"和"如何为的问题"。关于这一点，毛泽东在1942年5月23日所做的《结论》的"开场白"中，首先就说到了这两个问题。他说："那末，什么是我们的问题的中心呢？我以为，我们的问题基本上是一个为群众的问题和一个如何为群众的问题。"而毛泽东当时所谈及的这两个问题，事实上又都与文学现实主义问题有着相当紧密的联系。或者说，它们均与20世纪中国文学的现实主义思潮和实践关系密切。

显然，毛泽东的这个看法，来源于列宁的《党的组织和党的出版物》（列宁说："这将是自由的写作，因为它不是为饱食终日的贵妇人服务，不是为百无聊赖、胖得发愁的'一万个上层分子'服务，而是为千千万万劳动人民，为这些国家的精华、国家的力量、国家的未来服务。"）他引用说："列宁还在1905年就已着重指出过，我们的文艺应当'为千千万万劳动人民服务'。"在《讲话》中，毛泽东对什么是"人民大众"进行了界定。他先设问："那末，什么是人民大众呢？"紧接着他自己回答说："最广大的人民，占全人口百分之九十以上的人民，是工人、农民、士兵和城市小资产阶级。所以我们的文艺，第一是为工人的，这是领导革命的阶级。第二是为农民的，他们是革命中最广大最坚决的同盟军。第三是为武装起来了的工人农民即八路军、新四军和其他人民武装队伍的，这是革命战争的主力。第四是为城市小资产阶级劳动群众和知识分子的，他们也是革命的同盟者，他们是能够长期地和我们合作的。这四种人，就是中华民族的最大部分，就是最广大的人民大众。"在后面，他又把上面这段话的意思进行了进一步的"精练"。这就是后来非常著名的那句话："我们的文学艺术都是为人民大众的，首先是为工农兵的，为工农兵而创作，为工农兵所利用的。"为了强调这个问题的重要性，毛泽东特别指出："为什么人的问题，是一个根本的问题，原则的问题。"很明显，在毛泽东看来，这是一个必须先期解决的问题，是一个必须解决好的问题。而如果这个问题没能得到很好的解决，艺术家的创作活动就会盲从，就会失去方向。他的作品也就不会有针对性，也就会随之丧失价值。

毛泽东所提出的文艺为工农兵服务，为人民大众服务，为大多数人服务的理论认识，实际上是左翼文学运动中，文艺大众化问题讨论的一种延续。认为文学艺术要为多数人服务的观点，左联时期的鲁迅、郭沫若、瞿秋白、周扬等人都做过论述。而这种要将文艺大众化的认识，主要是来源于列宁和苏共。在《讲话》之前几年间，毛泽东在延安的不同讲话中也均有谈及。从总的思想脉络上，这一看法是相继承的。^①但是相比较来讲，这些论述均没有后来的《讲话》这样清晰明确，这样系统完整，这样直截了当。

应当说，毛泽东之所以在《讲话》中强调文艺为工农兵服务的问题，之所以在红军时代和延安反复强调文艺要为工农兵服务（为群众服务），赢得革命战争显然是他的主要考虑和目的。

---

① 见从 1936 年到 1942 年间，《在延安文艺座谈会上的讲话》发表之前的毛泽东的相关文章。

毛泽东 . 毛泽东文艺论集 [M]. 北京：中央文献出版社，2004.

在这点上，毛泽东和中国共产党的其他领导人都是毫不避讳和遮掩的。但是从文学本身出发，特别是从现实主义文学的角度出发，《讲话》所要求的文艺为工农兵服务，为人民大众服务的理论认识，确实又具有相当重要的现实主义意义。因为在本质上，现实主义文学是一种向普通读者提供的文学产品。或者说，它是"专门"或者"尽量"为普通民众提供的文学产品之一。

在人类文学发展的历史上，现实主义文学思潮的出现，既是一种文学历史具体的阶段性现象，也是文字文本形式的文学从社会上层向社会中下层转移的过程。正是现实主义文学的出现，使普通民众百姓有了进入"书本文学"的"历史机遇"。这一点，我们已经在西方 19 世纪和 20 世纪的文学历史中遇到了。尽管毛泽东《讲话》中"文艺为工农兵服务"的提法是出于革命斗争需要，但是在客观上，这种文学大众化的更为具体的要求，也包含了对现实主义文学的一种"连带性"的呼吁。因为对于普通民众来讲，对于"工农兵"来讲，模拟生活的现实主义文学，才是当时他们可能理解和可以理解的文学。

二、在文艺与生活的关系上，主张文学艺术来自社会生活，社会生活是文学艺术的"唯一源泉"

毛泽东在 1942 年 5 月 23 日的《讲话》"结论"中，专门论述了文学艺术与社会生活的关系问题。他在"结论"中说："一切种类的文学艺术的源泉究竟是从何而来的呢？作为观念形态的文艺作品，都是一定的社会生活在人类头脑中的反映的产物……人民生活中本来存在着文学艺术原料的矿藏，这是自然形态的东西，是粗糙的东西，但也是最生动、最丰富、最基本的东西；在这一点上说，它们使一切文学艺术相形见绌，它们是一切文学艺术取之不尽、用之不竭的唯一的源泉。这是唯一的源泉，因为只能有这样的源泉，此外不能有第二个源泉。"在文学艺术与生活的关系问题上，毛泽东一直是执有"生活源泉说"观点的。相关的说法，他在不同的时间和不同的地点都曾经说过。例如1938年，他在鲁迅艺术学院成立大会上的讲话中，就曾经说道："亭子间的人弄出来的东西有时不大好吃，山顶上的人弄出来的东西有时不大好看。"① 在这段话里，毛泽东主要是说：主张纯艺术的知识分子、艺术家、文学家缺少实际生活经验，写作出来的东西有些不食人间烟火。他的原话是："大家可能知道，徐志摩先生曾说过这样一句话：'诗要如银针之响于幽谷'，银针在幽谷中怎样响法，我不知道。但我知道他是一个艺术至上主义者。"② 而参加过革命战争的老革命们缺少文化知识和修养，写作出来的东西又过于粗糙。1938年4月28日，他在鲁迅艺术学院的讲话中又谈及了这个问题。他说："没有丰富的实际生活经验，无从产生内容充实的艺术作品。要创造伟大的作品，首先要从实际斗争中去丰富自己的经验。"③ 作为一贯性的认识，毛泽东的文艺生活源泉论的形成，显然与他个人的唯

---

①毛泽东.毛泽东文艺论集 [M].北京：中央文献出版社，2002：13.

②③毛泽东.在鲁迅艺术学院的讲话 [M] // 毛泽东.毛泽东文艺论集.北京：中央文献出版社，2002：15-19.

物主义哲学认知有关。

毛泽东在《讲话》中明确提出的"源泉说"看法，在当时是有明显的"革命斗争需要"的。也就是，他所倡导的"源泉说"是其革命斗争策略和战略中的一个必要组成内容，是其"文艺为工农兵服务"文艺思想的具体表达之一。这一点，人们在今天是看得很清楚的。不过从文学现实主义思潮的角度来看，毛泽东的"源泉说"的提出，也确实为解决现代文学时期的现实主义文学发展问题，提供了某种理论参考。

在我们有关现实主义问题的讨论中，许多人都认为，作为一种文学观和创作方法，现实主义本身就具有"客观反映现实"的能力。我们经常认为，现实主义创作方法可以修正甚至改变作者对世界的基本看法。所以有人会以为，现实主义其实是一种文学的唯物主义。虽然"客观化地描写和表现生活"是现实主义文学的基本要求，虽然客观表现生活可能会与某些作者个人对社会的认知发生矛盾，虽然现实主义的故事叙述可能会"改变"作者最初的情节发展方向，但是，现实主义毕竟也只是一种写作方法而已。它既不可能根本改变作者和读者的世界观，也不可能替代作者和读者对社会的现实感知。因此，无论是理想主义的作者，还是现实主义的作者，他们的写作都离不开世界观的直接参与。任何一位现实主义的作者，都会把自己对社会的理解和认识带到自己的写作中去。换言之，作者的立场、观点和情感都是现实主义文学中不可能缺少的东西。作者的"立场"，本身就是现实主义作品内容的构成部分。那种想通过现实主义创作来躲避"文化影响"和"文化立场"的企图，实际上都是不可能的。

这样一来，现实主义文学也就肯定要有了一个"描写什么生活"和"表现什么生活"的问题。理论上讲，只要是人类社会的生活领域，就可以进入作品并成为文艺的表现对象。但是在具体的文艺实践过程中，特别是在现代文学时期的 20 世纪 40 年代，却总有许多的社会生活领域是无法进入文艺作品成为文艺对象的。这一方面，与社会文学发展主潮的引领、影响相关联；另一方面，也与作者的主观选择相关联。

从新文化运动开始的现代白话文学，在西方现实主义文学思潮的影响下，一直在努力地走向现实主义。可是，由于新文化运动是发生在社会总体上缺少现代文学能力的时代条件下，所以它在现实主义的追求中，虽然目标始终明确，却又往往会走些弯路（在五四新文化运动时期，中国社会的文盲率或半文盲率是相当高的。直到到建国时，文盲率和半文盲率仍占总人口的 80% 以上。在广大的农村地区，这个比率超过 95%。[①] 由于社会识字人口过低，因此社会中可以阅读文字的人口群体也是很小的。这一方面，带来了社会文学人口群体数量严重不足；同时，也带来了社会的写作人口群体数量的稀少）。如果具体地说，那就是：当时的新文学基本上还是由社会的"精英知识分子"群体来推进的。而社会的"文化精英"们，对当时社会的普遍性生活状态和生活方式，却始终缺少真实的感觉和认知。换句话讲，

①黄加佳.我们的新中国记忆：扫除文盲运动 [J].读者文摘,2010,(12).

新文化运动的主导者们都是一些出过洋的知识分子（在一个社会普遍文盲、半文盲的条件下，这是历史的必然）。他们对于国内多数人的社会底层生活状态，普遍知之不多。或者有所了解，但并不详细。在他们主流化的文学写作中，只有社会知识阶层和一般社会上层的生活可能会被"表现"和"描述"。社会真正的底层生活，则难以进入写作视野。茅盾在《子夜》的写作中，"农村故事"部分最终被放弃，原因即如此。社会下层生活和平民百姓人物在现代小说中很难被"描述"，作品通常只能叙述知识群体的生活和相关故事，这在现代文学时期的现实主义写作中，不能不说是一种缺失和遗憾。

所以，毛泽东提出"社会生活是文学艺术的源泉"的"源泉说"，在客观上，是有利于推动 20 世纪 40 年代的现实主义文学实践的。

正是在"源泉说"的认识之上，毛泽东又进一步提出了"贴近生活"和"深入生活"的文艺观念。他举示法捷耶夫《毁灭》对调马术的内行描写，说："这告诉我们，大作家不是坐在屋子里凭想象写作的，那样写出来的东西是不行的。"[①]"到群众中去，不但可以丰富自己的生活经验，而且可以提高自己的艺术技巧。"[②]毛泽东这种对文艺家们"深入生活"（深入工农兵生活）的要求，对当时的现实主义文学去拓展自己的题材面，拓展自

---

①② 毛泽东.在鲁迅艺术学院的讲话 [M] // 毛泽东.毛泽东文艺论集.北京：中央文献出版社，2002：18-19.

己的生活表现空间，起到了重要的推动作用。

三、对现实主义文学的"直接"倡导

事实上，毛泽东在《讲话》中是很少直接谈到"现实主义"概念的。统观《讲话》，毛泽东只有一处直接谈到了"现实主义"。他在"结论"的第四部分中说及马克思主义与文艺写作的关系问题时，说过："学习马克思主义，是要我们用辩证唯物论和历史唯物论的观点去观察世界，观察社会，观察文学艺术，并不是要我们在文学艺术作品中写哲学讲义。马克思主义只能包括而不能代替文艺创作中的现实主义，正如它只能包括而不能代替物理科学中的原子论、电子论一样。"不过，虽然《讲话》中只有这一处关于"现实主义"的表述，但并不意味着毛泽东不重视现实主义文学。恰恰相反，毛泽东在《讲话》中，一直是把"现实主义"作为他所有论述的"应有之意"。并把"现实主义文学"视为他的问题讨论的起点，一个基本的"前提"。《讲话》所论及的所有问题，毛泽东都是把它们与现实主义问题相联系的。他可能没有直接说，这恐怕与他认为这不应该成为一个问题有关。而这也是他的一贯思想。他在1939年为鲁迅艺术学院成立周年的"纪念题词"中，就写下了"抗日的现实主义，革命的浪漫主义"的文字。在新中国成立后，毛泽东的这种观点依然在延续。

毛泽东在《讲话》中对现实主义文艺或直接或间接的宣示，对左翼文学运动后的40年代现实主义思潮的影响是很大的。就是在新中国成立后的现实主义文学发展过程中，其仍然发挥着重要的影响。事实上，现实主义文学在20世纪中国现当代文学发展历史中，能够取得理论认识上的"主导地位"，能够被社会推崇，是与毛泽东的《讲话》和他对现实主义问题的整体认识分不开的。

第二节　走向"两结合"的现实主义

自 19 世纪欧洲现实主义文学兴起之后，到整个的 20 世纪，现实主义都是最为重要的文学现象之一。在二战结束前的半个世纪里，现实主义文学思潮汹涌奔流。在二战之后的半个世纪里，尽管现代主义文学成了西方社会的重要思潮现象，但现实主义仍旧是最为重要和主流化的文学现象（在 20 世纪的后半期里，较之现代主义文学而言，现实主义仍然在总体上占有主流地位）。在 20 世纪的后半程中，现实主义已经丧失了独占历史的光彩。但是，在一个多姿多彩的多元化的文学世界里，它不仅仍然是主流，而且其实践影响力依然巨大。

从新文化运动到中华人民共和国成立之前，总体上，我们还是处在向西方学习现实主义文学的"历史阶段"里。我们向西方现实主义文学的学习，不仅包括写作实践，也包括理论认识和思潮方面。所以从总的进程来说，20 世纪 40 年代的中国现代文学，是处在一个"接受现实主义"的历史过程中。在这样一个时期里，我们谈论现实主义，我们主张现实主义，我们模仿现实主义，我们欣赏现实主义，都是一种历史必然。这本身并没有什么值得大惊小怪的。相反，在现代文学时期里，谁如果主张非现实主义（如新感觉派），才会让人觉得不可思议，觉得难以理解。

所以，无论是 20 世纪 20 年代后期开始的左翼文学运动对现实主义文学的推介，还是毛泽东在 1942 年《讲话》里对现实主义文学的理解，都是与当时社会文学历史潮流的推动相联系的。这一点本没有什么值得奇怪的。值得我们注意的是：现代文学作为我国文学的一个"现实主义文学阶段"（一个极其需要向西方现实主义文学全面学习的"历史阶段"），我们在一般的理论意义上，显然是极为赞同和推崇现实主义的。这恐怕与马克思和恩格斯对现实主义的推崇，与当时苏共对现实主义的推崇有直接关系。但是在关于文学艺术的实践性的批评和探讨中，在对文学艺术实践性政策的层面上，我们又确定无疑地在主张现实主义的理想化。这样一个"历史倾向"，从创造社那时开始，就一直在现代文学时期延续着。

毛泽东 1942 年《在延安文艺座谈会上的讲话》中所讨论的相关问题，也与这个趋势的延续有某种关系。对于现代文学时期的现实主义思潮和实践来说，毛泽东在《讲话》里所讨论的文艺问题，不论是出于对革命战争支持的"政策性"要求，还是出于当时具体历史阶段的"策略性"要求，其主要的理论指向却是"现实主义 + 理想主义（浪漫主义）的"。

一、提倡文艺为政治服务

对于人类而言，我们社会中的许多东西都是具有工具性的。换而言之，在满足人的需要这个层面上，能够发挥作用的都是我们的工具。文学艺术也是如此，它能够满足人类精神方面消遣性和审美性阅读需要的特点，就使它成了可以满足人类精神需要的一种重要工具。这就是说，文学不仅具有社会工具性的特点，而且它本质的工具性是不容怀疑的。但是我们又必须看到：文艺的这种工具性特征，实际上是在"终极意义"上存在的。这一点，就像土地、水、空气对于人类的工具性意义一样，在"一般意义"上，我们是没有必要提及和强调的。

不过在社会发展的历史进程中，由于社会生产力水平的限制，在经济资源短缺状态下，人类曾经长期处在一种"泛工具论"时代。也就是说，在人类进入后工业社会之前，由于经济本身不够发达，社会的资源紧缺，造成了人们只能对社会中的一切事物进行"超功能"的"工具化使用"。例如，在资源短缺时代里，一把菜刀可能扮演的工具角色就会远远超出"切菜需要"本身。它肯定是菜刀，但又不仅仅是菜刀。它也会是切肉刀、裁纸刀、砍柴刀。甚或是杀猪刀、战刀。[①] 文学艺术也是如此。中国古代的"文以载道"之说盛行，就是对这种需要的最好说明。从这一点上来说，毛泽东在《讲话》中对文艺提出的任何工具性要求，其实都是有革命需要和历史需要的根据与道理的。因为，为了

①1916 年蔡锷组织了反袁护国军，反对袁世凯称帝。其影响迅速传遍全国。根据革命党的指示，贺龙在老家石门县等地组织武装。当时只有 20 岁的贺龙，组织了二十多名农民。队伍有了，但是手里没有武器。贺龙听说芭茅溪盐局的税警们刚刚装备了十多支洋枪，就准备抢税警的枪来武装自己。他和叔叔借了两把别人的菜刀，带着队伍趁夜色闯入盐局。贺龙亲手砍死了税警队长，共缴获了 15 支步枪，2 支手枪和 9 千斤盐。这就是贺龙的"两把菜刀闹革命"。

最终完成中国革命的历史性任务，要求文艺为革命做出自己的必要努力，主张文学为革命战争增添任何可能的力量，这本来就无须怀疑。

毛泽东在《讲话》中，首先将文学艺术与革命工作联系在了一起。他在"引言"里"开宗明义"地"宣示"："同志们！今天邀集大家来开座谈会，目的是要和大家交换意见，研究文艺工作和一般革命工作的关系，求得革命文艺的正确发展，求得革命文艺对其他革命工作的更好地协助，借以打倒我们民族的敌人，完成民族解放的任务。"在这个"开场白"里，毛泽东直截了当地对文艺进行了"政治区别"。他指出：在当时的中国社会中，文艺有"革命文艺"和"不革命文艺"（反革命文艺）之分。在这"开场白"中，毛泽东还对文艺与其他革命工作的关系进行了描述和解释。他把文艺工作视为其他革命工作的"协助"角色，把文艺的目的放置到了"完成民族解放的任务"的历史高度上。他的这一段"开宗明义"的解释，说明了他对文艺的基本认识——文艺是革命事业中的一个组成部分，是成就革命事业的一个"政治工具"。紧接在这段话的后面，毛泽东又用了一大段话来解释这个理论立场。他说："在我们为中国人民解放的斗争中，有各种的战线，就中也可以说有文武两个战线，这就是文化战线和军事战线。我们要战胜敌人，首先要依靠手里拿枪的军队。但是仅仅有这种军队是不够的，我们还要有文化的军队，这是团结自己、战胜敌人必不可少的一支军队。……我们今天开会，就是要使文艺很好地成为整个革命机器的一个组成部分，作为团结人民、教育人民、打击敌人、消灭敌人的有力武器，帮助人民同心同德地和敌人作斗争。"在后来的"结论"部分里，毛泽东还专门对这个问题进行了深入阐释。他说："无产阶级的文学艺术是无产阶级整个革命事业的一部分，如同列宁所说，是整个革命机器中的'齿轮和螺丝钉'。因此，党的文艺工作，在党的整个革命工作中的位置，是确定了的，摆好了的；是服从党在一定革命时期内所规定的革命任务的。……我们所说的文艺服从于政治，这政治是指阶级的政治、群众的政治，不是所谓少数政治家的政治。政治，不论革命的和反革命的，都是阶级对阶级的斗争，不是少数个人的行为。革命的思想斗争和艺术斗争，必须服从于政治斗争……"将这两段话联系起来，我们就会发现：从政治工具论的角度去认识文艺的社会功能，从政治工具论的角度去理解和使用文学艺术的"武器"，这是一个贯穿整个《讲话》的思想，也是《讲话》讨论所有问题的一个理论基点。

客观来讲，毛泽东对文艺政治工具论的看法，并非个人的独创独有。我们看一看从中央苏区时期到长征之后的延安时期，当时的许多党的领导人都曾经这样说过（如周恩来、刘少奇、朱德、邓小平、陈云、叶剑英、张闻天、聂荣臻、凯丰、陈毅、陆定一、林伯渠、贺龙、王震等）。[①] 这说明，在当时的紧迫的政治和军事环境下，中国共产党的领导集体对文艺的政治工具功能是有着深刻认识的。不可否认，共产党的领导集体形成这

---

①《延安文艺丛书》编委会. 文艺理论卷 [M]. 长沙：湖南人民出版社，1984.

样的"一致看法"，有受来自苏联的列宁斯大林思想影响的一面。但更为直接和重要的原因，还是中国革命斗争和革命实际情况的迫切需要。中国革命的领导者们强调文艺要为政治服务，强调文艺要成为革命的工具，从中国革命的历史进程来看，从革命发展的历史结果来看，这种"历史要求"肯定是非常正确的。

不过，我们在这里并不是要讨论文艺政治工具论的"历史正确性问题"。我们要说的是，毛泽东《讲话》所执的文艺政治工具论的立场，对 20 世纪中国文学的现实主义发展形成了必然性的影响。上面我们刚刚说过，文艺本身确实是社会的"公器"，是社会生存和发展的一种工具。但是从文艺的本性和其社会化的效果来说，或者说，从文艺最为基本的特性来说，如果它的政治工具性得到越少表现，社会的工具性的作用越隐蔽，读者通过审美所能够获得的社会价值性就往往会更高。只有这样，它所带给社会的理性和感性的工具价值，才能表现得最高（就像马克思在《致斐迪南·拉萨尔》的信中所说的"席勒化"和"莎士比亚化"问题一样）。因为消遣、娱乐和审美是文艺最为主要的和最为基本的社会价值功能，文艺所发挥的主要社会作用，就应该是消遣、娱乐和审美。而像政治功能、教化功能、社会组织（动员）功能甚至是军力强化功能等"任务"（也就是文艺的载道功能），都只能是通过文学的消遣、娱乐和审美功能而去完成。文学审美价值与文学的社会价值之间，始终存在着一种"平衡关系"。这种"平衡"，轻易是不应当被打破的。因为把握不好这个"平衡关系"，要么是文学的审美价值会受到影响，要么是它的社会价值会受到损害。换句话讲，就是在强调文艺充分发挥社会功能的同时，实际上还应当强调文艺作品审美价值的呈现。从现实主义文学的角度上说，就是要以更充分的现实表现来承载作品的社会价值功能。

这里需要强调的一点是：文学的社会价值需要，通常会伴随着社会的变化而变化。即在不同的历史时期和社会条件下，文学的社会功能会发生很多的变化，侧重会有不同。在许多时候，会出现"此一时，彼一时"的"权宜状态"。譬如，在国民党发动"四一二"政变后，与国民党反动派做斗争，就成了共产党的中心任务。而伴随着"九一八事变"和"西安事变"，建立抗日民族统一战线则又逐步成为我党的中心任务。在解放战争的"三大战役"结束后，"打过长江去，解放全中国"又成了我党新的中心工作。而伴随着党的中心工作的每一次转变，就必然性地要求文学在社会作用的方向上进行相应的调整。在新中国成立前的20世纪40年代里，这是共产党领导下的左翼文学艺术发展过程中的一个"常态"现象。

毛泽东《讲话》中对文艺政治工具论的强调，从当时的历史角度去理解，这种政治对文艺的要求是相当实在的。而且，也是正确的。对于当时的国共间的军事斗争来讲，共产党由于长期处于艰难困苦的生存状态，无论是军事资源，还是生活资源，均极度短缺。共产党之所以能够生存下来和发展起来，除了在总体目标和具体政策上能够紧密联系实际，并适应社会的变化外，最主要的就是团结每一个人。无论是不同时期的统一战线的政策，还是具体环境下的团结一切可以团结的力量，都是对人的动员和组织。对于当时的共产党人而言，除了有力地凝聚人心、民心和军心外，基本上是没有其他"外部力量"可以借助的。若非党在政策和策略上的总体正确，若非通过一切方式团结了可以团结的所有的人和所有的力量，中国共产党是不可能打败蒋介石和解放全中国的。这种需要集中全民力量去完成"历史任务"的情况，甚至到了新中国成立后的一段时间里，还是存在的。

正像我们前面就讨论过的那样，把文艺作为社会政治工具，在一定的历史阶段中（特别是在大众传播媒介短缺和渠道不畅，甚至社会传播活动很不活跃和信息有限的情况下）是不可回避和避免的。但我们也必须知道，这是从社会政治或"大义"角度去看待文艺的工具性的结果。尽管社会需要民众普遍接受相关主流意识形态的灌输，可是普通人对文艺的要求总是多种多样的。对单纯教育与教化的"简单文艺"，他们是不会长期需要和欢迎的。那么回到现实主义文学，像左翼文学中经常出现的那种人物观念化和故事观念化的作品，就很难得到民众审美的首肯。对于这种现象，海涅在《论浪漫派》里就做过尖锐的批评。他在谈到德国 19 世纪诗人路德维希·乌兰特 [1] 时说："只要仔细观察一下乌兰特诗歌里的女性群像，就会发现她们只不过是些美丽的影子，月光的化身，血管里流的是牛奶，眼睛里噙的是甜泪，也就是没有盐分的眼泪。试把乌兰特的骑士和古老歌

---

①路德维希·乌兰特是德国19世纪诗人，其第一部诗集出版于1815年。1819—1825 年，乌兰特担任了符腾堡王国国民议会议员。

谣中的骑士相比较，我们就觉得，他的骑士身上只有一袭铁皮铠甲，里面没有血肉骨头，却塞满了鲜花。"[1] 回到 20 世纪 40 年代的现代文学时期，当时就有许多这种不接地气的现实主义作品。它们看上去也是现实主义的，却只能属于那种营养不良的现实主义。

我们知道，现实主义文学讲求的是"像生活本身一样"，要求的是"客观化描写和客观化地表现生活"。作者要想在写作中保持对生活的"客观态度"，他就必须能够保持写作主体的精神独立和相对客观的认知立场。他如果一定要"先入为主"地从"工具角度"去认识社会生活，其写作就无法"客观化"地去"还原生活"（当然，这个所谓的"客观化"也是相对于主观性而言的。是否客观，也是一个与作者主观相对应的平衡关系。作为拥有思维能力的人，其主观性是须臾不能脱离的。但是，人类又必须努力地克服主观性对自己的困扰，要努力以客观化的态度去认知和理解世界）。对于文学而言，这不仅仅是一个"现实主义形式"的"获得"问题。其中，也包括了"现实主义"在内容上能不能"现实化"的问题。

从今天已经走过来的历史眼光去审视昨天的文学写作，我们会看到：倘若脱离开具体的社会需要去片面强调文艺工具论，它就会必然导致文学审美价值的政治化。譬如，在 20 世纪 40 年代初期的抗战过程里，文学无论如何都应当努力为抗日战争

---

① 海涅.论浪漫派 [M]// 张玉书.海涅选集.北京：人民文学出版社，1983：173.

去凝聚社会共识和力量。在抗战胜利之后，面对解放战争的"大局"，作为党的重要工作组成部分，文学也应当努力为组织和动员群众，发挥出应有作用。因为在该时期里，文艺为革命战争服务，为历史发展的"大局"服务，是党的文艺工作者和文艺工作的首要任务。

但是在服务于主要政治任务和目标的同时，文艺作品也应当努力加强自己对审美价值的开掘。如果不能在审美价值上得到深化，直白的政治化的文艺作品迟早会被社会所淘汰掉。而且这样的作品，恐怕也无法真正发挥出自己的"工具作用"。如今我们回望20世纪40年代的现代文学时期的小说，无论是"根据地"的作品，还是"国统区"的作品，大多都存在着审美艺术价值不高的问题。这种现象的普遍存在，与当时社会普遍的政治工具论影响可谓关系巨大（无论是作者"自觉"的实践，还是"不自觉"的实践）。受此影响，当时的现实主义文学往往只留下了一个"现实主义的外貌"，留下了一个"现实主义的空壳"。而在那里面，则往往是"理想主义"的东西。这一点，我们曾在30年代左翼作家蒋光慈等人的作品里，从40年代欧阳山的《高干大》，丁玲的《太阳照在桑干河上》，到新中国成立后柳青的《创业史》、浩然的《艳阳天》《金光大道》等等的作品里，能够明显地看到这种趋向。在空有其表的现实主义作品里，人们可以读到的，只能是现实主义的一种"理想化"（如果称其为"意识形态化"，可能更为准确）。换言之，就当时的社会发展历程来讲，这些作品是非常重要的。在当时，它们也发挥出了这样的历史作用。但是由于作品审美价值的相对薄弱，它们在离开了那个历史年代后，对读者的吸引力就大打折扣了。

二、强调文艺的阶级性质和意识形态性质

作为对文艺的工具论要求，毛泽东在《讲话》中又进一步地强调了文艺的阶级性质和意识形态性质。在《讲话》的"引言"里，也包括在《讲话》的"结论"中，他都反复阐释了这个问题。毛泽东在《讲话》的"引言"部分，首先将文学艺术的"立场问题"提了出来。他说："在'五四'以来的文化战线上，文学艺术是一个重要的有成绩的部门。革命的文学艺术运动，在十年内战时期有了大的发展。这个运动和当时的革命战争，在总的方向上是一致的，但在实际工作上却没有互相结合起来，这是因为当时的反动派把这两支兄弟军队从中隔断了的缘故。抗日战争爆发以后，革命的文艺工作者来到延安和各个抗日根据地的多起来了，这是很好的事。但是到了根据地，并不是说就已经和根据地的人民群众完全结合了。"正是基于"没有结合好"这样一个历史判断，毛泽东认为有一些问题是必须得到解决的。"有些什么问题应该解决呢？我以为有这样一些问题，即文艺工作者的立场问题，态度问题，工作对象问题，工作问题和学习问题。"在这里，他将"立场问题"放在了第一位置。"我们是站在无产阶级的和人民大众的立场。对于共产党员来说，也就是要站在党的立场，站在党性和党的政策的立场"。

在后来的"结论"中，毛泽东将文艺的立场问题具体化为"我们的文学艺术是为什么人"的问题。就提法而言，他在"结论"部分里所讲的"为什么人"的问题，比之其"引言"中的突

出的"立场问题"的提法要间接了一些。但是在"结论"第三部分里，在谈到文艺与党的关系时，他则又一次清楚地强调了这个"立场问题"。他说："在现在世界上，一切文化或文学艺术都是属于一定的阶级，属于一定的政治路线的。为艺术的艺术，超阶级的艺术，和政治并行或互相独立的艺术，实际上是不存在的。"

《讲话》在讨论"革命文艺"的立场问题时，强调了为工农兵服务，为大多数人服务的"服务对象"问题。这个问题的提出，对于长期形成的贵族化的旧文学传统而言，是一个积极的进步和革命。因为在旧文学传统中，普通民众是基本上不在其"服务范围"之内的。我们在后来的中国古典文学的评价和研究中，所以会引出"人民性"这个标准，主要原因就是：在古典时代里，文艺很少会去真正关心与考虑民众的生存状态和精神需要。毛泽东在《讲话》中将这个多数人服务对象的引入，对于"五四"以来的新文学来说，对于现实主义文学在现代时期的发展来说，都是十分必要和重要的。

如同我们在文艺政治工具论中所碰到的问题一样，对于现实主义文学来讲，《讲话》对文艺阶级立场和意识形态立场的突出强调，并把这个问题"整合"到了"为什么人"的问题层面上，对于20世纪40年代当时的现实主义文学去拓展题材面，是很有意义的。不过，我们也知道：文学艺术其实又是最忌讳被整齐划一的，也是最需要个性化发展天地的。所以，在《讲话》提出"为什么人"的问题、阶级立场和意识形态立场的问题后，在具体的文艺实践中，它们是不应当被简单化地处理，或者被标语口号式处理的。如果把"为什么人"的问题，只是简单化地变成对"外表"的素写，变成一种只是形式上的东西，现实主义文学就很难形成"现实力量"。

不过从今天的角度回过头去看，我们曾经在左翼文学那里所看到的，其实就是这种情况。从 20 世纪 20 年代后期开始的左翼文学运动和左翼文学，在整个 30 年代和 40 年代里，在完成党的斗争任务方面，可以说是有成效的（尽管很多作家艺术家和文艺批评家，并不赞同这种将文艺阶级化和意识形态化的"泛政治化"运动）。但在这种对文学艺术的意识形态化的过程中，许多作品实际上又必然性地会失去许多生活的丰富性。从现实主义文学思潮的角度来看，问题则表现为：作家和艺术家从阶级立场和意识形态立场出发所完成的现实主义作品，其对生活的理解通常会有"思想大于现实"的倾向。在历史不断地向前发展中，这一类的作品，往往会最先丧失掉它的历史过程价值。

我们今天回望从左翼文学运动，一直到新中国成立后的当代文学前三十年的现实主义写作，也会发现：值得文学史去品味的或艺术价值被普遍认同的作品其实并不多。而且，此时期的几乎所有现实主义文学实践，都会出现某种现实主义"空心化"的趋向。即，作品的外表形态是很现实主义的，但是在其内部则又是以理想主义进行填充的。如果我们打开这些作品的现实主义形式，在内里能够剩下的属于现实的东西则往往不多。

三、从阶级论和意识形态论出发，对人性论进行批判

毛泽东在《讲话》"结论"的第四部分，曾对普泛人性论进行了严肃的讨论。他问道："有没有人性这种东西？当然有的。但是只有具体的人性，没有抽象的人性。在阶级社会里就是只有带着阶级性的人性，而没有什么超阶级的人性。我们主张无产阶级的人性，人民大众的人性，而地主阶级资产阶级则主张地主阶级资产阶级的人性，不过他们口头上不这样说，却说成为唯一的人性。有些小资产阶级知识分子所鼓吹的人性，也是脱离人民大众或者反对人民大众的，他们的所谓人性实质上不过是资产阶级的个人主义，因此在他们眼中，无产阶级的人性就不合于人性。现在延安有些人所主张的作为所谓文艺理论基础的'人性论'，就是这样讲，这是完全错误的。""世上决没有无缘无故的爱，也没有无缘无故的恨。至于所谓'人类之爱'，自从人类分化成为阶级以后，就没有过这种统一的爱。……真正的人类之爱是会有的，那是在全世界消灭了阶级之后。阶级使社会分化为许多对立体，阶级消灭后，那时就有了整个的人类之爱，但是现在还没有。"他在"引言"中，也谈到了这个问题。其讨论的口吻，与"结论"中的基本一致。他说："就说爱吧，在阶级社会里，也只有阶级的爱，但是这些同志却要追求什么超阶级的爱，抽象的爱，以及抽象的自由、抽象的真理、抽象的人性等等。"从历史过程角度来讲，毛泽东的这番话说得是很有道理的。

人们知道，无论是在"九一八事变"前的十年内战期间，还

是在全面抗战进行的时间里（包括《讲话》发表时的 1942 年），当然，也包括"八一五光复"后到解放这一段时间，当时的中国社会确实普遍存在着严重阶级对立现象。那个时候，不管是沦陷区，还是国统区，也不管是日本侵略者对沦陷区的强抢豪夺、残酷搜刮，还是在国民党对百姓的横征暴敛，大刮地皮，肆意践踏人性，无端草菅人命的乱象随处存在。在当时的社会环境里，绝大多数的劳动群众普遍处于整个社会的最底层。他们不仅要饱尝战乱灾荒而造成的家破人亡流离失所的痛苦，还要在被掠夺甚至屠杀中，去忍受无尽无穷的屈辱。面对蔑视个体生命(蔑视平民百姓的生命，视民众生命为草芥)，蔑视个人权力(特别是蔑视社会普通民众和底层民众的权力)，蔑视容忍谦让（实际上是蔑视善良和良知，放任豪强嚣张）的各类社会恶质现象，社会底层民众实际上是既无助又无奈的。当时的民谣就唱道：

> 租也重，税也重，
> 钱粮号草多要命。
> 又怕兵，又怕匪，
> 集头庙脑怕多嘴。
> 你烧香，我念佛，
> 盼着太平好过活。
> 今天盼，明天盼，
> 盼来盼去一场乱。
>
> 穷帮穷，
> 富帮富，

官面帮财主。①

房子是驻防的，
田地是保长的，
儿子是老蒋的。②

就 20 世纪 40 年代而言，如果还是处在抗战过程之中，政府对社会民众赤贫化的生存状态视若无睹，似乎还有点"托词"可讲。而"光复"过后，国民党政府对恢复社会民生和整顿社会秩序却并不积极。出于迅速扩张实力和占领地盘的需要，他们对投敌伪军的各系统汉奸，大多采取了直接"收编"的办法。③实际上不光是军事汉奸们，就是侵华日军也有相当数量被直接收编了。在社会要求严惩汉奸的舆论压力之下，1945 年 11 月

---

① 新凤霞. 新凤霞回忆文丛·童年纪事 [M]. 石家庄：河北人民出版社，1997.

② 海默辑. 现代民谣：第二辑 [M]. 武汉：人民艺术出版社，1949.

③ 重庆《新民报》1945 年 11 月 5 日发表评论指出："让更多人感到失望的是惩处汉奸的问题。的确，到目前为止，已经逮捕了一批汉奸，但平津地区的全部汉奸和叛国者几乎没有受到惩处。大部分伪军都在'改编'后'恢复正常'，伪政府中的大部分人员也仍然担任原来的职位。南京和上海的许多叛国者脱下了原来的制服，很快就在其他政府机关找到了新职位。要知道，这些叛徒一直受到人们强烈的憎恨。现在，胜利终于到来了，政府却没有马上给予他们就有的惩罚。人们怎么能相信这个社会有公正可言呢？"
胡素珊. 中国的内战 1945-1949 的政治斗争 [M]. 北京：当代中国出版社，2014：15.

23 日，国民党政府才颁布了《处理汉奸案件条例》[①]。只是这个《条例》冗留了相关"法律空间"。如《条例》中规定：伪组织荐任官以上公务员或荐任职之机关首长者为汉奸检举对象。这一规定的言外之意是，荐任官以下公务员可不受制裁。《条例》的第三条还规定：曾协助抗战工作或有利人民行为证据确实者减刑。于是，这又使大批的汉奸摇身一变成了"爱国者"。在对汉奸惩治敷衍走过场的同时，国民党集团又通过对光复区"敌产"的接收和劫收，搅起了一股汹涌的腐败黑潮。[②] 如此一来，中国社会的阶级间冲突也由此显得更为剧烈。在这样的大环境之下，弥合阶级矛盾和阶级冲突的可能方式几乎不存在。尽管蒋经国在 1948 年 8 月下旬，领导了以限制上海物价暴涨为目标的"打虎运动"。"打虎运动"的初起，可谓雷声很大。不仅枪毙了几个囤积居奇的奸商，甚至连杜月笙的儿子杜维屏也被判了刑。但在碰到了孔令侃的扬子公司后，"打虎运动"便寿终正寝了。"打虎运动"的前后时间，只有一个半月。"虎"不再打了以后，上海物价更显现出脱缰之势。对于普通百姓而言，生活只能是愈加艰难了起来。在这样的历史时期，普遍化的超阶级的人性或人道主义理想是很难落地的。

[①] 1946 年 3 月 13 日，国民政府又公布了《惩治汉奸条例》。

[②]《大公报》1945 年 9 月 27 日载文称："在南京和上海，政府只用了短短 20 来天就失去了民心。"

胡素珊 . 中国的内战 1945-1949 的政治斗争 [M]. 北京：当代中国出版社，2014：16.

正是从历史曾经的现实角度出发，毛泽东才在《讲话》中告诫当时的文艺工作者，不要在人性问题上存在什么"超阶级"的幻想。因为在全面抗战的过程中，尽管国共两党实现了第二次合作，但由于国民党一直采取积极地反共（主要是指"七七事变"以前）和防共政策（国民党在抗战期间的 1939 年 1 月出台了《防制异党活动办法》，对共产党采取了"溶共""防共""限共"方针①），社会的政治气氛始终处于高压状态。所以，当时除了中日之间的民族矛盾十分尖锐外，以国共两党斗争为代表的国内阶级斗争形势，实际上也是尖锐和复杂的。在这样的社会条件下，某些善良的人以为靠人性论可以解决或调和社会不同集团间的利益冲突，填平阶级冲突的鸿沟，这显然是一厢情愿的。特别是在当时革命斗争的实际中，共产党也需要对民众进行充分的动员。在阶级矛盾剧烈时期，强调文艺的阶级性和意识形态性实际上是当时斗争的一种方式。而阶级之爱和阶级人性作为一种阶级意识形态观念，它对社会阶级集团成员的向心力的增强和动员的作用，都是很明显的。所以我们说，在具体的历史条件下，毛泽东对人性论的一般批判是非常有意义的。因为在当时的历史条件下，在一个社会的阶级冲突和矛盾处于极其尖锐的状态下，文艺都去侈谈普世价值，都去奢论跨阶级

---

①1939 年 1 月 21 日至 30 日，国民党在重庆召开了五届五中全会。在全民抗战的背景下，会议虽然提出"坚持抗战到底"，但同时也确定了"溶共""防共""反共"的基本方针。会议通过了《防制异党活动办法》，决定成立"防共委员会"，要严密限制共产党和社会进步力量的言论与行动。

的人道主义，的确是不合适的。毛泽东在党的七大报告《论联合政府》中指出："农民——这是中国工人的前身。将来还要有几千万农民进入城市，进入工厂。如果中国需要建设强大的民族工业，建设很多的近代大城市，就要有一个变农村人口为城市人口的长过程……农民——这是现阶段中国文化运动的主要对象。所谓扫除文盲，所谓普及教育，所谓大众文艺，所谓国民卫生，离开了3亿6千万农民，岂非大半成了空话？"① 正如毛泽东指出的那样，在一个需要动员组织广大农民去参与和支持民族解放战争的过程里，我们可以任由文学艺术只去关心知识分子自己或知识阶层生活中的"小情小景"吗？肯定是不行的。在当时的历史过程中，对于一个积贫积弱的社会来讲，对于一个不动员一切力量和不集中一切力量就无法面对挑战的社会来讲，任何使民众涣散泄气的事情，都是不合适的和不符合历史需要的。甚至于，我们还可以说，它是非正义和非道德的。

人们在考察20世纪40年代的现实主义小说时，不难发现一个明显的"写作题材"现象：除了并不算多的一些例外，当时的大多数现实主义文学写作（主要是指小说写作），无论是国统区文学（包括抗战时期的沦陷区），还是解放区文学（包括根据地文学），其题材选择或者故事背景，通常都是与当时的战争和社会的动乱相关联的（这既包括了抗日战争时期，也包括了其后的解放战争时期）。这种情况，人们在碧野的短篇《灯笼

---

①毛泽东.论联合政府 [M] // 毛泽东.毛泽东选集.北京：人民出版社，1968：978-979.

哨》（1940）、中篇《乌兰不浪的夜祭》（1940）、长篇《肥沃的土地》（1944）中，在姚雪垠的中篇《牛全德与红萝卜》（1942）、《戎马恋》（1942）、长篇《长夜》（1947）中，在田涛的短篇《灾魂》（1942）、长篇《沃土》（1947）、中篇《流亡图》（1948）中，在路翎的中篇《饥饿的郭素娥》（1943）、长篇《财主底儿女们》（1945）中，在马烽的短篇《第一次侦察》（1942）、长篇《吕梁英雄传》（1945）、短篇《金宝娘》（1947）中，在柳青的短篇《牺牲者》（1941）、《地雷》（1942）、长篇《种谷记》（1947）中，在黄谷柳的长篇《虾球传》（1947）中，在端木蕻良的短篇《江南风景》（1940）、长篇《新都花絮》（1946）中，在周立波的长篇《暴风骤雨》中……均可以看到。实际上，除了 20 世纪 40 年代以梁实秋为代表的"与抗战无关"的"自由派"外，凡是承认文艺应当为抗战和国家、民族命运"发言"的作家，其基本写作的倾向大都如此。

四、对源于生活，高于生活的"写本质"要求

毛泽东在《讲话》中所讨论的文艺创作问题，主要是以现实主义文学或文艺为"理论基点"参照的。所以，现实生活一直是他"讲话"的"理论对象"。他批评"小资产阶级知识分子"，是说他们在感情和立场上还没有能够转移到工农兵方面去。他批评作家们的写作与工农兵的生活有隔膜，是说他们对工农兵的生活不了解、不熟悉。他要求文学艺术要反映和表现生活，要把多数人的生活纳入进来。在这里，现实生活和对现实生活的描写表现，自始至终都是他的讨论对象，是他的问题前提。换

言之，毛泽东在《讲话》里所讨论的文学艺术，实质上是指现实主义的文学艺术。至少，主要是指或基本是指现实主义文艺。但是很明显的是，毛泽东本人又对这种文艺描写和表现不满意。因而，他才又提出了文艺要表现生活本质的要求。尽管他在《讲话》里，并未直接说出要现实主义文学（艺术）去"写生活本质"之类的话，但他的意思却是明白的。

毛泽东在《讲话》"结论"的第二部分里，讨论了文艺与生活的关系问题。在讨论文艺与生活的关系问题时，他谈到了为什么"人民"不满足于生活本身的丰富性，同时还需要文学艺术。他说："人类的社会生活虽是文学艺术的唯一源泉，虽是较之后者有不可比拟的生动丰富的内容，但是人民还是不满足于前者而要求后者。这是为什么呢？因为虽然两者都是美，但是文艺作品中反映出来的生活却可以而且应该比普通的实际生活更高、更强烈，更有集中性，更典型，更理想，因此就更带普遍性。……例如一方面是人们受饿、受冻、受压迫，一方面是人剥削人、人压迫人，这个事实到处存在着，人们也看得很平淡；文艺就把这种日常的现象集中起来，把矛盾和斗争典型化，造成文学作品或艺术作品，就能使人民群众惊醒起来，感奋起来，推动人民群众走向团结和斗争……"他在这里所说的"更高、更强烈，更有集中性，更典型，更理想，因此就更带普遍性"，是指现实主义文学（艺术）的"典型化"问题。在第四部分里，毛泽东还分别对"从来的文艺作品都是写光明和黑暗并重，一半对一半"；"从来文艺的任务就在于暴露"；"还是杂文时代，还要鲁迅笔法"；"我不是歌功颂德的；歌颂光明者其作品未必伟大，刻画黑暗者其作品未必渺小"；"不是立场问题；立场是对的，心是好的，意思是懂得的，只是表现不好，结果反而起了坏作用"；"提倡学习马克思主义就是重复辩证唯物论的创作方法的错误，就要妨害创作情绪"共六个方面的不同的文艺见解进行了批评和批判。而他所进行的六个方面的批评和批判，除"鲁迅笔法"问题外，大体上均与"典型化"的"更高、更强烈，更有集中性，更典型，更理想，因此就更带普遍性"的问题相联系。而这种对现实主义文学所提出的"典型化"要求，所提出的"更带普遍性"的要求，实质上就是在强调现实主义文学要深入到社会发展的内部，要把握和表现社会发展规律、本质和方向。就文学的写作本身来说，对生活如何去感受和如何认识评价，如何选取观察生活的角度，如何选择使用来自生活的素材，如何描写和塑造自己的人物，如何叙述人物和历史的故事，既是作者创作主动性与个人写作权力的体现，也是作者立场、观念和审美倾向的选择和表现。而表现本质或者典型化地塑造人物和叙述故事，客观上也是对现实主义文学的一种"两结合"的要求。

由于战争形势和国内政治局面的始终急迫，造成了 20 世纪 40 年代中国现代文学必然性的"历史紧张"状态。在这种"历史紧张"下，40 年代中国文学的主流思潮，几乎毫无疑问地要走上"政治化"的意识形态道路（无论是抗日战争时期的国统区文学、沦陷区文学、根据地文学，还是"光复"后到中华人民共和国成立前的国统区文学和解放区文学，20 世纪 40 年代的文学主流情况基本如此）。在这样一条道路上，现实主义的文学实践也就很少再有其他选择的可能。从当时中国现代文学的历史轨迹来看，作为叙事文学主流的现实主义文学，在向西方现实主义不断学习的过程里，也在逐渐摸索着中国现实主义文学的前行之路。而且人们能够看到的是：虽然左翼文学受到了苏联文艺理论的深刻影响，虽然社会政治对文学有着强烈的需要（无论是当时国民党情治和政宣系统对文艺的管治，还是共产党领导下的左翼文学对革命事业的积极主动），40 年代现实主义文学，虽然所走的道路不能说是一帆风顺，但还是获得了相当的成果。

结　语

　　走出现代文学时期，在新中国成立以后，人们对现代文学时代的"思潮"及实践问题的研究，也是出现过数次变化的。从大的方面讲，至少形成了两个主要的不同关注与研究时期。首先，是新中国成立后的"主流现象研究时期"。其时间区间，大约是从新中国成立到改革开放的20世纪80年代。在这一时期里，人们对现代文学的研究兴趣和方向，主要是针对主流文学现象展开的。例如，对新文化运动以来的主流思想碰撞和斗争事件感兴趣，对主流作家和主要作品感兴趣，对当时主要事件和主要当事人的活动情况感兴趣。到了20世纪的90年代，研究进入了"深化和分化时期"。这个时间，大体上从20世纪90年代中期开始，一直延续到了今天。在此阶段中，人们对现代文学的研究，由过去的"主流现象"和"主要问题"，逐渐转向对原主流现象和主要问题的重新思考，对各种非主流性的流派文学现象的兴趣重拾和挖掘。这种趋向，在新时期以来，特别是在最近20年里，表现尤为明显。在"深化和分化期"里，许多人对五四时期的现代评论派、整理国故说、学衡（甲寅）派兴趣很浓，许多人研究视点多集中在新月派、论语派等"自由派"文学方面。更有意思的是在这样一个过程中，人们似乎对现代文学时期的现实主义思潮与实践问题，关注度并不强。如果做横向比较的话，实际上还显得声音稀少。

　　对现代文学时期的现实主义思潮实际关注度看起来并不高的原因，也许与人们对现代文学长期形成的两个固有意识有关。一个是以为现代文学的发展，本来就是现实主义的。或者说，其主流是现实主义的。所以，没有多少必要再对其多言多语。这种观点是有一定道理的，就 20 世纪的中国现代历史而言，整个社会思潮的现实主义化是一个基本走向。五四时期所说的"德先生"和"赛先生"，其实就在把中国从经验化的农业社会引向科学化的现代社会。在这样的历史过程里，文学从远离现实的传统审美走向"五四"后的现实主义，也是一种历史自然。另一个是与人们认为"救亡压倒启蒙"的基本判断有关。因为既然"五四"后中国社会最为迫切的任务是救亡，现实主义文学在发展过程中，已经被掺入许多与本期历史紧密相关的东西（从国共两党各自的战略层面去看，存在着国民党要镇压共产党，共产党要开展反抗国民党血腥压迫的武装斗争；国民党要围剿中央苏区，共产党要打破国民党的五次围剿；国民党对长征红军实施围追堵截，共产党要通过长征完成战略转移；"七七事变"后，国民党提出"一个政党，一个领袖，一个主义，一个军队"的"溶共""防共"方针，共产党则提出要建立抗日民族统一战线；抗战胜利后，国家则面对的是"两种前途和命运"的决战）。

如果救亡是更为重要的历史问题，那么文学以现实主义的方式积极参与这个过程就是天经地义的。如此说来，文学现实主义以这样的"历史面目"示人，也就无须多虑了。

不过，尽管五四新文化运动给中国现代文学带来了现实主义，尽管现实主义文学的思潮和实践带有着某种"历史必然性"，但它仍是一个需要人们关注并重视的文学现象。实际上，作为一种历史性的文化思潮，现实主义对 20 世纪中国文学的影响至深。它不仅将中国的小说从过去几无地位的"野史"状态，真正推进了现代社会。而且，还对处于转型期的中国社会发展，发挥了其可能发挥出的最大历史作用。这种作用，在五四新文学那里，在左翼文学那里，在抗战时期的沦陷区文学、国统区文学和根据地文学那里，在解放战争时期的国统区文学和解放区文学那里，在新中国成立后的当代文学前四十年那里，我们都能够看到。

从现代社会发展的角度来看，文学现实主义思潮除了让人们和整个社会能够以现实主义的态度去面对生活以外，它的另一个重要意义，则在于它对人道主义文化传播所发挥的作用。与历史上的其他文学思潮不同，以大机器工业生产为前提条件的现实主义文学，其对现实生活真实描写要求的本身，就具有人性和人道主义的意义。换而言之，由于现实主义要求按照生活本来的样子去描写和表现现实，就根本化地改变了由人类历史中的古代文学所形成的叙事文学传统——历史传奇。从而把叙事文学从长期的历史传奇叙述中（就文学自身的体裁而言，主要是指小说），引领到了讲述现实生活和现实人物故事的文化层面。这种由现实主义思潮所带来的文学变化，从根本上说，就是把普通人推上了叙事文学的前台。由于普通人和普通人的生活境遇受到了关注，所以现实主义文学才具备了真正意义上的人道主义关怀价值。现实主义文学对人和人道生活的关注与追寻，在现实主义文学的发展历史中是线索甚为清晰的。人们考察 19 世纪和 20 世纪的欧洲现实主义文学实践过程就会发现：从法国现实主义文学到俄国现实主义文学、英国现实主义文学和美国现实主义文学，人性的善恶问题和人道主义问题，始终是它的一个很重要的和很基本的故事主题。

我们不否认，每一位作者在其作品中所表现出来的人道观念，都存在着"历史局限"。这种"历史局限"既可能是时代的，也可能是阶级或阶层的。这种"局限"，对作品的现实主义价值会发生影响。甚至，可能会导致作品对现实的"误读"和对读者的"误导"。但是我们也不能否认，即使如此，人道主义和人性启蒙对现代社会仍是极具意义的。在新文化运动中，人性和人道主义的文化启蒙，除五四思想家们用理论批评文字所阐述的"革命道理"外，对于社会普通民众而言，他们对反封建启蒙思想的认识，很多是通过新文学（主要是小说）来完成的。当时的读者在鲁迅的《狂人日记》《阿Q正传》《故乡》《祥林嫂》等作品中，除了看到不同的人物故事和人物命运外，还更多地接触到了其中所饱含的深刻的反封建意识，深刻的现代人性召唤意识。如同现代文学的作家们在其作品中所做的一样，就是在我们今天的现实主义文学中，人性和人道主义主题也仍是需要被时时来强化宣示的。

因为在人类的现实发展中，尽管有了社会法制管理和相关的伦理规范，但是并不能完全解决社会生活中负面人性现象的存在。从现实主义文学来讲，深刻的人性剖析和积极的人道主义倡导，仍然是一个必须给予重视的问题。就现代人类自身的发展而言，普遍的受教育和丰裕的生活条件，虽然可以给人性的正常发展提供一个基本前提，但是它也无法避免人性中的恶在社会冲突中得到表现。对于人类社会，建设一个普遍的、正常的和从具体时代来说是正确选择的人性价值观，建设社会普善的人道主义文化是一个极为长期的甚至是艰难的"过程"。跨越人道主义上的个人、集团、民族、区域的文化鸿沟，超越人性价值观上的狭隘选择，实现人性的理想状态，虽然在现实生活里往往很有难度，人们却又不能不在这方面进行努力。因为人类永远需要与自己的人性的劣根性做不懈地斗争，需要在文化上不断培养自己普善的人道精神。否则，我们就有可能在任何具体的场合中被人性中的恶所打败。在这方面，除了需要社会的法制建设和伦理建设外，文学也承担着重要的建设任务。正是从这一点上，我们说，现实主义文学和现实主义文学思潮也承担着社会的人道主义文化建设和人性启蒙的历史任务。对社会进行普善人性的启蒙，这是现实主义文学不可以推卸的历史责任。所以在人性问题上，采取宽容的历史态度，肯定要比狭隘的观点要好。

当然，对现实主义文学中的人道主义文化倾向问题，人们并不能一般性地给予称赞或否定。因为，现实主义文学总是在一个具体的历史过程中"走过"的。而这个"历史"，又会给它打上无法抹去的印痕。譬如，我们承认现实主义文学对普通人和普通人的生活的重视，承认对普通人关注中所包含着的人道关怀意义。但我们还是要说，即便如此，这种关怀也不可能是绝对的。因为，人道关怀虽是一个普通词汇，但对其进行社会实践，却总是需要条件或前提的。举例而言，在一个社会平稳发展时期，我们强调现实主义对人性与人道问题的关注，强调普泛化的人性和人道主义关怀，显然是十分适当的。因为在和平发展时期，社会的主要矛盾冲突会相对弱化，社会阶级或阶层间的群体冲突会相对减少。而社会基本矛盾的表现形式，往往具有跨不同群体的普泛性或普遍性。易言之，在一个相对平稳发展的历史时期，社会不同集团间的利益纠葛或碰撞，一般都可以用较为温和的方式进行处理。只有在社会发展严重不平衡，社会不同集团间的利益矛盾是以冲突和斗争形式去表达时，现实主义文学主题才会向社会意识形态冲突方向转移。

再者，现实主义文学中的人性或人道主义问题应当如何去认识，这其实也是一个"历史"发展的结果。譬如，在以鲁迅先生为代表的五四新文学那里，在后来的左翼文学那里，包括那些后来的抗战文学那里，亦包括在小众化与边缘化的"自由派"文学那里，当时读者对同时期现实主义作品的阅读理解，与作为后来者的我们今天所做的理解，显然是会相差许多的。如果不是天地之差，至少也是要有一定距离的。当时人们可能读出来的是意识形态冲突、阶级间的压迫与斗争，而我们今人再去阅读，体会到的可能就是一种"历史的残酷"或人性间的冲突。

不过人们也不能否认，作为一种社会现象，在任何的时代里，总会有一部分文艺是以非主流的边缘化方式存在着。这就像"礼拜六派"和"新感觉派"，在现代文学时期的存在一样。在社会矛盾冲突剧烈的时期，人们对这种非主流化现象很难给予认同。这也就是为什么我们在现代文学的研究中，要对"自由派文学"进行批判的原因。但是当社会矛盾冲突的性质改变之后，当社会脱离了那样一个斗争剧烈的时期后，特别是当社会主义制度建立之后，当社会开始走上现代化发展之路以后，我们再把人性和人道主义问题仅仅放置到阶级和阶级斗争这一个"平台"上，不承认人道问题存在着普泛化，不承认在阶级人性之外还有"社会人性"的存在，这也是一种"历史偏颇"。

如果具体一点说，即：在新中国成立之后，共产党成了新中国的领导者和执政者。由于新中国成立后国内和国际形势的原因，打扫旧中国的沉渣余孽，保卫和巩固新生的共和国政权，是相当长的一个历史时期里党和国家的最为重要以及最为紧迫的任务。在这个历史阶段里，尽管已经不再是战争时期的那种生死攸关，但巩固政权的实际压力和需要，仍是一个必须直面的"历史重任"。于是，完成政权的根本性更替和社会的新旧替变，还是一个必须集中社会全部力量才能够完成的任务。既然仍旧需要社会的全力倾注，既然仍旧需要社会的共同努力，团结一切可能的社会力量和组织动员国家的所有群体，便是文艺在新中国成立后相当长的一个时期的主要工作与使命。所以新中国成立之后的当代文艺（至少是主流文艺），从"文化大革命"前到"文化大革命"结束，基本延续的是 20 世纪 40 年代的左翼文学"传统"。由此，在当代文学差不多近三十年的时间里，"意识形态化"和"工具化"仍然是现实主义文学的主要"任务"。至少，也是主要"任务"之一。

进入改革开放的新历史时期以后，中国社会所面临的主要矛盾已经发生了变化。而人们对我们所面对的社会主要问题和主要矛盾的理解，也都发生了变化。由于社会的主要矛盾不再是激烈的阶级冲突，也不再是你死我活的铁血战争，因此，和平发展成了中国社会的"新"的历史主题。在这样的历史过程中，每一个社会成员，每一个民众，都是国家的依靠力量。而包括每一个社会成员在内的"人民"，不仅是今天的社会主体，也是今天的社会现实。如果在今天去讨论现实主义文学的人性与人道主义问题，那么这个问题就应当摆放在"人民"这个"新的历史前提"面前。关于这一点，习近平同志《在文艺工作座谈会上的讲话》中就已经指出了。他说："社会主义文艺，从本质上讲，就是人民的文艺。……以人民为中心，就是要把满足人民精神文化需求作为文艺和文艺工作的出发点和落脚点，把人民作为文艺表现的主体，把人民作为文艺审美的鉴赏家和评判者，把为人民服务作为文艺工作者的天职。"① 从"人民"这个"历史前提"去看，现实主义文学在今天，就是要满足人民群众多样性审美的需要。同时，它也要从"人民"的角度，去关注人性和人道主义问题。这也就意味着，现实主义文学在形式上要更加多样，在审美趣味上要更加多元。同样，其对各类小众化的主题或故事，对各类与现实主义主流创作有些距离的"边缘"现象，也应当表现出更多的宽容。当然，这也是现实主义文学在今天所面对的一个"历史现实"。

---

① 习近平：《在文艺工作座谈会上的讲话》。

附　录
民众的文学生活权利必须得到尊重
——就文学人民性和人民文学问题答刘淮南先生

摘要：对于今天的文学，人民性已经是一个久违的话题了。但无论我们将人民性问题改称成什么（例如大众文化、平民文化、百姓意识、通俗文化、草根文化等），也无论我们主观上是否愿意，人民性都是一个文学无法回避的现实问题。基于法兰克福学派的批判传统，从 20 世纪 90 年代开始，我们的精英文化就一直对大众文学采取批判立场。对于精英文化来说，民众的任何文学要求和需要，似乎都是属于低级、庸俗之列。在近二十年的精英文化批判面前，民众的文学和文化需要没有得到过正常的尊重。基于此种情况，本文主张：精英文化要尊重人民群众的文化和文学生存权利；要尊重民众文学和艺术的选择权利；不能低估和贬低民众文学生活的文化价值和审美价值；不能将自己的精英文化立场"贵族化"；精英群体不能只是把矛头指向民众，精英文化是同样需要被批判的。

关键词：人民性；柴米油盐式的政治生活；民众政治；文

学生存权利；百姓文化；文化精英主义者；草根视野

　　2004 年，欧阳友权先生在《文艺报》上发表了《人民文学，重新出发》一文。文章认为：20 世纪 90 年代以来，我国的当代文学现状确实让人忧虑。"人民文学"作为一个口号和文学实践，已经被人们遗忘了。我们应该重新张扬起"人民文学"旗帜，把新世纪文学引入"人民文学"的正确轨道。友权先生对目前文学现状的分析，我颇有同感。他的观点，我也有部分的心仪。但是，在总体上我却不能给予赞同。为此，我撰写了《尊重社会的文学选择》一文与友权先生进行了讨论。我在文中提出两个主要观点：第一，"人民"在不同的历史时期有不同的内涵，在今天我们不应再对其采取"阶级"标准；第二，如果我们抛弃"阶级化"的"人民"意识，那么，"人民文学"实际上就已经存在了，它用不着"重新出发"。最近，刘淮南先生针对我与欧阳友权先生的争论，撰写了《人民性、公民意识与文学性》的文章。在文章中，刘淮南先生对欧阳友权先生和我的观点均有部分的赞同和部分的批评。对于学术争鸣，有不同的声音和观点是令人欣慰的事情。而且，刘淮南先生的观点也确有某些启发意义。但是作为问题争论的一方，我显然不能同意刘先生的观点。所以，我写了这篇文章，以回答并就教于刘先生。

　　对于普通人而言，"柴米油盐"就是他们的政治生活

　　在我们的习惯认识中，政治或政治生活始终是一个具有"崇高性"的概念。我们并不理解的是：对于普通人而言，他们真

实的政治生活其实是"柴米油盐式"的。

在与欧阳友权先生的商榷文章中，我曾认为："人民"在今天，不应当再是一个具有"阶级对立或斗争意义"的和"政治性"的概念。"人民其实就是社会公民的总称。换而论之，我们所说的人民不应当是一个阶级性的或政治性的概念，而应当是一个地域性的概念。一切拥有公民权利的社会成员，都属于'人民'范畴。"对于我的这段话，刘淮南先生在文章里认为："虽然黄浩教授在界定'人民'一词的现实含义时将之理解为一个'社会公民化'（不应具有'阶级性'）的概念是有益的，而他又谈到的不应该将之作为一个'政治性的概念'而只是一个'地域性的概念'时，却又是使人遗憾的。""黄浩教授强调公民的非'政治化'的意思是为了反驳过去的以及现实的种种借助'政治权力'、借助强权意识来干涉人民文化、文学生活的专制行为和不良后果，其'政治'是狭义的。但是，这也正好从另一方面反映出了他本人的某种政治意识和政治情结。"用他的话说，黄浩先生"把公民界定为非'政治化'的概念也暴露出了其局限，因为，积极地参与社会的政治生活恰恰是公民的义务和责任。"

人民对政治拥有实际的权利，这是毫无疑问的。应该说，刘淮南先生所言的公民应该"积极参与社会的政治生活"的道理本是极对的。问题在于，我真的反对过公民参与社会政治生活吗？在这一点上，刘淮南先生是误读了我的本意，并大错而又特错了。我的观点是："人民"在现代社会中不应当是一个"政治性的概念"。我所强调的是——现代社会的主流意识形态和社会精英阶层不能再将"人民"视为一个"政治性的标准"，不要再从"敌我"那种阶级斗争的对立标准去理解和解释"人民"（即不要再从或是"人民内部"，或是"人民外部——敌人"这样的非此即彼，非黑即白的角度去认识这个问题）。我在这里绝无将人民驱离社会政治生活的意思。同时我也知道，人民与社会政治生活的本质关系，根本不是哪个人或用哪种理论观念就可以割断的。其实，何止是公民应该"积极参与社会的政治生活"。公民参与社会政治生活不仅天经地义，而且它就是公民的基本权利之一。所以，刘淮南先生在文章中对我的忠告——"不应该放弃所坚持的公民中的政治意识""大可不必顾忌到公民的'政治性'内涵，相反还应该在今天的意义上强调公民的政治性内涵……"对于我个人的历史和现实意愿而言，实在是冤枉。就我的文章本身来讲，他的指摘也只是望风捕影。因为在这一点上，我与刘淮南先生的意见实际上是大体相同的。

我们不要将社会精英们所玩儿的各种主流"政治话题"和"政治游戏"，当作民众政治而强加给人民。我们的社会精英们经常在操纵一些"政治话题"，他们甚至在将政治"游戏化"。其实对于人民来说，他们有属于自己的政治、政治话题和政治生活。而且，这才是他们自己的真正的政治生活。我们知道，国家兴亡，匹夫有责。作为一个具体条件下的社会成员，每一个百姓都有为国家或集团利益奉献的义务。在这一点上，无论是谁，都没有什么讨价还价的余地。但是同时我们也知道：除了像民族危亡这样的特殊时期外，在一个正常发展的社会中，对于社会的普通成员而言，他们需要的只是对社会尽自己的正常义务。从人类社会的发展历史来看，虽然战争始终与人们的生活相伴，但社会所获得的和平生活时间却总是要远远多于非和平时间。在社会和平的生活状态下，我们没有理由要求平民百姓去扮演社会主流政治生活角色。其实我们想一想，像现代企业制度问题、分税制问题、亚洲金融危机问题、国家机构改革问题、社会保障体系建立和完善问题、南水北调的选线和效益问题、股票市场和期货市场的运行机制和监管体制问题、人民币资本项目下的流通和兑换问题、产业发展规划问题、社会中长期发展战略问题……诸如此类的各种"政治文化问题"是一个一般的社会普通成员可以去把握和认知的吗？显然不是。回想起 20 世纪 90 年代关于文艺问题的种种争论，其中的哪些问题是一个普通的老百姓可以解释和明了的吗？这显然也是根本不可能的。应该说，这一类的主流政治话题和主流形式的政治生活，本来就不属于社会民众政治生活范围。在一个正常的社会里，老百姓最需要过的是属于他们自己的政治生活。例如，作为城市居民，我们会关心柴米油盐，会关心房子、票子和儿子、孙子，会关心空气的污染程度、水的污染情况、关心退休了有没有养老金、生病了能否吃得起药和住得起院；作为农民，我们可能更为关心农资是否涨价、国家的保护价是多少、民工的工资还拖不拖欠、收购还打不打"白条"……这些好像也只是与普通百姓的个体生活有关，在精英们看起来都不是什么了不起的大事，但它们却是实实在在的人民的政治问题和人民的政治生活。从有人类历史以来，人民群众就是通过这样的"政治活动"来关心国家的。对于平民百姓的这样的政治关怀和政治胸怀，我们的许多所谓的社会精英们，自然不会理解。他们以为，只有那种具有"宏大叙事"本质类型的问题，才称得上是政治生活和政治话题。其实，刘淮南先生在对我的批评中，一方面，他未能免落一般"精英们"的文化"俗套"。另一方面，就刘先生的本意来看，他显然对民众过那种"柴米油盐式"政治生活是不怎么认同的。他在文章中对我的批评和对他所理解的人民的政治生活，依旧是那种"宏大叙事类型"的。在这里我要问刘淮南先生，你对你自己的非平民的文化贵族意识是否有所警觉呢？

民众的柴米油盐式的政治生活，需要得到社会主流意识形态和精英知识分子的尊重。由于刘淮南先生所采取的是我国当代文化精英们惯常的立场（对人民大众的文化现实指手画脚的所谓"文化批判立场"），所以尽管他对欧阳友权先生文章的"文化干部"身份和意识并不怎么赞同，但是事实上，他却不自觉地也同样走向了"文化干部"的社会批判位置。关于这一点，我们从刘淮南先生的某些论述中即可以看出来。例如他说："要知道，热爱国家、热爱社会主义这些生活内容本身就是极具有政治性的。""公民可以问别人和国家能够提供给他什么，但是也同样要问自己为别人和国家做了些什么。"刘淮南先生的这段话如果单纯去看，似乎没有什么不妥。公民本来就应当为国家尽自己的应尽义务。然而真正的问题在于：刘淮南先生的分析，是建立在从我们的精英角度所假设的前提下的——民众从国家和政府那里得到的东西很多，但是他们对国家所应该尽的义务则不多。至少是不够多。所以，有绝对的必要教育人民为国家政治尽自己的义务。

对于刘淮南先生的这种认知，对于他（包括我们那些所谓的文化精英们）的这种前提化的假设，我实在是不能"苟同"。因为，我们没有任何理由去怀疑人民群众对国家和社会的热爱，我们也没有任何理由去怀疑人民群众对国家和社会所能尽及已尽的义务。我们的精英知识分子们可能会对"三农"问题给予某种强调（不过，这种强调往往很少，声音也不够大），但是他们又往往必然性地要对农民和农民的文化进行各种各样的批判。回想起20世纪90年代的我们所进行的种种批判活动，回想起那些对"新启蒙""人文精神""艺术商品化"等问题的争论，哪一次不是以对大众的文化现状批判而告结束？因为在文化精英们看来，大众的文化要求总是不合理的，他们的趣味总是低下的。然而，我们可以忘记"三农"为国家和社会所做出的巨大牺牲吗？可以忘记正是由于农民的牺牲和贫穷，才为共和国积累起来了工业化和城市化的现代化基础吗？我以为是不可以的。从社会的存在角度来看，平民百姓不仅是通情达理的，而且也是他们在事实上支撑着我们的国家。人民的这种社会政治的自觉性，实际上是与生俱来的，是他们生命本质的一部分。对此，我们是不能怀疑的！

不要无视人民文艺的文化价值和审美价值，
不要剥夺民众的自主选择权利

应该承认，与许多对社会文化执批判立场的文化精英们相比较，刘淮南先生的观点看起来还是相对公允的。也就是说，他的观点看上去似乎更为宽容了一些。但从其观点的理论本质来看，从刘淮南先生的骨子里来看，他与那些文化精英们所持的"大众文化否定观"并无什么更大的区别。通观刘淮南先生的文章，他对目前文学的美学品质，基本是持怀疑态度的。用他自己的话讲即是："由于作家在反映的过程中对对象表现了过多的迎合、赞赏和谄媚，而缺乏应有的批判，所以在作品之中作家自己的、'独特'的存在是不多的。正是由于作家'自己'的、'独特'的匮乏，所以才会去一味迎合现实中的那些内容了。这样的作品很难给人以什么文学性的启迪，而只能说是消遣、消费甚至是麻木和麻醉了。……从文学性上来说，它们也是层次不高的。"单纯从这段话本身来看，刘先生及其所代表的精英文化批判主张似乎是公允和辩证的，然而，深入分析一下就会发现，他（们）实际上是试图在否定大众文学的美学价值和生存权利。

大众的文学生存权利是否定不了的，它是一个像"铁一样的"文学历史事实。 在我国的现代文学和现代文艺发展中，在如何对待人民文学的问题上，我们始终存在着一个巨大的文化矛盾：一方面，我们强调文学人民性的重要性，强调文学要为人民服务（为工农兵服务），强调人民才是文学和艺术的真正主人，强调文学不能离开人民生活的土壤，强调文学艺术"要满足人民群众不断增长的文化需要"，强调人民才是历史文化发展的真正动力；另一方面，我们又不断地怀疑和批判民众文化，不断地怀疑和批判在民众中流行着的各种文化，不断地怀疑和批判民众文化的通俗本性，不断地怀疑和批判民众百姓的审美品位和趣味，不断地怀疑和批判公民的责任感和义务感，不断地怀疑和批判普通社会民众的文化接受能力和文化判断力……总之，我们一方面承认人民是社会文化和历史发展的主体，承认人民的文化创造能力和推动历史的作用，承认人民大众拥有自己的文化生存权利；另一方面，我们又试图去极力怀疑和否定人民的文化审美能力，以为人民只需要被教育和教化，他们不应该拥有文化自主权利。用通俗一点的话去归纳就是：我们的理论家们和批评家们，在对待人民的文学权利和文化尊严的问题上所采取的，实质上是一个极为虚伪的文化立场。我们将自己与百姓对立起来，我们将自己与社会对立起来，我们将自己的审美要求与他人审美要求对立起来；我们试图用自己的文化需要和文化要求，来替换和取代社会其他群体的文化需要和文化要求。谁如果不同意我们的说法，谁要是反对我们的做法，他就需要被"启蒙"，被指责为丧失了人文立场，就需要被批判。

我不否认民众需要被教育，因为只有受教育，个人和社会才能够进步。而且人的社会化的过程本身，就是社会教育的集中表现。然而问题在于：对于一个社会而言（特别是在一个改革开放已经快三十年了的中国，在"普九"教育已经实行了二十年的今天，[①] 在一个基本普及了电视教育、普及了学校文化教育的社会里，在一个人人都需要"终身教育"的时代），需要受教育的难道仅仅是平民百姓？我们的所谓"精英"们难道就不在受教育之列吗？实际上，无论我们的文化精英们如何的不情愿，无论我们的文化精英们如何试图与社会民众划清界限，无论我们的文化精英们如何的自命不凡，他们都无法去除自己身上的

---

① 指国家从 1986 年开始实施的"普及九年义务教育"工作。

民众属性。在一个社会普遍拥有文化的时代里，"文化精英"真的是什么特殊人种类型吗？肯定不是！

实质上，这并不是文化精英们需不需要受教育的问题，同时，也不是文化精英们是否属于人民范围之内的问题，这里面的真正问题在于：社会大众是否拥有审美文化权利，这个权利要不要被尊重。在这一点上，我与刘淮南先生的看法（也包括与"文化精英们"的看法）是彼此冲突的。记得在 20 世纪 90 年代初期到中期的关于"伪批评"和"人文精神"等问题的讨论中，我们就曾有过多位文艺批评家对"文学的边缘化现象"发出了质疑。他们在批判文学"边缘化"现象的时候，在批判媒介普遍的炒作式文艺批评时，几乎都在指责大众和社会对文艺批评的不屑一顾，都在指责大众宁可去接受报纸的娱乐版的花边评论，也不读"具有学理价值"的文艺批评文章。其中，不仅有人质问：为什么大众不需要文艺批评？甚至有人还极端断言：大众根本不需要文学。① 我们的理论家和批评家们之所以这样质问和敢于这样断言，其基本上是从所谓的文化精英立场所发出的，是因为他们是站在文化精英的立场看问题的。

我从不否认社会文化是一种"泥沙俱下"的现象。这就是说，社会文化犹如自然界一般，存在的是丰富多样和万紫千红。而这文化的丰富多样中，就包括了那些被刘淮南先生和我们的文化精英们所反复批判的东西。而且不容置疑的是：这些被我们

①这是我们在 20 世纪 90 年代的关于文学边缘化及相关问题讨论中，经常听到的一种说法。

的理论家和批评家们打上了诸如"落后""低级""庸俗""没有品味""格调不高""缺少文学价值""缺少审美价值"标签的东西，实际上却是社会普通成员文学生活中的必需品，是一种普通到不能再普通的"基本文学现象"。有许多时候我不明白：为什么我们的文艺理论家和批评家们一方面在主张文艺要百花齐放，一方面又要将大部分的文艺现象否定掉？难道仅仅是因为它们通俗了一些，"老套"了一些？或者说，仅仅是因为它们是属于平民百姓的阅读审美活动？同时我也不知道：如果把我们的批评家们都不喜欢的东西排除掉（且不说这在现实中是否可能），我们的文学还会是百花齐放吗？它们还可以或可能被称为是"万紫千红"和"丰富多彩"吗？更不要说的是：尽管我们的批评家和理论家们百般不满，尽管我们的文化精英们微词颇多，那些属于社会普遍读者的文学形式和文学现象，却始终不曾被社会生活抛弃过。这既是一个不争的历史现实，也是一个"铁一般的"文学历史规律。

人民文艺的文化价值和美学价值，是不应该和不能够被低估的。刘淮南先生在文章中说道："我们应当尊重人们的物质方面的欲望，但是不限于物质方面的欲望同样也是文学的应该；我们应当尊重那些消遣娱乐性的文学，可不限于这些消遣和娱乐同样也是文学的应该。现在的问题是，当娱乐和消遣性的文学铺天盖地时，当人们过多地沉溺于对物欲的追求时，特别是如欧阳教授所言，有些创作已经对青少年形成不良影响时，我们的文学理论和文学批评究竟做了些什么？而且，局限于对物欲的追求也势必会影响到文学的创造性，影响到文学对自身价值的追求上。虽然，从长远来看，这种现实的文学现象不可能长期存在，但是从现在就予以重视文学的这种不完全正常的现象却是完全应该的。"从刘淮南先生的话中我们可以听出，尽管他承认文学对人的欲望的满足，承认欲望的合理性，但是他又在同时否定文学对欲望表现的价值性。他不仅以为表现人类物欲的文学的存在是"不完全正常的现象"，甚至敢于断言"这种文学现象不可能长期存在"。

如果仅从刘淮南先生这段话的前半段看，我们似乎可以把他的认识视为是一种辩证性的观点，但是，结合他的后半段话，我们可以发现：其实他在骨子里仍然是一个"文化精英主义者"。他不相信和不承认（至少是基本不承认）社会大众的文学生活本身所具有的价值性；他不相信也不承认，这种所谓"物欲追求"的长久性和历史性。对于刘淮南先生的这种以为平民化的审美很少价值，以为这种平民化的（用他的话讲：是物欲化的）文学追求是无法长久的、应该是短命的观点，我实在不能赞同。

刘淮南先生观点中的主要问题有两点：其一，他不愿意承认——民众文化本身具有社会审美价值意义。至少，他认为审美价值不高（当然，这种对民间文化持有否定态度，持有不屑一顾的贵族文化立场，实际上是由来已久的了）。对于这一点，我认为刘先生其实是错而又错了。其实，我们所谓的高雅文化和文学，本来就是从"民间"来的（如果扪心自问一下，那些所谓"高雅"的东西，真的就那么高雅吗）。从历史上来看，历朝历代的精英文化恐怕都难与百姓文化撇得清干系。翻开中国文学史，上至《诗经》、汉乐府、南北朝诗歌，乃至后来的元明杂剧散曲、《西游记》《水浒传》《三国演义》《聊斋志异》等，不要说它们本身就是民间文化的产品，就是文人们的许多作品的形成也是离不了民间文化的滋养。从西方文学史上我们也可以看到同样的情况。早期有《荷马史诗》、古希腊古罗马的神话，其后有《伊索寓言》《十日谈》《一千零一夜》《变形记》《神曲》……就是像莎士比亚、拉伯雷、莫里哀一类的作家，其实又何尝不是"民间艺人"呢？看一看我们在文学史中所给予它们的评价，我们又如何能够说它们不具有审美价值呢！也许刘淮南先生会说：这是经过了文人加工整理过的，它不足为凭。那么，我们把文学的视野再向下看一下。那些属于民间的文化和文学形式（如地方戏曲、民间说书等）是否就不具有审美价值了呢？在刘淮南先生看来，答案是显然的。至少，他认为是审美价值不高或是极其可疑的（这其实一直是精英文化所主张的东西）。当然，我也承认民间文化和民间文学是一个泥沙俱下鱼龙混杂的"地界"，这里也的确存在着大量的"低级"和"庸俗"的文化现象。但是不容否定的是：即使是在这"泥沙俱下"之中，社会审美价值不仅存在着，而且其价值并不低下。

我为什么会这样说呢？理由十分简单：因为社会的审美标准并不是统一的和同一的。那些精英们认为是低级的东西，对于社会的某一部分成员来说也是具有审美价值的。在这部分社会成员看来，这些文化现象显然不属于"低级"和"庸俗"范畴。这就像对于孩子而言，动画最具有审美价值一样。作为一种社会文学现象和文化现象，作为一个由于社会现象不断丰富而文学消费和文化消费被不断"细分"的时代，社会的每一个阶层和每一个群体都有属于自己的审美趣味和审美标准，而且，这些趣味和标准彼此间又很可能是互不相干甚或是互不相容的。在一个"小众时代"里出现这样的情况，又有什么值得大惊小怪的呢？其实，我们社会文化和文学艺术的丰富多彩，难道不就是这审美现象和审美价值的多种多样吗？

其二，刘淮南先生以为非社会主流审美价值的东西是不能长久的，以为这些都属于"短命"的文学或文化现象。我真的不知道刘先生的结论是从何而来的。实际上，关于刘淮南先生的这种纯粹精英观念，虽然从人类历史过程中就一直存在过（比如孔子对《诗三百》的礼教化的阐释，历代儒家和后来的社会精英对民众文化的不屑；西方贵族文化对民间文化的极度蔑视，工业时代里，法兰克福学派对大众文化的批判……），但是它始终只是社会文化精英们的"一厢情愿"而已。因为人类文化和文学发展的历史向我们证明的，恰好是完全相反的东西。事实上，真正"短命"的并不是属于民间或来自民间的那些文化和文学的东西，真正缺乏文化和文学生命力的，恰巧就是那些被精英们打上了文化贵族印记的东西。而所谓的"泥沙俱下""鱼龙混杂"的大众文化和大众文学，其生命力是极其强大的，它是人类的永恒现象。

结　语

为写这篇与刘淮南先生的讨论文章，我思考了许多。改革开放给我们的精英文化的复活和复兴的确提供了历史性的机遇。就一个民族的发展而言，特别是对于一个现代民族的发展而言，我们是不能缺少精英和精英文化的。但是，我始终认为，民众拥有他们自己的文化和文学权利，而这个权利也是不可以被剥夺的。同时，社会主流意识形态应当具有"草根意识"和"草根视野"。我们必须始终关注民众的文学和文化要求，不可能也不可以试图用精英文化和文学来取代民众自己的东西。在一个由民主政治文化塑造出来的社会里，尊重别人的权利，尊重别人的选择，应该是一个起码的"精英道德原则"。当然，这绝不是说精英文化要放弃对民众文化和文学的批判权利。因为，这也是我们的权利和责任所在。不过，我们还是宽容一点的好。首先，不仅民众文化需要被批判，我们的精英文化和精英文学也是需要被批判的。如果说在民众文化中有许多现象是需要被批判被抛弃的，那么，在精英文化中，类似的东西同样也会存在，同样需要被批判和抛弃。其次，经过了宗教化的"文化大革命"，我们懂得了一个简单的道理：文化上的丰富多彩，远比品种单调的什么经典价值要重要得多。事实上，精英文化既不能终止也不能取代民众的文化需要和文化生活。

参考文献

［1］欧阳友权.人民文学，重新出发[J].文艺报，2004.

［2］黄浩.尊重社会的文学选择[J].文艺报，2004.

［3］刘淮南.人民性、公民意识与文学性[J].北华大学学报（社会科学版），2008，（1）：56-59.